꽃의 말을 듣다

윤후명은 1946년 강원도 강릉 출생으로 1969년 연세대학교 철학과를 졸업했다. 1967년 『경향신문』 신춘문예에 시가, 1979년 『한국일보』 신춘문예에 소설이 각각 당선되어 문단에 나왔다. 시집 『名弓』 『홀로 등불을 상처 위에 켜다』 등이 있고, 소설집 『敦煌의 사랑』 『부활하는 새』 『원숭이는 없다』 『오늘은 내일의 젊은 날』 『귤』 『여우 사냥』 『가장 멀리 있는 나』 『둔황의 사랑』 『새의 말을 듣다』 등과 장편소설 『별까지 우리가』 『약속 없는 세대』 『협궤열차』 『삼국유사 읽는 호텔』 등이 있으며, 그 외 산문집 『꽃』 『나에게 꽃을 다오 시간이 흘린 눈물을 다오』와 장편동화 『너도밤나무 나도밤나무』가 있다. 이 중 『둔황의 사랑』 「원숭이는 없다」 「사막의 여자」 등이 프랑스어, 중국어, 독일어, 영어, 러시아어 등으로 번역되어 해외에 소개되었다. 녹원문학상, 소설문학작품상, 한국일보문학상, 현대문학상, 이상문학상, 이수문학상, 김동리문학상, 현대불교문학상 등을 수상했으며, 현재 국민대학교 대학원 등에서 소설 창작론을 강의하면서 창작에 전념하고 있다.

윤후명 소설집
꽃의 말을 듣다

펴낸날 2012년 3월 21일

지은이 윤후명
펴낸이 홍정선
펴낸곳 ㈜문학과지성사
등록번호 제10-918호(1993. 12. 16)
주소 121-840 서울 마포구 서교동 395-2
전화 02) 338-7224
팩스 02) 323-4180(편집), 02) 338-7221(영업)
전자우편 moonji@moonji.com
홈페이지 www.moonji.com

ⓒ 윤후명, 2012. Printed in Seoul, Korea
ISBN 978-89-320-2289-5

꽃의 말을 듣다

윤후명 소설집

문학과지성사
2012

차례

강릉/모래의 시(詩)

끝났다,

　그럼에도 불구하고 나는 마침표 대신에 쉼표를 찍는다. 분명
'，'이다. 끝나지 않았다는 뜻인가. 그렇지는 않은 듯하다. 그러
나 나는 그렇게 표기하지 않으면 안 된다고 몸부림친다. 그래봐
야 단순히 문장부호 속의 몸부림에 지나지 않지만, 나는 그럴
수밖에 없다. 바닷가의 모래밭을 걸어 내려간 곳에서, 파도가
밀려오는 곳에서 나는 신음 소리처럼 나를 향해 말했던 것이다.
끝났다,

　마치 바닷가에 도달한 어떤 소설의 주인공처럼 나는 '끝'을
말하고 있는가. 아니다. 여기에도 분명 '．'와 '，'의 차이가 있으리
라는 강한 느낌을 나는 강조한다. 강릉의 바다는 본래 내게 그
런 곳이었다는 생각이 든다. 누구에게나 고향은 마침표여야 하

는데, 내게는 쉼표로 남아 있는 것이다. 아니다. 어떤 시인의 쉼표는 느낌표를 대신하고 있음을 나는 배웠었다.

그리하여 어머니는 고향의 바다로 돌아갔다. 밀려온 파도가 어머니의 유골을 휩쓸고 되돌아갔다. 그러니, 바다로 돌아갔다고 하기보다는 그 어디 모래톱에 가라앉아 있다고 하는 편이 옳을 것이다. 유골이라야 아주 일부에 지나지 않는다. 어머니의 뼈를 담은 항아리가 묘소까지 와서 묻히기 전, 나는 부랴부랴 종이컵으로 얼마를 커피 캔에 옮겨 담았다. 나도 예상 못 했던 행동이었다. 집에 놔두었던 그걸 가방에 챙겨 넣고 나는 경주에서 무슨 토론회를 마치고 포항, 울진, 삼척을 거치는 길을 택해 고향의 바닷가에 닿았다. 모래밭을 걸어 파도 쪽으로 다가가면서 나는 오래전부터 친숙한 곳이 전혀 생소하게 느껴졌다. 저쪽 모래부리를 바라보아도 마찬가지였다. 모래톱이 아닌 모래부리라고 이름하고 싶은 까닭은 거기서 가까운 곳의 새 때문이었으리라. 새의 부리(嘴)를 내세워 새와 연결시키려는 뜻 때문이었으리라. 만약 모래톱을 새 날개라고 부를 수 있다면 모래날개라고 했을 것이다. 어쨌든 그 모래부리 가까운 곳에는 오래전부터 솟대 위에 새가 앉아 있었고 '강문 진또배기'라는 풍어제를 벌이는 풍속이 있어왔음을 나는 알고 있었다. 언젠가 가보니 솟대의 새는 누구 하나 돌보지 않는 채 구박을 받으며 주차장 한쪽 구석에 몰린 초라한 몰골이었다. 처음 발견했을 때부터 빈약하다고 여겼었다. 그러나 나는 새를 보고 싶었다. 어머니와 새를 연결시키고 싶은 마음이라고 해석되었다. 즉, 어머니를 솟대의 나라로 보내고 싶은 마음.

　다 쓰잘 데 없는 헛된 행위라는 생각이 없는 것은 아니었다. 새벽에 경주를 떠나올 때도, 아니 강릉 바다에 가서 모종의 의식을 치르겠다고 마음먹은 그때도 변함없이 그랬다. 그 밑바닥에는 고향이 뭐냐고 짐짓 축소시키려는 의도도 속에 깃들어 있었다. 누구의 유골을 어디 가서 뿌린다는 이야기는 낡았으며, 내가 그 주인공이 되는 경우는 없다고 나는 단정하고 있었다.
　"여섯 시간 걸립니다."
　몇 시에 도착하느냐는 내 물음에, 운전사는 나를 흘낏 쳐다보며 시계를 들여다보았다. 포항에서 갈아타지 않고 갈 수 있다는 사실은 고마웠다. 그러나 나는 그 사실이 아닌 어떤 것에 고마움을 표시하고 싶은 마음이었다.
　"고맙습니다."
　"아, 뭘요."
　요즘에는 보기 힘든 낡은 완행 시골 버스였다. 바람이 점점 세게 불고 있었다. 포항을 지나 울진에서 30분이나 그냥 서 있다가 출발하고, 삼척에서 다시 30분. 고속도로처럼 휴게소가 제대로 있는 것도 아니었다. 여섯 시간 걸린다는 말을 나는 곱씹었다. 터미널 주변을 어슬렁거리며 시간을 보내는 것은 바람을 피해 다니는 일이었다. 예전 동해남부선 열차를 몇 번 탔을 때부터 나는 바닷가 그 길을 올라가보고 싶었다. 그 소박한 꿈을 이루는 데 몇십 년이 걸렸는가. 그 길에서 동해를 바라보고 싶었다. 옛날 수로부인이 남편을 따라가다가 늙은이에게 꽃을 꺾어달라고 한 옛 노래 「헌화가」의 절벽이라든가 등명락가사라는 이름의 절이라든가 하는 정도만의 이정표가 머리에 있기는 했다. 그러나 그 길은 모든 게 백지도 위를 달리고 있었다. 바람을 피해 어느 카페에 들어가 빵 한 쪽에 커피 한 잔을 시켜놓고 앉아 있고 싶었다. 어디서나 그 흔한 카페는 눈을 씻고 보아도 없었다. 강릉에서는 카페 축제라는 것도 열린다는데…… 고향이라고 보내주는 홍보책자에서 보았다. 전국 방방곡곡이 축제 난리였다. 예전에 그다지도 시골 '흐린 주점'의 분위기를 좋아해서 기어들어가곤 했건만 이제 그런 주막은 사라지고 없었다. 그렇다면 주막과 카페 사이에 내 인생은 놓여 있다고 해도 좋을 듯싶었다. 둘 가운데 어느 하나도 없는 시골 터미널에서 나는 시간을 보내야 했다. 그래도 우중충한 구멍가게에서 커피를 판다기에, 마치 이국(異國)의 카페처럼 여기며 테이크아웃 한 잔을 종이컵에 받아 들기는 했다.

바닷가 길 위에서 방파제를 바라보는 행복이 있다. 방파제 끝에는 어김없이 등대가 있다. 방파제는 빨갛고 하얀 야구 모자를 쓴 것 같다. 등대가 왜 빨갛게, 하얗게 서 있나, 방파제 끝으로 가보곤 했지만 한 번도 무슨 실마리를 잡은 적이 없었다. 방파제의 등대는 아무리 가까이 옆으로 다가가도 실체를 보여주지 않고 멀리 비켜나 있곤 하는 듯했다. 멀리서 보면 따뜻하게 내게 손짓하는 모습이다가도 가까이 가면 싸늘하게 식은 구조물이 되고 마는. 다른 이들은 방파제 끝 등대가 궁금하지 않은가 묻고 싶었으나, 웬일인지 행동으로 옮길 수가 없었다. 아무도 그런 속내를 내게 보이지 않은 때문이었다. 차라리 드러내지 않는 게 편했다. 까딱 잘못했다간 나를 이상하게 볼지도 몰랐다. 아무것도 아냐. 그냥 방파제와 등대일 뿐이야. ㅂ, ㅏ, ㅇ, ㅍ, ㅏ, ㅈ, ㅔ, ㄷ, ㅡ, ㅇ, ㄷ, ㅒ.

나는 내가 갔던 가장 먼 곳의 방파제를 머리에 떠올리고 있었다. '가장 먼'이라는 수식어는 나를 붙잡고 놔주지 않았다. 쿠바의 아바나 성채와 연결된 방파제는 관광지가 변변히 없는 그곳에서는 훌륭한 볼거리였다. 방파제를 돈 다음 구경 간 시장의 좌판에서 나는 그림 한 점을 집어 들었다. 'DANILO 92'라는 사인. 3호 정도 크기에, 가격 10달러. 값을 치르고 나름대로 「아바나의 방파제」라 이름 붙였다.

방파제의 사람들은 하나같이 통통한 몸매이며 따라 나온 강아지도 통통하다. 방파제 바깥쪽의 바다에 떠 있는 성모상(聖母像)도, 아기 예수도, 예배자들도 통통하다. 바다는 청람색. 오른쪽으로는 등대가 보인다. 이 평화로운 풍경은 언제의 모습인가. 나로서는 가늠할 수 없다. 어두운 저녁, 공항에 내려 시내로 들어갈 때, 붉은 주먹을 불끈 쥔 '세계 청년 축전'의 포스터에 움츠러든 마음으로는 그 그림의 내용이 쉽게 받아들여지지 않았다. 다만, 뜻밖에 보게 된 그 북한 포스터의 한글이 새롭게 보이며 자랑스럽기는 했다. 무슨 이데올로기든 이데올로기는 이 세상의 존재 양식에 의구심을 갖게 하는 길이기도 했다. 그곳도 마찬가지였다. 시가를 만드는 공장의 화장실 앞에 서서 나를 바라보던 처녀의 공허한 눈에 게바라의 커다란 벽화는 무슨 의미일까. 그저 '삶이란……' 하고 한숨지을 수밖에 없는 것이었다.

「배를 타고 아바나를 떠날 때」라는 노래는 그들에게는 그리 알려져 있지 않았다. 그러나 「아바나의 방파제」에서 바라보는 카리브 바다는 그 노래를 떠오르게 했다. 헤밍웨이가 자주 들렀다는 술집, 그가 즐겨 마셨다는 술을 따른 술잔에서도.

쿠바에서 돌아와 〈부에나 비스타 소셜 클럽〉의 음악가들을 보며 그들의 음악을 들었다. 아바나의 낡고 후미진 길목들이 정감 있게 다가왔다. 나는 비로소 그 여행을 달리 받아들이고 싶었다. 그로부터 쿠바 화가 다닐로가 1992년에 그린 「아바나의 방파제」는 거실의 중요한 그림이 되었고, 나는 '가장 먼' 방파제와 등대를 매일 바라보게 되었다.

방파제라면 우리나라의 화가 임만혁의 그림도 있다. P화랑에서 그의 그림을 보고 온 나는 다음과 같은 소감을 적었다.

내가 그의 그림을 처음 본 것은 몇 년 전 고향의 상실감에 유난히 시달릴 때였다. 나는 무엇에겐가 '그립다' 하고 고백하기 직전까지 몰려 있었다. 어릴 적 방파제에서 바닷물에 빠져 문어와 놀았던 기억이 무섭게 새로워질 무렵, 내 고향 사람인 그가 나 대신 나의 고백을 들려주고 있었다. 그 바다/방파제는 내게는 전쟁의 그늘이 어려 있는 곳이었다. 그의 그림의 황색은 모노톤이 아니라 삶의 삼라만상, 희노애락이 어우러진 공간으로 다가와 내게 속삭였다. 나는 왜 여기 와 있지요? 당신은?

그림들 가운데 바다/방파제의 인물은 얼마쯤 극복을 외치는 것처럼 보인다. 그리하여 가족이 등장하고 짐승까지도 대화에 끌어들인다. 여러 포즈의 여자들은 또 어떤가. 현실에 적극 개입하는 능동적인 탐구가 펼쳐진다. 소통 없는 가족에는 어떤 활력이 필요하다. 그리하여 다시 등대가 있다. 그에게 등대란 어두운 바닷길에 뱃길을 알려주는 신호체계로서만 서 있는 게 아니다. 이를테면 방파제에 서 있는 빨간 등대는 우체통과 같다. 어느 미지의 세계로 보내는 엽서를 넣으려고 그는, 그녀는, 우리는 그곳으로 간다. 서커스나 모임의 탁자에 놓여 있는 빨간 주스 깡통도 등대/우체통이 되어 안부를 묻는다. 어떤 그림에서 그것은 휴대전화가 되기도 한다. 그래서 주스 깡통/등대/우체통/휴대전화를 통해, 방파제의 다른 모습인 교각 위에 외로움을 반추하는 남자와 여자가 서로 뒷모습이지만 같은 시선으로 안부를 묻는다. 우리는 왜 여기 와 있지요?

좀더 긴 파도가 쭉쭉 밀려와 드디어 내 구두는 바닷물에 젖는다. 예전에 어머니도 이 파도에 발목과 종아리를 적셨으리라. 그 모습을 본 적이 없다 하더라도 틀림없다는 확신을 갖는다. 그런데 구두를 적신 파도가 밀려가면서 한 장면이 모래알들을 들치고 살아난다. 육이오 때 이 바닷가에서 총살을 당한 사람들의 모습이다. 그들이 정말 '적'인지 어린 나는 알지 못한다. 다만 그들은 모래밭에 박힌 기둥에 묶여 헌병의 구령을 기다려 총알을 받는다. 그들의 목이 푹 꺾이는 것을 나는 똑똑히 보았다. 그 바닷가에 지금은 젊은이들이 장난을 치며 지나간다. 그리고 나는 어머니의 유골을 파도에 흩뿌린다. 파도를 보기만 하면 읊조리는 한 줄의 시 「파도야 어쩌란 말이냐」와 함께.

이로써 나는 어머니를 고향에 모신 것일까. 나는 내 행위가 무엇인지 가늠하기 힘들었다. 어떠한 검증도 없는 일일 뿐이었다. 그리고 솟대의 새를 거쳐 지금은 남의 집인 내 옛집 앞을 지나 터미널에서 서울행 버스를 타면 그만이었다. 한두 해 전에 어머니는 강릉에서 우리가 살던 집을 배경으로 찍은 사진을 남겼다. 옛 가옥은 앞을 3층짜리 빌딩으로 개축하였고, 아래층에는 화장품점, 위층에는 미용실 간판이 붙어 있었다. 우리가 육이오의 얼마 동안 방공호를 파고 견딘 집이었다. 나는 그 집에서 경포 바닷가까지 걸어갔었다. 모두들 걸어서 갔다 오곤 하는 바닷가가 궁금해서 견딜 수 없었다. 어린 나이의 나로서는 엄청난 모험이었다. 나는 그때처럼 바닷가를 어설프게 서성거렸다.

버스는 다시 출발했다. 잠깐 눈을 붙였는가, 몸이 기우뚱거리며 휘뚝 하는 느낌에 눈을 떴다. 센 바람에 버스의 몸체가 흔들리고 있었다. 삼척까지는 그래도 서너 명 승객이 있었으나, 이제는 나 혼자뿐이었다. 혼자서 버스 승객이 되어 해안도로를 달려가는 나라는 존재가 갑자기 낯설기 짝이 없다는 생각이 들었다. 낯선 나를 만나자면 선(禪)처럼 혼자 있어야만 하는 것이다. 흔들리는 차체는 어느 순간 중앙선을 밟고 휘청거리기까지 했다. 겁이 날 정도였다. 무엇인가 싸르륵거려서 싸락눈인가 했으나, 그것은 바람에 묻어오는 모래알의 소리이기도 했다. 여기 어디쯤 등명락가사가 있다고 들었는데. 속으로 공연히 절 이름을 들먹이고는 있었으나, 지리에 자신은 없었다. 앞 의자 등받이 그물에 넣어둔 테이크아웃 커피가 넘쳐 주르르 흘렀다. 이미 차게 식은 커피였다. 바람 때문에 커피도 외로워진 것이었다. 삼척에서부터 떠오른 따뜻한 카페의 발상이 버스의 요동침과 함께 되살아난다. 나는 쿠바처럼 먼 나라를 머리에 그린다.

러시안룰렛이라는 게 있다. 권총의 탄창에 단 한 발만 실탄을 넣고 다른 다섯 곳은 비운 채 빙그르르 돌려 머리에 갖다 댄다. 방아쇠를 당긴다. 총알이 발사될 확률은 6분의 1. 거기에 운명을 거는 게임. 그런데, 나는 먼 나라라고 러시아를, 또 그곳의 카페를 말하려고 하면서 왜 엉뚱한 걸 연상하는 것일까.

우리는 그때 어둑어둑한 거리를 걸어가고 있었다. 오후 세

시만 되면 거리에는 저녁빛이 어렸다. 러시아 상트페테르부르크의 네바 강가에서 접어들어간 골목길, 점심때나 되어 빵과 홍차로 끼니를 때우고 나온 우리는 허기를 느끼고 주위를 두리번거렸다. 걷기에도 지쳐 있었다.

"저기, 카페."

그녀가 가리키는 대로 나는 커피, 카페의 러시아어 철자 'КАФЕ'를 바라보았다. 영업을 하는지 안 하는지도 알 수 없게, 작은 간판에 인적마저 끊긴 듯한 가게였다. 우리는 문을 열고 들어갔다. 뜻밖에 젊은 사람들이 여럿 앉아 있었다. 레닌그라드 대학 근처니까, 대학생들로 여겨졌다. 우리는 빵을 고르고 커피를 시켰다. 우리는 벌써 한 달 넘게 그 나라에 머물렀다. 그런 우리는 우랄 산맥 동쪽 어디쯤 러시아 변방의 작은 자치 공화국에서 온 남녀로 보였음 직도 했다. 카페를 찾아 들어가는 것도 그곳에서 익힌 발걸음이었다. 프랑스도 그렇지만, 그 프랑스 지향의 나라에서 카페는 생활의 공간이었다.

커피는 금방 나오지 않았다. 나는 일하는 청년에게 눈길을 던졌다. 그는 커피를 끓이고 있었다. 그런데 그게 달랐다. 쇠국자 같은 것을 모래에 올려놓고 커피를 뜨겁게 달이고 있는 것이었다. 나는 그렇게 끓이는 커피를 처음 보았다. 모래를 달구고 그 위에 놓아 끓이는 커피.

"그게 진짜 커피예요."

나중에 우리 동포 미하일에게 말했더니, 그는 엄지손가락을

곧추세우며 대꾸했다. 러시아에서는 흔히 그렇게 달인다는 것
이었다. 그렇게 해서 나는 '진짜 커피'를 마셨다. 끓이는 방법에
따라 커피 맛은 달라지는가. 나는 알 수 없다. 모래가 무슨 역
할을 하는지는 더더욱 알 수 없다. 그리고 몇 번인가 그런 식의
커피를 마시며 친근함 속에 모래 커피라는 이름을 붙였다. 그러
니까 버스로 날아드는 모래알 때문에 모래 커피가 새삼 내게 다
가온 셈인 것 같았다.

　서울에 돌아와서 웬일인지 그 커피를 잊을 수 없었다. 한 친
구에게 말했더니, 그런 커피점을 열면 어떨까 하고 제법 본격
적으로 상의를 해오기도 했었다. 이 차별화의 시대에 그러면
특징이 있을 거라고, 지금도 러시아에 가면 그 도구들을 구할
수 있을 거라고 나는 맞장구를 쳐주었지만, 아무래도 시간이
오래 걸리는 통에 되겠느냐는 우려도 곁들였다. 그리고 러시안
룰렛의 사진도 걸어놓으라고 나는 자못 의미심장하게 조언했던
것이다.

　"뭐? 러시안룰렛?"

　말했다시피 모래 커피와 운명 걸기 권총은 어디에도 연결 고
리가 없다. 그런데도 나는 그 이미지를 왜 고집했던 것일까. 역
시 알 수 없다. 그러나, 그러나, 내게는 그 둘의 분위기가 함께
다가온다. 그날 네바 강가의 러시아 모래 커피가 내게 죽음과
같은 운명적인 순간을 맛보게 했단 말인가. 그것도 천만에 아니
다. 새로 만난 우리가 그 여행을 운명적으로 여기려고 했음은

틀림없었다. 그러나 우리의 운명의 확인에는 불길한 총알 따위는 아예 없었다. 친구는 물론 모래 커피점을 열지 않았다. 한국 어디에도 그와 같은 커피점이 문을 열었다는 소식은 듣지 못했다.

모래 커피와 러시안룰렛, 그렇다면? 나는 모든 만남에는 일말의 죽음과 같은 담보가 요구된다고 말하고 있는가. 모래 커피가 그렇게 심각한 의미를 던졌단 말인가.

하기야 소설가가 되려고 어느 셋집에서 몇날 며칠을 칩거할 때, 나는 죽음을 담보로 글을 쓰겠다고 이를 악물었다. 소설가가 되지 않으면 안 될 절체절명의 막바지 언덕길이 내 앞에 놓여 있었다. 앞이 캄캄한 시간마다 커피를 타 가지고 옥상에 올라 폐부 깊숙이 숨어 있는 한숨을 토해내곤 했었다. 커피는 나를 달래주고 의욕을 부추겼다. 뜻을 이루지 못하면 오늘의 커피는 내일의 사약이 될지니, 부디 일어나라, 일어나라.

오랜 시간이 흘렀다. 그 뒤로 나는 모래 커피를 어디서도 대할 수 없었다. 러시아의 어느 한구석에 그게 남아 있을지 모른다. 한국에 많이 오는 러시아 사람들은 오직 우리의 '빨리빨리'만 배우려 하는 모양이었다. 모래 커피도 사라진 유풍(遺風)이 되었을 것이다. 그 커피가 새삼 그립고, 그 시절이 그립다. 삶이란 그리움의 야적장 같은 것이다. 아무렇게나 쌓여 있는, 버려져 있는 저 폐품들을 보라. 한참 바라보고 있으면 폐품은 유품이 되어 달겨든다. 버려야지 하면서 내놓았다가 다시 하는 수 없이 간직하곤 하는, 이젠 못 쓰는 낡은 물건들 속에서 결코 빠져나오지 못하는 그리움들…… 많은 그리움을 뒤에 두고 우리는 어디로 걸어가야 하는 것일까. 한 잔의 모래 커피를 마시고 싶었다. 등 뒤에 러시안룰렛의 그림자를 느낄 것인가. 모든 한 잔의 커피가 운명의 한 잔이라고 말하고 싶은 지금.

쿠바든 러시아든 나는 먼 나라라는 느낌만이 크다. 시간이 갈수록 모든 일은 희미해져서 먼 나라의 일처럼 잔상(殘像)만을 남기며 묻힌다. '어머니, 당신은 그 먼 나라를 알으십니까' 어느 시에 있는 구절이었다. 한때 먼 나라의 이름 모를 거리를 기웃거리는 나날이 좋았다. 유목민의 식량인 빵조각을 씹으며 버림받은 저녁 분위기에 취했었다. 그것이야말로 혼자의 고독의 자위의 낯선 시간이었다. 서울에서 직접 강릉으로 갈 수는 얼마든지 있었다. 하지만 나는 경우를 기다렸다. 내가 가보지 못한 동해안의 혼잣길이 주어져야 했다. 사실「헌화가」나 등명락가사의 이정표도 필요가 없었다. 나는 혼잣길로 간신히 간신히 고향의 바닷가에 닿고 싶었다. 그래야만 의미를 완성할 수 있었다. 의미의 완성이야말로 내 인생의 목표가 아니던가. 완성이란 없음을 알고 있으면서도.

나 혼자를 승객으로 태운 버스는 바람을 피해 어디론가 달려가는 듯했다. 나혜석의 그림에서처럼 바닷가 언덕 집들 사이로 배가 놓여 있다. 흰색의 벽이 외롭고 강렬하다. 나는 차창으로 고향 가까운 바깥 풍경을 내다보며 휴대전화로 메시지를 보냈다.

꿈속의 그림자
누구일까
아무도 없는데
누구 하나 없는데
비껴가는 모습
누구일까.

　받는 사람의 전화번호는 물론 내 것이었다. 흘러가는 바깥
풍경에 반사되는 것은 내 얼굴이었다. 하지만 그 얼굴조차 '누
구일까' 하고 생소해 하는 나는 정말 누구일까.*「헌화가」의 노
인처럼 나는 바닷가 절벽을 보고 있었다. 꽃이 피어 있을 시기
는 아니었다. 유감스럽게도「헌화가」에서 수로부인이 원한 꽃
의 이름은 밝혀져 있지 않았다. 꽃의 이름을 불러줌으로써 꽃은
비로소 내게 와서 '무엇'이 되어 의미를 갖는다고 한 시 구절.
모든 사물은 이름을 불러주지 않으면 하나의 '몸짓'에 지나지
않는다고 했다. 맞는 말이었다. 이제 와서 그 시를 새삼스레 인
용하진 않겠지만, 그 선언적 시는 내게도 명확하게 전달되어,
나는 그것이 사랑을 꿰뚫어 보는 말이라고 받아들였다. 이를테
면 짝사랑하는 소녀의 이름이라도 알려고 애를 태우던 어릴 적
의 순간들, 안타까움이 손에 잡힐 듯 되살아났던 것이다. 세화
는 강릉 옛집의 이웃집 소녀였다. 지금은 이 세상에 없는 소꿉
소녀도 이름을 부르면 되살아난다. 두 집 사이의 개구멍으로 얼

굴을 내민다. 그리고 둘이서 손을 잡고 동네를 휘돈다. 객사문이 무너진다, 무너진다, 무너진다,고 소리치며 냅다 뛰어, 차라리 남대천의 '미친 여자'를 보러 간다.

　모든 사물은 이름을 가져야 한다. 아니, 이름이 없는 사물은이 세상에 없다. '우수마발'이 다 이름을 갖는다는, 도대체 '이름 없는 꽃'이 무엇이냐는 일갈. 틀림없는 말이었다. 그래서 산해박, 쇠뜨기, 세뿔석위, 속새, 머위, 천남성, 패모, 반풍, 잔대, 고비 등등 풀을 구해다 심는다. 그 이름을 부르며, 나와의동질성을 회복하려는 것이다.

　그런 어느 날 『금강경』을 들춰보게 되었다. 백남준 기념관에갔다가 그의 비디오 작품을 보고 온 결과였다. 흰 화면이 세로로 움직이며 가끔 그림자 같은 검은 자국이 흐르는 작품. 제목『금강경』. 작품을 보면서, 그 경전을 언제 한 번이라도 면밀히읽어본 적이 있었던가, 싶었다. 언젠가 그 첫머리의 이야기를읽고 외다시피 한 적은 있었으나, 전편은 잘 다가오지 않은 채로 세월만 흘려보냈다. 첫머리의 이야기는 부처가 천여 명의 비구들과 사위성에 있으면서 아침에 탁발을 나갔다가 본래 자리로 돌아와서 밥그릇과 옷을 제자리에 놓고 앉았다는 평범한 내용이었다. 그런데 웬일인지 나는 마지막 구절 '본래 자리로 돌아왔다'는 '환지본처(還地本處)'에서 눈이 쉽게 떨어지지 않았다. 『금강경』이 어떤 책인가. 불교의 진리를 가장 깊게 말해놓았다는 경전 아닌가. 그 경전에 탁발을 나갔다가 돌아와서 밥그릇을 놓고 옷을 걸고 하는 장면은 너무나 일상적인 사소한 일들이었다. 그렇다면 '환지본처'는 그냥 흘러가는 일상사라기보다 뭔가 중요한 시금석일 터였다. 그러고 나서야 나는 '환지본처'야말로 우리 삶에서 가장 중요한 원점이자 초심을 강조하는 뜻이라고 새길 수 있었다. 모든 일을 시작할 때 원점으로 돌아가서 행하지 않으면 안 된다. 처음처럼.

그런데 백남준은 작품 옆에 써놓았다. '모든 있다고 일컫는 것(一切有爲法)은 몽환과 같고 물거품과 그림자 같으니(如夢幻泡影)……' 일컬어 '금강경 사구게'였다. 허위허위 집에 돌아온 나는 그 구절을 베껴 써놓고 몽환에 사로잡힌 듯 그림 비슷한 것도 그렸다. '처음 마음'과 '몽환'은 도무지 앞뒤가 맞지 않았다. 그러다가 기어코 『금강경』을 다시 펴 든 것이다.

'모든 형상이 형상 아님을 보면(若見諸相非相) 바로 여래를 보나니(卽見如來).'

여기서 나는 새롭게 '견자(見者)'를 보는 느낌이었다. 견자란 무엇일까, 오래 시달려온 의문이었다. 그런 다음에 벼락같이 머리를 치는 말씀.

'내가 진리라고 하는 것은 다만 그 이름이 진리일 따름이니라.'

이처럼 부처가 말하는 모든 것은 다만 이름이 그러할 뿐이라는 말씀. 숨이 멎을 듯했다. 아니, 그렇다면…… 나는 그만 경전을 덮어야 한다. 궁극적인 '제상비상'을 말하는 이것은 금서

(禁書) 중의 금서였구나. 나는 꽃의 이름을 부르는 시인의 명복을 빌며, 엄습해오는 종교적 진리의 비의를 감당하기에는 너무나 막막하여, 내 이름을 부르고자 발버둥쳐온 내 인생조차 눈물겨울 뿐이었다. 그렇다면 내가 지금 시라고 쓰는 이것은 그 어디쯤에 자리 잡고 있는 것일까.

차창에 비친 얼굴을 보고 얻은 '누구일까' 하는 물음은 '모든 형상이 형상 아님을 보는' 것에는 아직 거리가 멀었다. 백남준이고 견자고 『금강경』이고 뭐고 어려운 소리가 나온 것도 다 고향 때문이라고 여겨졌다. 그러니 내게 고향이란 진절머리 나는 곳일 수밖에 없었다. 그곳은 공연히 나를 심각하게 만드는 원흉이었다. 나만이 고향을 버스에 싣고 그곳으로 들어가는 것 같았다.

어머니의 유골을 뿌린 강릉 바다 위에 새가 날아간다. 오리바위를 맴돌고 있다가 모래부리 쪽으로 방향을 잡는다. 이제 이 바다는 내가 올 때마다 '왔니?' 하고 반기겠다고 안심한다. 나는 그림을 그리기 시작한 첫 '작품'으로 지난해 캔버스에 열심히 옮겨놓은 새의 형상에 모래부리의 새를 대응해본다.

내가 그린 새를 보고 어떤 사람은 새인지 오징어인지 모르겠다고 했다. 누구는 밍크고래 같다고도 하고, 하물며 빨래집게 같다고도. 그림 이야기가 나왔으니 말이지 지난봄에 '어머니 전'이라는 단체전에 내놓은 내 그림은 새로 탄생한 내가 어머니에게 꽃 한 송이를 바치는 내용이었다. 세상을 살아오는 동안, 보이는 마음과 보이지 않는 마음이 있다는 사실을 알았다. 그 어느 쪽도 허상일 수는 없음을 확인해야 하며, 그 확인이 문학이든 미술이든 '작품'으로 이루어지는 사랑이라고 나는 애써 정의했다.

여름이 시작되며 어머니는 더욱 병세가 깊어졌다. 어머니는 열아홉에 나를 낳았다. 나는 탄생했으며, 그동안 많은 고행의 길을 거쳐 이곳에 이르렀다. 그리고 예전에 그랬듯이 꽃 한 송이를 들고 어머니를 바라본다.

어렸을 때 이사 가는 집마다 나팔꽃 덩굴을 올렸듯이 덩굴식물을 좋아해서, 여러 가지 구해 심었다. 여름 장마가 지나도록 으아리의 덩굴에서는 하얀 꽃들이 청초한 별들처럼 피어났다. 비슷한 덩굴식물이라도 사위질빵의 꽃은 유백색이며 꽃잎이 좀 뭉툭하고 으아리의 꽃은 청백색에 갸름하여 귀태가 있다. 커다란 꽃송이를 자랑하며 봄에 피는 큰꽃으아리가 나무인데 으아리는 풀이라는 것도 특이하다.

덩굴식물은 하늘을 향해 자꾸만 올라간다. 마치 그걸 타고 오르는 걸 가르쳐주려는 듯이 보인다. 모든 식물이 하늘을 향해 자라는 모습은 신비하지만 덩굴식물은 그 신비가 더욱 구체적으로 표현되어 있다. 세상의 신비를 눈앞에 구현해 보이는 일이다. 덩굴식물이 감아 올라간 저 끝 어디에 이 신비의 세상은 실재의 꽃 이상의 꽃을 피우고 있다고 믿어본다.

언제부터인가 덩굴식물이 자라는 모습에서 손을 뻗고 있는 모습을 본다. 어떤 것은 덩굴손까지 휘젓는다. 어디론가 뻗어 무엇인가 붙잡으려는 손. 그 손이 무엇인가 붙잡지 못하면 그만 오그라드는 생태를 본다. 자기 덩굴을 감아 잡아 거꾸로 얼마쯤 뻗어나가기를 시도하지만 그만 멈추고 마는 것이다.

"손 한번 잡아보자."

어머니는 병상에서 내게 손을 뻗었다. 이미 시간을 다투는 생명임을 모두는 알고 있었다. 빨리 죽지 않으니, 어떡하느냐는 당신의 말을 나는 어떻게 새겨들어야 하는지 망연할 뿐이었다. 저 전쟁의 소용돌이 속에서 나를 살려낸 손이 나를 향하고 있었다. 많은 말들이 그 손끝에서 묻어 나왔다. 나는 어머니의 손을 잡았다. 그러고 보니 실로 오랜만에 잡아보는 손이었다. 봄에 어머니에 대해 그린 그림에는 웬일인지 손이 유난히 강조되어 있었다. 나의 무심함을 일깨워주려는 손이었다는 생각이 들었다.

"또 올게요."

그러면서도 기껏 한다는 말이었다. 이승에서의 마지막 순간이 멀지 않은데, 기껏. 이렇게 되어 있는 게 삶이라면 도대체 우리는 무엇이란 말인가. 알 수 없는 회한에 나 자신이 부끄럽고 싫을 뿐이었다. 어머니는 세상을 떠났지만, 그 손은 내게로 뻗어 있다. 그리고 저 높은 어느 곳에 한 송이 꽃을 피워 내게로 전하고 있다. 장마 끝 덩굴식물에서 어머니의 손을 보는 마음이다.

어머니는 암으로 세상을 떠났다. 나이 든 탓에 의사도 더 이상 무슨 조치를 하려 하지 않고 그저 진통제로 버티라는 처방 아닌 처방을 내린 상태였다. 빨리 죽고 싶을 뿐이라는 말을 듣고 나는 대꾸할 말이 없었다. 이제 와서 지난 세월을 어찌 이런 글 몇 줄로 갈무리할 수 있으랴. 우리에게는 도저히 필설로 다 말할 수 없는 전쟁, 전쟁이라는 것이 있지 않았던가. 그것이 나라의 전쟁, 세계의 전쟁이었다면, 그에 따라 마음의 전쟁도 당연히 치를 수밖에 없지 않았던가. 어릴 적의 바닥이 그와 같으니, 살아 있는 동안 지금도 그 상처가 아물었다고 장담할 수 없는 나. 어머니와 함께 내 한계는 결정되어 있다.

어린 어느 날, 어머니가 나를 꼭 끌어안고 있는 장면이 흐릿하고 또렷하게 뇌리에 남아 있다. '흐릿하고 또렷하게'라는 말이 어떤 것인지, 어떻게 설명해야 할까. 우선 그 앞뒤 이야기를 전혀 모르기 때문에 '흐릿하'다고밖에 말할 수 없을 것이다. 그럼에도 불구하고 그 상태의 짧은 한 순간은 사진처럼 '또렷하게' 떠오르는 것이다. 여기서 어머니와 나는 아무도 없이 둘만 남아 있는 상황이 강조된다. 이 세상에 누구 하나 의지할 사람 없이 우리는 천애(天涯)에 둘뿐이었다. '흐릿하고 또렷하게' 남아 있는 그 장면이 강릉 읍사무소 앞집에서의 일인지도 나는 기억할 수 없다. 내가 태어나서 여덟 살에 떠나올 때까지 살았던 그 집. 일본식 '적산' 가옥, 그 집에 20대 초반의 어여쁜 어머니가 있었다.

소설가가 되려고 했을 때, 나는 그 집을 무대로 이야기를 꾸미고자 했다. '가장 잘 아는 이야기를 쓰라'는 명제에 따르려고 한 것이었다. 전쟁이 배경이었다. 물론 그 집과 어머니는 소설로 만들어지느라고 각색된 탓에 본래 모습 그대로는 드러나지 않지만, 어디가 어떻게 변형되었는지 나는 나만의 비밀로서 잘 알고 있는 것이다. 소설은 소설로서 성립하기 위해 현실의 집을 작품의 무대로 다시 조립하지 않으면 안 되는 것이다. 그런 점에서 그 집은 내게는 '비밀의 집'이 된다. 어머니와 내가 둘이 남았던 공간인 그 비밀의 집의 한 부분은 오래전에 이미 헐려서 넓은 길에 포함되었다. 그럼에도 집 뒤쪽 중앙시장이나 남대천으로 향하는 길이 어느 골목들에는 옛날 흔적들이 지워지지 않고 남아 있었다. 살구나무와 골목집 담벼락의 낙서도 그런 가운데 하나였다. 아니, 살구나무도 새로 심은 것이며, 낙서도 새로 덧칠한 것일까. 그러면 옆길 건너 소방서의 망루와, 한참 올라가 임당동 성당의 성모상은? 그러나 이 모든 '비밀'들은 내 소설 어딘가에 들어가 나름대로의 모습으로 살아 있다. 나는 결국 내가 살아온 발자취를 어디엔가 남기려고 애쓰는 소설을 쓸 수밖에 없는 부류의 소설가인지도 모른다.

어머니를 그린 그림에서도 여전히 나는 같은 일을 하고 말았다. 나는 어머니를 그리면서 보름달을 그리는 게 마땅했다. 보름날 가까운 나의 탄생을 어머니 옆에 놓아야 했기 때문이다. 그렇건만 막상 그려놓은 것은 커다란 초생달. 아무런 저항감 없이 나는 그렸다. 그럼 이것도 현실의 달이 작품의 달이 되기 위해 둔갑한 결과, '비밀의 달'이 되었단 말인가. 게다가 어머니도 열아홉의 어여쁜 모습이 아니다. 베옷을 걸친 어머니는 늙고 거친 얼굴이다. 동앗줄을 타고 내려온 아이는 신화적으로 포장되어, 마치 '유아독존'을 외치는 듯도 하다. 모든 게 오리무중을 지나 엉망진창이다. 그리고 찌그러진 대야가 있다. 아마도 알루미늄 재질인 듯한 이 대야는 평상시에는 세숫대야였을 것이다. 그러나 나는 그 세숫대야가 전쟁 때 부산 피란지에서 쌀 씻는 대야의 역할을 함께 했음도 기억하고 있는 것이다. 이 대야는 물을 쓰는 데 따라 두루 쓰임새가 바뀌는 '비밀의 대야'였다. 어쩌면 내가 태어났을 때, 여기에 몸이 담겨 씻겨졌을지도 모를 일이다. 또한, '나'라고 여겨지는 인물이 손에 든 빨간 꽃. 백일홍이 아닐까 싶은 이 꽃은 어머니가 해마다 꽃밭에 꽃씨를 뿌려서 꽃피운 여러 꽃들 가운데 대표가 될 만하다. 그 꽃을 왜 내가 들고 어머니에게 전하려는 것처럼 그려졌을까. 오히려 현실은 반대가 되어야 하지 않겠는가 말이다. 이 또한 위에서 말한 바와 같은 틀에 속한다고 보면, 이젠 뭐 특별한 건 아닐 듯싶다. 어머니는 꽃을 가꿔 피워내는 데는 남다른 솜씨가 있었다.

그러니까 오리무중, 엉망진창인 질서는 겉으로 본 풍경에 지나지 않는다. 보름달 아래 태어난 어떤 존재는 초생달 아래 꽃을 들고 동앗줄을 타고 내려와 어머니에게 바친다. 모든 존재의 탄생은 역사적인 탄생이며, 그 역사를 만든 환경의 한 표상으로서 나타난다. 이 존재는 '나'로서 그려질 수밖에 없다. 따라서 어머니는 열아홉의 어여쁜 얼굴이 여든 넘은 얼굴을 하고 이른바 전존재를 표상한다. 초생달 역시 보름달에서 그믐달로 변해가는 모든 달의 전존재이다.

더 이상 어렵게 이야기를 포장해서 무엇하겠는가. 어머니는 비록 암으로 고생하면서도 맑은 목소리로 건강을 알리곤 했다. 나야 잘 있어. 그리고 열심히, 건강하게 잘 살라고 당부한다. 나는 어머니가 화분에 소중하게 가꾸어온 꽃 한 뿌리라도 캐와야 겠다고 다짐하면서도 그것이 곧 세상을 떠남에 대한 준비로 두드러질까 봐 저어할 수밖에 없었다. 그래서 나는 그림으로서나마 새 탄생의 꽃을 어머니에게 바치고 있는 모습인지도 모른다.

어머니는 몇 해 전부터 '빨리 죽고 싶다'고 마치 심심풀이 삼은 듯 말하곤 했다. 그러면 우리들은 웃음을 띠었다. 그 말이 진심인지 아닌지 알 길이 없기도 했다. 나는 아직도 모른다. 노인네들이 죽고 싶다고 말하지만 실상은 그렇지 않다고 하는 말들을 하는 것이다. 선고를 받은 병상에서 여전히 멀쩡한 의식으로 마지막을 맞이하는 그 심정을 헤아릴 길 없어 나는 그저 막막하였다. 사실상 우리 가족은 이미 해체된 지 오래였다. 그걸 어머니라는 끈으로 이어 유지하고만 있는 형국이었다. 어머니는 새끼 거미들이 뿔뿔이 흩어진 다음에 낡은 거미줄을 잇고 또 잇는 어미 거미처럼 거기 살아 있었다.

어머니는 병상에서 몸을 일으키며 '손 한번 잡아보자'를 계속

했다. 그 눈에 어리는 아련한 빛. 이승에서는 아마도 마지막이 될지 모른다는 마음. 순간 속에 우리의 가족사가 함께 어렸다. 고향 옛집. 방공호에 들어가 숨죽이던 어느 날. 피란살이. 속 썩이던 나의 사춘기. 병든 문학청년. 마구간 방과 부뚜막 방에서 문학을 꿈꾸던 나. 어머니는 잡은 손을 놓고서 다시 또 무엇인가 아쉬운 몸짓이었다.

"어떡허니……"

그런데 이 말은 무슨 뜻일까. 누구에게 하는 말도 아닌 혼잣말이었다. 어떤 난관에도 어머니의 입에서 나옴 직한 말이 아니었다. 집달리들이 밀어닥쳐 한데 나앉았을 때도, 아버지가 감옥에 갇히게 되었을 때도 들은 말이 아니었다. 어머니의 죽음을 기정사실로 받아들이고 있는 나의 가슴에 날처럼, 칼날의 날보다는 서릿발의 날처럼 예리하게 들려오는 소리. 어쩌지 못할 아쉬움과 두려움을 품은 소리. 손 한번 다시 잡아보지 못할 불귀의 회진(灰塵) 앞에 형체 없음의 신음 소리. 어떠한 대답으로도 대답이 안 되는 말이었다. 안타까운 노릇이었다.

"어떡허니……"

그것은 허공을 향한, 죽음을 향한 말이었다. 마지막은 아픔이나 혼수상태 속에 맞이하는 게 낫겠다는 생각이 퍼뜩 들었다. 생생한 정신으로 죽음에의 여행을 떠나야 하는, 안 떠나려야 안 떠날 수가 없게 된 막다른 골목의 마지막 말. 어떤 위안도 소용이 안 닿는 말. 꽃 한 송이를 바치는 따위의 어설픈 짓거리로는 범접할 수 없는 말.

　"어떡허니……"

　파도에 휩쓸린 모래알들이 어머니의 말을 되뇐다. 나는 모래
밭을 걸어 파도와 멀어진다. 잠깐 카페에 앉아서 뭔가 다독거리
고 갈 마음도, 방파제의 등대를 돌고 갈 마음도 사치였음을 안
다. 의미의 완성이란 애초에 없다. 단지 모래부리를 지나 솟대
의 새를 등지고 임당동 옛집을 거쳐 터미널에 이를 것이다. 어
머니도 한낱 이름에 지나지 않게 되었는가. 끝났다, 생각하니,
'누구일까' 물었던 어떤 모습이 덩굴손으로 나를 감는 듯하여,
내 발길은 몇 걸음 늦어진다.

강릉/너울

익숙했던 그 집을 찾지 못한 것은 도무지 이해할 수 없는 일이었다. 그곳에 갈 때마다 어떻게든 틈새 시간을 내어 찾아가 확인하곤 했었다. 확인이라는 말이 지나치다면 스쳐가며 보았다 해도 그만이었다. 하기야 늘 바쁜 일정으로 가게 되는 고향. 이번에도 바쁘기는 마찬가지였다. 그러나 나는 어머니가 세상을 떠난 뒤로 그 집을 찾아가보지 못했다는 사실이 늘 켕겼던 터라 택시를 몰았다. 다만 이번에는 예전과 달리 바닷가 쪽에서 접어든 길이었다. 예전과는 역방향인 셈이었다. 말이 역방향이지 뭐 특별히 달라질 것은 없었다. 워낙 빤한 길이었다. 하여튼 그 앞 사거리까지만 가면 거기가 거기였다. 어디서든 객사문이 나타나면 나는 순식간에 어릴 적 풍경 속에 놓인다. 객사문은 나무 문일 뿐 그것을 열고 들어가면 있어야 할 건물들은 모두 사라져버렸다. 내용은 없고 포장만 있는 느낌이었다. 언젠가 마카오에 가서 유명한 성당 앞에 이르렀는데 앞면만 남아 있고 그 뒤는 아예 없어 황당한 모습인데도 객사문을 연상하며 충분히 받아들일 수 있었다.

사거리 한 모퉁이에서 내린 나는 여유롭게 걸음을 옮겼다. 그런데 당연히 하나뿐이어야 할 골목길이 둘이었다. 어? 나는 머리를 갸우뚱했다. 그렇다고 새로 뚫린 흔적도 없었다. 애초에 그렇게 되어 있는 길이었다. 도무지 알 수 없는 일이었다. 몇십 년 동안 아무런 헷갈림이 없었다. 나는 정확하게 그 앞에 이르러 옛 모습을 떠올리곤 했었다. 앞부분이 빌딩으로 재개발되어 화장품 가게 간판을 달았든 어쨌든 나는 그 뒤에 숨겨진 우리 집 텃밭을 알고 있는 것이었다. 텃밭 한쪽에 파놓은 방공호를 알고 있는 것이었다. 그런데 난데없는 골목이 사이에 끼어들며 내 눈을 의심케 했다. 어? 건성으로 본 화장품 가게 간판도 이제는 없었다. 그야 업종이 바뀔 가능성은 늘 있었다. 그게 하필이면 이번이었다.

나는 이리저리 기웃거리다가 건물 옆 더 작은 골목으로 들어갔다. 나무로 얼기설기 짠 허름한 문이 반쯤 열려 있었다. 사립짝에 가까운 문 안쪽의 텃밭은 예전 우리 집 텃밭과 거의 다를 바 없었다. 심겨 있는 채소가 상추든 감자든 상관없었다. 나는 감자꽃을 보았다. 곧 울타리콩꽃이 피리라. 텃밭은 몇십 년 동안 똑같은 식물을 기르며 집을 지키고 있는 것이었다.

"누구요?"

목소리를 듣고서야 나는 아차 했다. 나는 주인의 허락 없이 이미 문 안쪽으로 들어서 있었다. 나는 여유를 가장하여 주춤주춤 물러서며 그에게 약간 몸을 숙여 보였다. 뭐 도둑은 아니외다. 나는 태도로 말하고자 했다. 그러나 그는 '외다'는 투의 허세는 또 뭐냐는 듯 나를 꼬나보았다. 나는 더 솔직해져야만 그를 누그러뜨릴 수 있다고 여겼다.

"실은……"

나는 털어놓았다. 나는 고향에 와서 내가 살던 집을 찾는 사람입니다…… 나는 과거의 한 부분을 그대로 옮겨놓았다. 그런데 골목 자체가 헷갈려서…… 숨김없는 말이었다. 얼마 전에 어머니가 집 앞에서 찍은 사진을 나는 또렷이 기억하고 있었다. 그 사실도 그에게 밝혔다. 어머니는 반소매 블라우스에 통 넓은 치마를 입고 가방을 들고 건물 앞에 서 있었다. 화장품 가게의 간판이 뒤에 보였다. 나는 화장품 가게를 표적으로 삼고 있었다. 그게 어디론가 사라질 줄 예측하지 못한 것이 잘못이었다. 그러나 그는 내가 말하는 화장품 가게를 부인했다.

"화장품 가겐 없어요. 내가 태어나서부터 여기 산 사람인데."

그는 단호했다. 그래서 나에 대한 의심을 풀지 않는 듯했다. 답답한 노릇이었다. 그럴 리는 없었다. 어머니의 사진이 아니라도 나는 올 때마다 그곳을 표적으로 삼아왔었다. 나는 주위의 소방서 건물이며 읍사무소며 객사문까지 각도를 손으로 그려

보이며 머리만 갸웃거렸다.

그만 바다로 가고 싶었다. 불과 두 골목을 두고 어느 쪽인지 몰라 헤매고 있는 꼴이 스스로 못마땅했다. 뭔가 마가 끼었다고 해야 할 것이었다. 전혀 현실과는 관계없는 줄 알았던 좀비가 은행 컴퓨터를 마비시켜 현실을 가로막는 사태를 본 다음부터 나는 가상공간이라는 말을 함부로 쓸 수 없었다. 가상공간이라는 게 현실공간이었다. 나는 마치 그런 공간, 즉 가상공간이자 현실공간을 함께 겪고 있는 것처럼 떠 있는 느낌이었다. 그렇다면 텃밭도 가상공간이자 현실공간이 되는 셈이었다. 그러자 나 자신이 좀비의 일종이 되고 만 성싶었다. 나는 서둘러 그에게 꾸벅 절을 하며 어디론가 떠날 수밖에 없었다.

어디로? 역시 바다였다. 일기예보는 너울을 예보하고 있었다. 며칠 전에도 너울이 밀려와 몇 사람을 바다로 끌고 들어갔다는 것이었다. 너울은 형태가 보이지도 않게 밀려와서 갑자기 방파제 위를 덮쳐 휩쓸어 들어간다고 했다. 그게 두려우면 서울로 돌아올 수도 있었다. 그러나 아직 그럴 시간이 아니었다. 언제나 행사 때문에 들렀다가 돌아오곤 하면서도 내 개인적인 숙제를 못 마친 듯해서 발길이 가볍지 않았다. 집을 찾지 못해서 더 그랬을까, 바다 쪽으로 향하는 마음을 주체할 길이 없었다. 바다의 일망무제를 바라보며 흐릿한 추억의 미로에서 허우적거리는 나를 달래고 싶었다. 하지만 그 바다가 풍경만의 바다가 아니라는 사실을 나는 알고 있었다. 그 바다 또한 내게는 보이지 않는 그물이었다.

무엇보다도 그 바다에서 내게 가장 먼저 다가오는 형체는 한 척의 배였다. 그 배는 유령선처럼 떠 있다가 나를 보는 순간 서서히 저어오기 시작한다. 보통 때도 나는 배를 탈 때마다 유령선을 생각하곤 했다. 유령선이란 무엇인가. 바다에 배가 떠서 어디론가 가고 있는 중이다. 그러나 그 배에 타고 있는 사람은 하나도 없다. 빈 배가 어디론가 떠 가고 있다. 이것이 유령선이다. 어렸을 때, 유령선 이야기는 머리카락을 쭈뼛 서게 하기에 충분했다. 왜 배에는 아무도 없을까. 어떻게 빈 배가 어디론가 가고 있을까. 무서운 일이었다. 더군다나 배의 돛대 끝에 해골 표지라도 하나 매달고 있다면 더욱 그랬다. 실제로는 전염병이 번졌거나 혹은 반란이 일어나 싸우다가 모두 죽은 다음 조류와 바람에 떠밀려 다니는 배를 그렇게 불렀다고 했다. 그런데 그곳 바다에 가면 배가 보이지 않아도 멀리 유령선의 모습이 가물가물 망막에 어린다. 착각, 착시가 아니었다. 배는 수평선 밑 어디에, 내 머릿속에 숨겨져 있었음에 틀림없었다. 그러니까 바다는 바깥의 바다가 아니라 내 머릿속의 바다라고 해야 한다. 누구에게나 고향의 바다는 단순한 풍경으로서의 바다가 아니다. 바다는 의미의 그물을 던진다.

한 척의 검은 배가 있다. 어린 나는 그 배에 태워진다. 배에는 아무도 없다. 여기서 꼼짝 말고 기다려야 해. 어머니의 말만으로는 버티기 힘든 텅 빈 공간. 둘러보면 온통 거무튀튀한 쇳

빛뿐 온기라곤 없었다. 꽉 막힌 감옥, 혹은 무덤 속이라는 생각을 어린 나이에 할 수 있었던 것 같지는 않아도 나는 잔뜩 겁을 먹고 마침내 울음을 터뜨렸다. 텅 빈 공간을 우웡우웡 울리는 울음소리. 텅 빈 공간을 울리며 내 귀조차 어룽거리게 하는 울음소리. 울음소리의 메아리. 그로부터 내 뒷머리를 언제나 메아리치게 된 유령선 속의 울음소리. 나는 그 장면의 울음소리와 함께 고향 바다를 기억에서 끌어낸다. 그때를 회상하는 말이든 글이든 나는 기회 있을 때마다 그 메아리를 입에 올릴 수밖에 없었다.

검은 배는 유령선이 아니었다. 그러나 아무도 없는 텅 빈 공간의 울음소리 메아리와 함께 유령선이 되고 말았다. 그리고 그 앞뒤의 이야기는 내게서 지워져 있다. 쉽게 말해 나는 유령선을 탄 어린 피란민에 지나지 않았다. '흥남 철수'라는 사태는 요즘에도 신문 보도에 종종 나오는데, 도대체 '강릉 철수'에 대해서는 이렇다 할 뭐가 없었다. 하지만 나는, 우리는 배를 타고 부산으로 '철수'했었다.

나는 그 배의 정체를 모른다. 어느 나라 배며 쓰임새는 무엇인지 크기는 얼마만 한지 제원도 모른다. 내 기억은 울음소리와 함께 끊어지고 나는 피란지에 닿아 있다. 그러므로 더욱 유령선이 되어 있다. 나중에 서른 살이 넘어 거제도에 가서 얼마 동안 지낼 때, 작은 연안여객선에서 며칠을 지내면서도 나는 줄곧 그 예전 유령선을 다시 탄 느낌을 갖고 싶었다. 폐선이 된 연안여객선은 내 생활 터전으로서는 안성맞춤이었다. 나는 좁은 조타실에서 혼자 소주를 마시며 먼바다를 떠도는 상상에 젖을 수 있었다. 실제로 먼바다는 방파제에 가려 있었고, 방파제 끝의 등대를 빠져나간다 해도 먼바다는 아니었지만 말이다. 나는 한 번도 먼바다를 항해해본 경험이 없었다. 일본의 세도나이카이까지 현해탄을 건너본 게 다였다.

빨리 바다로 가서 나의 유령선을 보고 싶었다. 그러면 찾지 못한 집의 망령도 잊을 수 있을 것 같았다. 유령이 망령을 다독거린다는 어이없는 대비에 나는 웃음을 머금었다. 실제로 유령선이란 없었으며, 또 내가 아무리 유령선이 아니라고 해도, 내게는 엄연히 유령선이 나타난다. 삶은 이토록 실체와 이미지 사이에서 헤맨다. 그 간극 위에 예술은 둥지를 튼다.

"바다로 가는 길이 어딘가요?"

택시에서 내린 나는 지나가는 남자에게 물었다. 그곳도 예전과는 다른 모습이었다. 어리둥절해 있는 나를 그는 물끄러미 쳐다보았다.

"어디든지 있지요."

"예전에는 바닷가에 긴 둑이 있었는데요."

나는 팔을 길게 뻗쳐 보였다.

"그런 덴 없어요."

"아니, 분명히……"

나는 언젠가 둑길을 같이 걸어가던 여자를 머릿속에 떠올렸다. 그곳이 평생교육도시로 지정된 기념식 행사에 갔다가 어울리게 된 여자였다. 행사가 끝나고 걸어 나오는 내게 여자는 이제 어디로 갈 계획이냐고 물었다. 내 입에서 아무 생각 없이 불쑥 나온 게 '바다'였다. 바다로 갈 거요. 그러자 그녀가 바다로 안내하겠다고 나선 것이었다. 나로서는 처음 가보는 마을이었다. 그리고 우리는 밤을 지내고 둑길에 서 있었다. 한쪽으로는 생선을 말리는 덕장이 설치되어 있고 바로 아래 바다가 다가와 있었다. 웬일인지 한가하게 비어 있는 덕장은 이제는 사용하지 않는 듯 버려진 풍경이었다. 우리는 다시 만난다거나 어쩐다거나 하는 약속도 없이 지난밤의 만남으로부터 멀어지고 있었다. 그것이 바다와 뭍을 가로지르는 형상의 둑의 역할이었다. 누구도 말을 못 꺼내게끔 둑이 막고 있는 것이었다. 오랜 뒤 그녀로부터 어떤 전갈이 왔으나, 나는 흘려들었다. 예전처럼 그녀는 앞으로의 계획을 물었던 것 같았다. 바다로 갈 거요. 나는 또다시 반복했다. 아직도 바다로 안 갔어요? 그녀의 키득키득 웃는 소리가 들려왔다. 바다로…… 아주 오래전에 다녀왔지요. 바다로 갈 거요…… 그것이 마지막이었다.

내가 바다로 가겠다고 한 것은 유령선 때문이었을까. 내 울음소리의 메아리와 함께 끊어진 기억의 실마리를 찾고 싶은 마음이기도 했다. 살아오면서 여러 도시들을 전전했지만, 나는 그날을 잊지 않고 있었다. 그 첫 항해로 고향을 떠나면서 내 인생이 시작되었음을 확인하고 싶었다. 그러나 나는 그 배를 타려고 갔을 장소에 대해서는 감조차 잡을 수 없었다. 만난 상대방과 술잔을 기울이며 개인적인 이야기가 무르익을 때쯤 질문을 던져보면 하나같이 눈만 꿈벅거릴 뿐이었다. 강릉단오제를 세계 문화유산으로 올릴 때도 그랬고, 최근에 바우길이라는 이름의 길을 만들 때도 그랬다. 공식적인 이야기가 아니면 입을 닫는 묵계라도 한 듯했다. 경포는 물론 아니었고, 강문도 아니었다. 그렇다면 안목? 그녀가 바다로 안내를 자청하자 내가 꼽은 곳이 안목이었다. 그녀도, 그밖에는 어디 항구라 할 만한 곳이 없다고 맞장구를 쳤다.

그런데 도저히 예전 풍경이 아니었다. 눈에 가장 먼저 들어와야 할 둑조차 보이지를 않았다. 나를 어디다 내려놓고 가는 거냐고, 하마터면 택시기사에게 소리칠 뻔했다. 사실 바다로 가는 길을 물을 필요는 없었다. 그리 멀지 않은 앞쪽으로 거대한 항구시설이 들어서고 있었고, 역시 출렁거리는 바다가 눈에 들어와 있었다. 그러나 나는 머리를 흔들며 바다로 가는 길을 찾았다.

"바다로 가는 길이 어디 있었는데요."

나는 누구에겐가 또 길을 묻고 머리를 갸우뚱거렸다. 그러고 보면 나는 바다를 찾아가겠다는 게 아니라 바다로 가는 길 자체를 찾는 셈이었다. 그곳은 어디서나 쉽게 바다가 바라다보이는 지형이었다. 그럼에도 불구하고 나는 바다로 가는 길이 어디냐고 묻고 있었다. 어쩌면 울음소리의 메아리를 찾는다는 말이 더 정확했을지도 모른다는 생각이 들었다. 내게는 고향의 모든 길들이 전쟁 때의 길로 연결되어 있었다. 그곳에 가면 나는 언제나 피란길에 나선 모습, 아니 몰골이었다. 어린 나는 어머니의 손에 이끌려 어디론가 가고 있다. 골목마다 몸을 숨기며 모퉁이마다 기웃거린다. 그 길 끝에 유령선이 있었다. 내게는 김종삼 시인의 「민간인」이라는 시가 들려온다.

> 1947년 봄
> 심야
> 황해도 해주의 바다
> 이남과 이북의 경계선 용당포
>
> 사공은 조심조심 노를 저어가고 있었다.
> 울음을 터뜨린 한 영아를 삼킨 곳
> 스무 몇 해나 지나서도 누구나 그 수심을 모른다.

이 시를 읽을 때마다 '용당포의 영아'는 내가 되었다. 내 울음소리의 메아리는 텅 빈 배의 밑창을 돌아 동해의 수심 깊이에서 울려오고 있었다. 내가 바다로 가는 길을 물어 물어 찾는 것은 단순히 눈에 보이는 길을 못 찾아서가 아니었다. 나는 수심을 향하는 길을 묻는 것이었다. 그때의 울음소리와 함께 나는 동해에 삼켜졌고 아무도 '그 수심'을 모르기 때문이었다. 나는 고향에 갈 때마다 '그 수심' 앞에 서 있는 내가 되었다. 나는 살아났고, 시를 읽을 수 있었다.

둑조차 어디론가 사라져버렸다. 온통 온 나라가 토목공사인 판국에 둑 하나 사라진 풍경이란 그리 대단한 일도 아닐 것이었다. 그러나 언젠가 둑길을 걷던 사람들도 사라져버렸다. 나는 그녀의 얼굴조차 기억할 수 없었다.

포클레인이 커다란 시멘트 기둥을 굴리고 있었다. 흔히 방파제에 비죽비죽 돋게 만들어 파도를 막는 모형들이었다. 나는 그녀와 함께 밤을 지낸 집이 어디쯤일까 둘러보았다. 감을 잡을 수가 없었다. 바다가 찰랑찰랑 발밑에 닿을 듯한 집이었다. 나는 마침내 '끝'이라는 이름의 동네에 이르렀던 것일까.

"여기가 끝이에요."

그녀가 주위를 둘러보며 말했었다.

"끝이라니? 시작이겠지."

나는 짐짓 장난스럽게 받았지만 실은 속으로 무척 놀라고 있었다. 웬일인지 모를 일이었다. 나는 '수심'에 이르는 물길을 밟는 느낌이었다. 바다에서 엷은 '쯔란' 향내가 묻어났다. 유령선은 이항선(異港船)으로서 방금 아라비아 해를 건너온 모양이라고 여기고 싶었다. 쯔란은 양꼬치를 구우며 바르는 향신료였다. 쯔란 향을 얻기 위해 화분에 나무를 키우는 여인을 본 적이 있었다. 그녀는 쯔란 씨앗을 얻으러 중국 서쪽 멀리 위구르족의 땅 카시가르까지 갔었다고 했다. 쯔란, 영어로는 'curin'이지요.

그리고 한자로는 '孜然'이라고 씁니다. 그녀의 말을 들으며 나는 함께 둑길을 걸었던 예전 그 여자를 다시 만난 게 아닌가 몇 번이나 얼굴을 흘깃거렸었다.

"여기가 '끝'이란 말이지?"

나는 곧 받아들였다. '끝'의 여숙(旅宿)은 아라비아의 향신료를 묻힌 바닷물 자락에 흔들리고 있었다. 바다로 안내하겠다고 나를 데려온 그녀가 그것까지 어떻게 만들었을 리는 없다. 혹시 혐의가 있다면 바닷가 덕장의 생선 비린내 마르는 냄새일 터였다. 그러나 나는 아라비아의 향신료를 양보하지 않는다. 다만, 그 당시의 나는 그것을 '쯔란'이라고 지칭하지는 못했다는 사실은 밝혀두어야 한다. 편의상 둑길의 여자라 부르는 그 여자와 쯔란 키우는 여자는 전혀 다른 사람인 것이다. 그런데도 나는 기억 속에서 진한 쯔란 향내를 맡는다. 둑길의 그녀는 나를 바다로 이끌어 서슴없이 앞장을 서고 있었지만, 의도한 바가 아니라는 사실은 충분히 받아들여졌다. 제법 세월이 흐른 지금 내가 그날 쯔란 향내를 맡았다고 쓴들 누가 탓할 것인가.

포클레인이 분주히 삽질을 하고 있는 현장을 바라보며 나는 담배를 피워 물었다. 예전의 모든 풍경이 사라져버렸다. 그녀가 '끝'이라고 말한 뜻을 알 수 있을 것 같았다. 나는 내가 살던 집을 갑자기 잃어버리고 기껏 찾아온다는 게 더욱 낯선 풍경이었다. 낯선 풍경 속에서 열심히 일하는 포클레인이 코끼리 같다는 생각과 함께 지난겨울의 태국 풍경과 겹쳐졌다.

겨울의 지겨움을 견디지 못하고 다녀온 곳이 태국 치앙마이
였다. 떠나기 전부터 그곳에 가면 코끼리 트레킹 따위는 결코
하지 않을 심산이었다. 그런데 막상 가서 보니 일행과 떨어져
행동하기가 불가능했다. 코끼리를 타고 가고 물소 수레를 타고
가고 뗏목을 타고 가야만 하는 곳으로 버스는 움직이고 있었다.
걸어가는 방법은 없었다. 코끼리 트레킹을 기피하려 한 까닭은
단 한 가지. 어린 야생 코끼리를 길들이는 영상을 보고 나서였
다. 코끼리에 올라타서 날카로운 표창으로 정수리를 찍어대는
과정이었다. 야생마를 길들일 때의 로데오 같은 것과는 비교가
되지 않았다. 사람을 거부하는 코끼리는 표창에 찍혀 피를 흘리
지만 찍고 또 찍는 집요한 표창질에는 결국 항복하고 만다. 어
린 코끼리는 달리기를 멈춘다. 길들여지기를 받아들인 순간이
다. 엉겨 붙은 피딱지 밑으로는 여전히 피가 흐른다. 이게 뭐란
말인가. 저 코끼리를 타고 다닌다고? 난 못 해.
  "태국에는 처음인가요?"
  일행이 물었다.
  "아, 예. 친한 후배가 여기서 그만 세상을 떠났어요."
  "저런…… 어떻게요?"
  "나도 그걸 알고 싶어서요."
  도대체 종잡을 수 없는 대답이었다. 사진 찍는 후배가 그곳
에서 졸지에 세상을 떠난 것은 사실이었다. 그래서 어쨌다는 것
인지 나 자신 어리둥절한 말을 나는 몇 번이나 반복했다. 나는

마치 그를 찾아, 그의 흔적을 찾아 여행을 왔다는 것처럼 말하고 있었다. 하지만 내가 그의 죽음에 할 수 있는 일은 아무것도 없었다. 코끼리를 타지 않겠다는 고집에 대한 변명이 될 것인가. 아무 상관이 없었다.

나는 코끼리를 타고 구릉을 넘었다. 그 후배도 필경 코끼리를 탔으리라. 그 정도의 짐작이 흔적을 찾는 시늉의 전부였다.

"그래 목적은 달성했습니까?"

누군가가 물었다.

"목적…… 아, 그렇지요. 아직……"

나는 그의 죽음에 대해 생각하려 하기는 했다. 언젠가 대관령의 산신제를 가보자고 동행한 뒤로 우리는 거의 만난 적이 없었다. 내 고향 땅이라는 게 내가 동행한 까닭이었다. 산신제는 강릉단오제의 앞머리 부분에 해당하는 행사였다. 우리는 아흔아홉 구비 고갯길로 차를 몰았다. 지금의 새 길이 뚫리기 전의 옛길이었다. 나는 그에게 선녀라는 이미지를 말해주려고 애썼다. 예전에 썼던 시 「고산가(高山歌)」까지 인용했는지는 어렴풋했다. '선녀'에서 '선봉(仙峰)'이라는, 없는 글자를 조합해낸 시였다.

　　　꽃다운 처자의 눈엔 선봉(仙峰)이 들고
　　　하늘을 괴나리봇짐에 진 선봉이 들고
　　　빈 방도 많을 타관의 불빛

선봉을 낭군의 말씀으로 비추인다
못 먹어도 머릿단은 아침마다 길어
풋정이 아니게 한다
풋보리 같은 정을 두고
봉 넘어 가신 낭군은
타관의 불빛에 수신(瘦身)을 누이리
긴 밤 흰 눈물
선봉에 차 넘치고
녹슨 단도에 비춰 보는 얼굴,
차겁게 여울져
길게 차거워라

　이 도저한 언어, 동떨어진 언어의 시는 대관령의 선녀를 위해 쓴 것이었다. 선녀는 '꽃다운 처자'로서 여성황이 되기도 하고 낭군은 '타관의 불빛에 수신을 누이'는 대성황신이기도 하다. 이 모두 '하늘을 괴나리봇짐에 진' 대관령, 즉 '선봉'에서의 일이다. 그리하여 두 남녀의 만남이 단오제를 이끄는 줄기라는 게 내 생각이었다. 유네스코에서 세계문화유산으로 지정하기 전의 일이었다. 나는 어머니로부터 들은 이야기 속의 처녀를 기억에서 떨쳐버리지 못하고 있었다. 호랑이가 처녀를 물어 갔는데 나중에 찾아보니 성황당 바위 위에 머리를 고이 올려놓았더라는 이야기였다. 나는 대관령의 바위들을 볼라치면 처녀의 머리가 올려져 있는 모습이 떠오르곤 했다. 몸뚱이는 먹혀버리고 머리통만 오도카니 남은 모습. 그리고 해마다 처녀가 물려 간 날이 되면 산에서 나무들이 쿵쿵거리는 소리와 함께 내려온다. 그 속에는 호랑이가 숨어 있다. 나무들로 변신한 호랑이가 처갓집으로 오는 것이라 했다. 호랑이는 성황당 산신의 다른 모습이기도 하다. 이렇게 대관령 산신과 처녀 여신이 맺어짐이 단오제로 이어진다고 나는 읽고 있었다.

"나무들이 산에서 내려와요? 거 재미있는 장면이 되겠네."

그는 그런 사진을 찍고 싶다고 말했다. 나도 그 장면이면 무엇인가 떠오를 듯해서 아끼고 있다고 대답해주었다. 그러다가 세월이 흘러 영화 「반지의 제왕」을 보다가 나무들이 용맹스러운 군사가 되어 나타나 직접 전투를 하는 걸 보고 놀라지 않을 수 없었다. 나무들에게는 맞설 자가 없다는 영상은 식물이 생산자로서 우리를 먹여 살린다는 교훈을 말한 것일까. 거기까지는 못 미쳐도 나무의 의인화는 뇌리에 남았다.

내게 대관령은 호랑이와 나무를 앞세운 고갯길이었다. 고갯길에 산신과 여신이 있다. 나는 고갯마루에서 멀리 아래를 내려다본다. 시력이 약해 뿌연 풍경은 시가지를 넘어 바다에 이른다. 하늘에서 내려온 선녀의 옷자락 소리가 들린다. 단옷날 남대천 가에서 그네를 타는 여자들의 옷자락 소리이기도 하다.

해마다 음력 3월 20일에 제사 지낼 술을 빚고 4월 1일에 그 술과 시주를 올리며 무당들이 굿을 한다. 4월 8일에 다시 굿을 올리고 4월 14일에는 성황신을 모시고 대관령을 내려온다. 도중에 송정에서 하룻밤을 자고 이튿날 성황사에 도착하여 성황신과 산신당에 각각 제사를 지낸다. 성황당 근처에서 무당이 굿을 하여 흔들리는 나뭇가지를 신이 내린 나무로 베어가지고 강릉으로 내려와 여성황사에 모셨다가 다음 날 대성황사로 옮겨 모신다. 4월 16일부터 5월 6일까지 관리들과 무당들이 문안을 드리는데, 4월 27일에는 큰 굿을 하고 5월 1일부터 단오제에 들어간다. 굿과 가면놀이가 당집 앞에서 벌어지고 드디어 5월 5일에는 축제가 절정을 이룬다.

나는 마무리 공사가 아직 끝나지 않은 방파제를 걸어갔다. 좀더 바다 가까이 가고 싶었다. 바다의 물결 이랑에 울타리콩의 덩굴이 가득 벋어 있는 것처럼 눈에 어른거렸다. 아까 텃밭에도 저렇게 울타리콩들이 붉은 꽃들을 피우고 있었을까. 푸른 물결에 흰 포말임이 틀림없건만 붉은, 주홍빛의 붉은 빛깔은 어디에 숨어 있는 것일까. 숨어 있는데 발긋발긋 꽃피는 것은 무슨 까닭일까. 나는 고향 집의 텃밭 가장자리에 덩굴져 있는 울타리콩이 발긋발긋 꽃피어 있는 것을 보았다. 텃밭이 그랬던 것처럼 바다도 울타리콩을 키우고 있었다. 울타리콩의 덩굴줄기가 가득 감겨 있는 바다였다. 바다는 그 덩굴줄기의 그물을 내게 던지며 나를 옭아매려 하고 있었다. 그리하여 나는 홍역의 발진이 발긋발긋 돋은 몸으로 마치 전쟁 때로 돌아간 듯이 방파제에서 찬바람을 맞고 있었다.

"너울을 조심하시오. 너울, 너울을 조심하시오."

누군가 소리쳤다.

"너울이라니요?"

나는 소리 나는 쪽으로 얼굴을 돌렸다.

"며칠 전에 일가족이 휩쓸려 들어갔지요. 거긴 위험해요."

얼굴은 보이지 않고 계속 소리가 들려왔다. 신문과 방송에서 읽고 들은 바였다. 뉴스와 함께 나는 너울이 커다란 가오리처럼 덮치는 상상을 했었다. 나는 바로 그 방파제에 서 있었다. 고향 바다가 그렇게 무서운 곳인 줄 처음 알았다. 내 몸의 발진은 더욱 발긋발긋해지고 있었다. 아니, 정확하게 말해서 몸의 발진이 아니었다. 몸이 아니라 마음인 것을 내가 굳이 집어 밝히기 싫을 뿐이었다. 나는 옛집의 텃밭만 한 가오리가 저쪽에서 너울너울 솟아올라 닥쳐든다는 생각에 숨이 막히기 시작했다.

"바다로 가는 길을 찾고 있었습니다."

나는 소리친 사람에게 머리를 숙였다.

"바다로 가는 길요?"

"예."

"여긴 어디나 다 바다 아뇨?"

"아, 예."

나는 도망치듯 그곳을 피해 주위를 두리번거리다가 카페의 문을 열고 들어갔다. 들려오는 노래가 귀에 익었다. 싱어송라이터 강허달림이 '한가운데 서 있는 하늘과 바다'라고 노래하고 있었다. 나는 그 구절을 따라 부르곤 했었다. 처음에는 그 간단한 소절도 따르기 힘들었다. 바다가 하늘 한가운데 '서' 있고, 하늘이 바다 한가운데 '서' 있다고 하는 노래. 왜 하늘과 바다는 '서' 있는 걸까. 차라리 '누워' 있는 건 아닐까.

그걸 확인하자면 바다로 가야 한다고 생각했는데 이제 막상 바다였다. 그렇지만 나는 바다로 가는 길마저 찾지 못하고 있지 않은가. 더군다나 바다가 하늘 '한가운데 서 있는' 건 누구나 볼 수 있지 않다. 바다가 과연 하늘 '속'에 '서' 있는가, '누워' 있는가를 볼 줄 아는 눈은 새롭다.

방파제 안의 내항은 잔잔한데 조금만 밖으로 나가면 '장난이 아니'라는 것이었다. 아닌 게 아니라 실눈을 뜨고 멀리 내다보니 허연 파도들이 역린처럼 돋아 몰려오는 게 보였다. 파도야 어쩌란 말이냐. 시인은 절규했었다.

바다를 한 번도 보지 못한 사람이 있었다. 중앙아시아에서 온 '고려인'이었다. 나는 놀랐다. 그를 데리고 바다로 가는 일은 내 의무에 속했다. 그에게 바다를 꼭 보여주어야 했다. 그를 만나자 바다를 한 번도 못 본 것이 그가 아니라 내가 아닌가 싶을 지경이었다. 눈을 뜬 사람으로서 어떻게 바다를 못 본 채 살아왔단 말인가. 있을 수 없는 일이었다. 기가 막혀서 나는 바다에 대한 기억조차 아득해졌다. 견딜 수 없었다. 어서 바다를 확인해보고, 아 저게 바다였지, 가슴을 틔워야 한다.

바다는 아무것도 가지고 있지 않다. 굉장한 아무것도 없어서

핑장하다는 바다. 벼랑길에서 바다를 본다. 못 건너간 섬까지 물결 이랑이 온 바다에 일렁이고 있다. 바람이 그 모습을 물결로써 우리에게 보여주면, 바다의 말이 들려온다. '사랑'……이라고 바다는 말하고 있는가, '믿음'……이라고? 아니면 '너와 나'……? 그러나 그 말은 막상 메시지로 전해지지 않는다. 바다의 말은 이미지일 뿐이다. 나는 이미지 속에서 인형극 같은 삶 그림자를 끌어안을 뿐이다. 살다가 지치면 무엇인지 확인이 안 되어서, 미심쩍어서 다시 바다로 가야만 하는 까닭이다. 그러나 바다는 늘 실체를 보여주지 않는다. 애꿎은 파도만이 바다의 신기루를 지키고 있다. 그리고 바람에 뒤집어지는 새들을 시켜 날갯짓 같은 말을 전한다. 신천옹, 군함새, 콘도르 등등의 거조(巨鳥)들이나 가마우지, 갈매기, 바다제비 등등의 소조(小鳥)들도 바다의 말을 전하려고 태어난다. 아, 그렇구나. 새들의 날갯짓으로 바다는 하늘 한가운데 '서' 있구나. 바다로 가면 무엇인가 알 듯하다는 깨달음이 오는 것은 그래서였구나.

바다 앞에 선 고려인은 아무 말이 없다. 바다까지 오기 위해 그는 너무나 많은 일들을 겪어야 했다. 유랑(流浪)이란 그에게나 쓸 수 있는 낱말이다. 아니, 흘러 다닌 삶이란 그에게 유약하기 이를 데 없는 표현이다. 그것은 쫓겨 다닌 삶이다. 그가 바닷물을 손에 적셔 혀를 축인다. 그런데 막상 그의 삶이 짜디짜게 내 목줄기를 타고 흘러내린다. 이것이 태어나서 처음 보는 바다다. 태내 양수(羊水)의 바다다. 그가 그러하니, 나도 그러하다.

그러므로 바다는 늘 첫 경험이다. 속삭이며 삶의 겨드랑이에 와 닿는다. 파도가 뒤에 커다란 고래의 꼬리를 이끌고 넘실이는가 하더니 바닷새들이 날아오른다. 어미 고래가 새끼 고래를 잠재우는 자장가를 새들이 흉내 낸다. 해초들 사이로 새끼 고래의 숨소리가 잦아든다. 바다의 심연은 그 소리들의 고향이다. 그래서 바닷소리는 깊은 울림의 자장가로 들려온다. 고려인과 나는 귀에 들리지 않는 그 소리에 이끌려 밤늦게까지 바닷가에 머물렀다. 나는 아무것도 묻지 않고 다만 바다를 보여주기만 하면 되었다. 모든 것은 자기의 몫이다.

바다에서 무엇을 생각할까를 생각한다. 생각은 어떤 형상을 그리며 수평선까지 이어지다가 허공으로 흩어져 사라진다. 평온을 얻으리라는 기대는 서성거리고만 있다. 그래서 바다는 설렌다. 설렘을 가슴에 안고 돌아가야 할 길은 '첫마음'의 길이다. 깊고 깊은 자기 자신의 심연에 이르러 태어남의 설렘을 생각해야 할 때다. 진정한 사랑이 설렘으로부터 시작되고 있다.

그가 고려인으로 불리고 나는 한국인으로 불린다는 사실이 파도 소리에 휩쓸려 뒤섞이기를 바라며 우리는 포장마차를 찾아 들어갔다. 그 얼마 전 초청을 받아서 가본 그림 전시회에는 모두 포장마차 풍경이 걸려 있었다. 보기 드물게 크레용으로 그린 그림들은 예전의 정서를 정겹게, 그립게 보여주고 있었다. 포장마차에 등장하는 인물 가운데 내가 등장한다고 해서 찾아간 전시회였다. 과연 내가 있었고, 여러 낯익은 사람들도 있었고, 안타깝게 이미 이 세상에는 없는 사람도.

나는 그림 속 포장마차에 다시 등장했거나 더 예전 술도가에서 흘러나온 술지게미를 받아먹거나 시간을 초월해 있는 나를 떠올렸다. 전쟁이 한창이었고, 바다에는 유령선이 떠 있었다. 아니, 새로운 계획도시와 공단이 들어서고 젊은 노동자들이 전국에서 모여들었다. 한창 술을 마실 무렵, 나는 소주잔을 붙들고 포장마차에서 살다시피 했다. 새벽에 첫 버스가 헤드라이트를 켜고 나타나는 걸 보고서야 자리에서 일어설 때가 되었음을 안 것이 여러 날이었다.

"본래부터 아는 사입니까, 두 분은?"

그림 속 나는 옆자리에 앉아 있는 젊은이들에게 다가갔다.

"아뇨. 여기서 지금 만났죠. 왜요?"

허우대가 큰 젊은이가 나를 흘금거렸다. 나는 자연스럽게 그들의 자리에 끼어들었다. 그리고 그날도 늘 그렇듯이 취하고야 말았다. 새벽에 내 집으로 따라온 그들은 다시 술잔을 기울였다. 그것이 그들과 함께 시를 공부한다고 어울리게 된 단초였다. 흔히 야학이라는 근사한 이름으로 불리는 모임이라고 해도 좋았다. 공부는 지지부진이었다. 야학이고 뭐고 애초에 모임 따위를 만들지 말 걸 그랬다고 은근히 후회하기도 했다. 그러나 후회하기에는 때는 이미 늘 늦어 있었다. 어디선가 동료들까지 하나둘 엮어 와서 인원수는 조금씩 늘어만 갔다. 청원경찰도 있었고, 산불 감시원도 있었고, 여자 간호조무사도 있었다. 전국

각지에서 모여든 구성원들이었다. 그러면 그럴수록 그들과 함께 밤늦게 포장마차로 기어들어가는 맛은 깊어만 갔다. 근로자들 중에 다음 날 근무가 아예 없는 축이 있기 마련이어서, 앞에 말했다시피 새벽 버스 시간까지 앉아 있게 되곤 했던 것이다.

전시회에 나온 그림은 야학 시절을 그대로 재현시켜주었다. 그 무렵의 포장마차 여주인이 와서, 상당히 값비싼 그림 몇 점에 서슴없이 빨간 딱지를 붙이는 데는 그저 황홀할 지경이었다. 세월은 그렇게 지난 것이었다. 그것은 어두웠던 시절에 대한 고별사이기도 했다. 그림들을 둘러보고 뭔가 모를 야릇한 감회에 젖어 식당으로 몰려갈 때는 예전 포장마차로 기어들어가는 모습이 그대로 옮겨졌다는 환상에 빠지기도 했다. 그런 다음 이제 다시 나는 전쟁 때의 포장마차에 고려인과 함께 앉아 있는 것이었다. 그러면서 나는 나도 모르게 속으로 중얼거렸던 것 같았다.

어서 바다를 봐야 해. 바다로 가는 길은 어디지?

카페에서도 포클레인이 내다보였다. 모든 길은 포클레인의 길이었다. 바다로 가는 길을 아는 사람은 아무도 없었다. 둑길도 사라졌고, 바닷물이 찰랑대던 집도 사라졌다. 나는 내 집 앞의 골목길도 잃어버렸다. 그 이름 '끝'임을 증명하고 있었다. 그런 마당에 기어코 바다로 가는 길을 묻는 것은 유령선을 찾겠다는 뜻이었다. 찾지 못할 것임을 알면서도 찾아야 한다. 너울이 오더라도 나는 길을 찾는 사람이 될 수밖에 없을 것이었다. 저쪽 자리에서는 젊은 남녀가 서로 껴안고 속삭이고 있었다. 모두가 사라진 다음에 나타난 풍경이었다. 젊은 남녀의 뜨거워진 몸은 시간을 연료로 불타오른다. 소멸을 위한 시간의 연료였다. 그러나 나는 찾아야 한다. 너울이 올 때까지.

삶을 이어가기에는 감자가 아리고
사랑을 나누기에는 물고기가 비리고
죽음을 이루기에는
산과 바다가 죽음보다 길쭘하여
그리운 사람들 모두 어디로 가는지
물어보고 싶던 날이 있었다
뒷산 호랑이가 나무 되어 걸어내려와
처녀 데려다 살았다는 옛곳
옥수수 수염 같은 고향길
그렇건만
삶과 죽음이 새삼 서로 몸을 바꿔
사랑을 더듬는 모습 속에
더욱 알 길 아득하여
어디인가 어디인가
어디인가 멀뚱거리기만 하였다

나는 수첩을 꺼내 적었다. 멀리서 유령선이 너울을 타고 오

는 소리를 들으려는 듯 내 귀는 아득한 바다 쪽으로 향했다. 마
치 그 안에서 어머니의 모습을 볼 수 있으려니, 하는 듯.

패엽(貝葉) 속의 하루

늘 다니던 길에 언제 이런 좌판이 놓여 있었던가, 하고 나는 이리저리 둘러보았다. 어디에서 가져왔는지도 알쏭달쏭한 물건들이 잔뜩 늘어놓여 있었다. 나무인형, 불상, 돌그릇, 칼, 붓, 향로, 연적, 먹줄통 등등에 무엇인지도 모를 것들도 있었다. 주인에게 물어보니, 중국이나 동남아 것들에다 특별히 티베트 것도 있다고 했다. 불교 의식에 쓰인다는 고둥나팔이 티베트 것이었다.

"미얀마 건 뭐 없어요?"

"미얀마요? 아, 미얀마, 버마 말이죠?"

주인 남자는 머리를 가로저었다. 나는 막상 물음을 던지면서, 없기를 바라고는 있었다. 살 생각까지는 없었던 것이다.

미얀마에 가서 '분노의 강'을 바라본 것은 불과 열흘 전이었다. 대한항공에서 인천─양곤을 오가는 직항로를 열어, 새로운 관광지가 된 지 불과 한 달. 미얀마의 양곤에 있는 거대한 탑 쉐다곤에서 안내자는 '쉐'가 황금이라는 뜻이라고 알려주었다. 방방곡곡마다 앞에 '쉐'가 붙는 휘황찬란한 금탑이 높이 솟아 있는 나라. 그러자 우리말의 한자어 읽기에서도 금을 '쇠'라고 한다는 사실이 떠올랐다. 본래 같은 뿌리에서 나온 말일 터였다. 옛날옛날에 동방을 여행한 서양 사람들은 우리 신라를 '황금의 나라'로 기록해놓았다는데, 그 금탑들을 보면 그곳은 정말 그랬다.

붉고 노란 다이몬 레드와 다이몬 옐로우 꽃이 핀 길을 지나, 이라와디 강을 건너 드디어 '분노의 강'에 이르렀다. 그곳에는 풍경 사진이나 싸구려 토산품 따위를 들고 따라와 '천 원'을 끈질기게 외치는 아이들이 없었다. 관광지마다 떼 지은 아이들은 물건을 팔기보다 한류(韓流) 문화를 접하는 데 더 흥미를 보인다는 것이었다. 어디선가 짙은 향기가 풍겨 왔다. 하와이에서는 플루메리아라고 하고, 우리나라에 들어와 '러브 하와이'라는 얄궂은 이름이 붙은, 캄보디아의 참파위는 그곳에서도 희게 꽃피어 짙은 향기를 내뿜고 있었다. 며칠 전의 연꽃도 다시금 머리를 스쳐갔다.

수많은 금탑과 벽돌탑들을 돌아보던 어느 날 호숫가에 이르렀다. 그리고 하루 종일 호수 위에서 갸름한 쪽배를 타는 여행이었다. 점심도 호수 위 나무 집에서 먹고, 연잎 줄기에서 실을 뽑아 옷감을 짜는 공방도 둘러보고, 황금 불상이 놓인 사원도 참배했다. 그러다가 배가 들어간 곳이 토마토 농장이었다. 호수의 물풀을 모아 띄운 배양토에 방울토마토를 심어 가꾼다는 것이었다. 그때까지 흐리게 보이던 호숫물이 맑기 그지없어서 밑바닥까지 들여다보였다.

수로를 접어들어가자 한 소년이 마중하듯 배를 저어오더니 한 사람 한 사람 연꽃을 나눠주었다. 반쯤 핀 것도 있고 봉오리도 있었다. 소년은 이렇다 저렇다 아무 말도 없었다. 여행지마다 부채니 사진이니 들고 집요하게 따라다니는 아이들에게 시달린 터라 조용한 소년의 행동은 유달라 보였다. 그것은 마치 사원에 꽃을 올리는 것처럼 경건해 보이기도 했다. 잔잔한 감동 때문에 일행은 모두들 주머니를 뒤져 사탕이며 과자며 꺼내 소년에게 답례했다. 밑바닥까지 맑게 들여다보이는 호수 위에서 말없는 한 소년으로부터 받아든 한 송이 연꽃!

나는 과연 과거의 어느 한때라도 외국 사람에게 우리 꽃 한 송이 안겨준 적이 있었던가. 없다. 외국 사람은커녕 우리 사람에게도 꽃 한 송이 제대로 전하지 못하고 살아온 삶이었다. 그저 먹고살기 바빠서 허덕거리고 온 삶이었다. 지금 우리가 제법 살게 되었다고 거들먹거려도 내 눈에는 모두가 허덕거리는 모습을 벗어나지 못한 몰골로만 보인다. 올바른 가치관 없이 각박하게 몰아붙이는 이 사회, 서로 자기만 옳다고 우기는 악다구니에 넌덜머리를 내고 있는 우리 모두들. 가련할 뿐이다. 일행은 소년처럼 말없이, 연꽃처럼 봉긋한 마음을 안고 수로를 빠져나왔다.

그런데 농장을 떠나면서 뒤를 돌아본 나는 의아한 광경을 목격하고 말았다. 소년이 그 어머니인 듯한 사람에게 무엇인가 꾸중을 들으며 머리를 조아리고 있었다. 무엇을 잘못한 것일까? 물음이 스치는 순간, 나는 알았다. 소년은 사탕이며 과자 부스러기를 받아서는 안 되었다. 돈을 받았어야 하는 것이었다. 어머니는 소년의 서툰 연출을 꾸짖고 있음이 분명했다. 나는 못 볼 것을 본 듯싶었다. 그러나 아니다. 나는 볼 것을 본 것이다. 그것은 소년의 잘못이 아니라 이쪽의 잘못이었다.

우리 속어 '쐬'는 돈을 뜻한다. 그러니까 '쉐'와 '쇠'와 '쐬'는 모두 일맥상통한다. 어차피 돈을 주고 하는 여행인데, 착각했었다. 그러므로 소년의 연꽃을 받았으면 돈을 주었어야 한다. 거래는 거래답게 해야 한다. 지구상에서 가장 천민자본주의에 물든 우리임에도 불구하고 엉뚱하게 순수를 요구하는 이중 잣대가 문제였다. 내게 소년의 연꽃을 순수하게 받아들 수 있는 마음이 있는가, 그것부터 가슴 깊이 물어보지 않으면 안 된다, 하고 나는 생각했다. 그래서인지 숙소로 가져와 컵에 꽂아둔 연꽃 봉오리는 빠른 속도로 힘없이 수그러들고 있었다.

그 나라로의 직항로가 열리자마자 나는 하루라도 빨리 '분노의 강'을 보려고 조바심을 쳤다. 중국 사람들이 '노강(怒江)'이라고 하는 걸 풀어 쓴 이름이었다. 그 강 언저리에서 죽을 고생을 한 사람을 나는 알고 있었다. 일본 점령 시대에 태평양 이 구석 저 구석으로 끌려가서 전쟁에 시달린 사람이 한두 명이 아 닐 터인데, 그는 내게는 여러 가지 가르침을 준 은사였다. 선생 이 살아 있을 때, 우리는 함께 타이완과 일본도 여행했었다. 그 가 쓴 글에 '분노의 강'은 살르윈 강이라는 이름으로 소개되어 있었다. 지도에는 그 발음의 영어 표기가 'SALWIN'이었다. 살 윈 아니면 샐윈.

그는 일본에서 대학을 다니다가 별것 아닌 사건에 얽혀 그만 전쟁터로 끌려갔다. 독서회를 이끌던 선배를 몇 번 만난 게 화 근이었다. 일본 경찰에 의해 불온한 사상을 가졌다고 붙잡힌 선 배 때문에 그도 끌려 들어갔고, 형무소로 가겠느냐 전쟁터로 가 겠느냐는 옥박지름에 그만 후자를 택하고 만 것이었다. 그 무렵 전쟁은 일본이 거의 패망하기 직전이었다. 따라서 형무소를 택 하는 것이 백번 나은 선택이었다. 전쟁터는 곧 죽음의 장소였 다. 그는 '후회막급!'을 외쳤지만, 이미 때는 늦었다. 남지나해 를 지나는 일본 배들은 폭격을 당해, 전쟁터에 가기도 전에 줄 지어 바다에 가라앉고 마는 형편이었다. 그리하여 간신히 '분노 의 강' 언저리까지 도달한 그는 중국 쪽으로 이어지는 '지옥가 도(地獄街道)'를 오르내리며 사경을 헤맨다.

나는 그런 일이 벌어진 현장을 보고, 느끼고 싶었다. 아니, 그와 보낸 시간을 되돌아보며 우리의 약속을 지켜야 했다. 그런 데, 막상 그곳으로 가기 며칠 전, 나는 '우리의 약속'에 대해 버

력 의구심을 가졌다. 그와 미얀마를 여행하고자 우리가 약속을
했던가. 웬일인지 그 부분이 어렴풋했다. 그 부분이라기보다 가
장 중요한 핵심이라고 해야 한다. 그를 도와 여러 가지 자료를
수집하는 일을 맡아 했으니, 당연히 그랬을 공산이 컸다. 하지
만 그때까지만 해도 미얀마는 먼 나라로만 느껴졌을까. 도무지
약속의 기억이 흐렸다. 정년퇴직을 한 뒤, 그가 늦게나마 기록
을 남기겠다고 교자상 앞에 앉아 수건으로 이마를 동여매고 있
던 모습이 눈에 어른거렸다. 약속을 했든 안 했든 나는 그와의
약속을 지켜야 한다는, 이상한 상황에 사로잡혔다.

　나는 다른 곳보다도 '지옥가도'와 '분노의 강'을 가보고 싶었
다. 그곳이 '약속'의 현장인 것이었다. '지옥가도'는 예로부터
버마 루트 혹은 버마 로드라고 알려진 길과 그리 다르지 않았
다. 오늘날 양곤에서 라시오를 거쳐 중국의 쿤밍에 이르는 버마
루트가 더 오래전부터의 길이라면, 버마 로드는 중국과 일본의
전쟁 때 중국에 물자를 나르기 위한 길이었다. 1천km에 달하
는 이 길을 일본은 '원장(援蔣) 루트'라고 불렀다. 새겨보면,
장(蔣)은 일본에 대항한 중국 국민당의 장제스를 말하니까, 그
군대를 돕는 길이라는 명칭이었다. 나는 살윈 강을 '분노의 강'
이라고 부른 것을 단순한 글자 풀이로 받아들이기 싫었다. 이
'지옥가도'와 '분노의 강'에서 선생은 살아 돌아와 머리에 수건
을 질끈 동이고 교자상을 끌어당겼던 것이다.

　선생은 말(馬)을 돌보는 일을 맡은 졸병이었다. 일본말로는

뭐라 읽는지 몰라도 우리 발음으로는 어자(馭者). 거의 쓰지 않는 글자였다. 애초부터 잘못 끌려간 것이었다. 전세는 벌써부터 뒤집어져 참전 자체가 우스꽝스럽게 되어 있었다. 연합군은 탱크를 앞세워 진격해 오고 있었다. 상대가 되지 않는 군대였다. 이미 패잔군에 불과한 일본군은 도망쳐 다니는 게 일이었다. 말도 없어져버린 판국에 말을 돌보는 어자는 본디부터 약골인 몸을 이끌고 우기의 아열대 수렁 속을 헤맨다. 패잔군과 동떨어진 또 한 부류의 도망자들이 있다. 이른바 종군 위안부라는 여자들이다. 그런 가운데, 그는 언젠가 만났던 위안부와 맞닥뜨리기도 하지만, 말도 제대로 붙이지 못하고 헤어지지 않으면 안 된다. 혼비백산, 목숨을 건지기에만 급급한 판이다. 그는 여자에게 조금도 도움을 주지 못하는 자신의 처지를 한탄한다. 그는 그녀가 살아서 고국 땅으로 돌아가기만을 기도한다. 그러나 나중에 함께 귀국선을 탄 위안부들이 몇백 명이나 된다는 놀라운 사실을 적어놓으면서도, 그녀를 만났다는 구절은 보이지 않는다.

나는 '분노의 강'을 바라보며 선생이 그 여자와 맞닥뜨리는 광경을 그려보고자 했으나, 내 머리는 도무지 움직이질 않았다. 세월이 간다는 것은 상상력의 고갈과 다른 일이 아니구나, 나는 내 살아온 시간을 탓할 수밖에 없었다. 뭘 하겠다고 아등바등 남들과 키재기를 하며 살아와야 했는지 한심했다. 어떤 조강 지게미가 나를 불편하게 했는가. 어떤 고량진미가 나를 편안하게 했는가. 삶이란 한갓 뜬구름이 일어남(浮雲起)일 뿐이며, 죽음이란 한갓 뜬구름이 사라짐(浮雲滅)일 뿐이다. 옛말에서 따온, 선생의 말이기도 했다. 그런가. 부운, 그런가? 나는 플루메리아, '러브 하와이' 꽃송이에 물음을 던졌다. 그 강이 왜 '분노의 강'이라는 이름을 가졌어야 하는지도 쉽게 납득하기 어려웠다. 이제 '지옥가도'에는 중국과 교역하는 자동차들이 달리고 있고, '분노의 강'에는 관광객을 부르는 유람선들이 떠 있었다.

실상 선생과 위안부가 맞닥뜨리는 장면은 얼마 전에 뜻하지 않은 곳에서 내게 얽혀든 적이 있었다. 그가 위독하다는 소식을 듣고 부랴부랴 찾아간 날의 일이었다. 병원에서도 손을 놓아 집에 돌아와 누워 있다고 해서, 나는 그를 알고 있는 동료 B와 어울려 경기도 퇴촌 어딘가로 발길을 옮겼다. 차 없는 내가 B를 동원한 셈이었다. 우리는 곤지암 어디로 해서 길을 접어들었다. 쉽게 찾을 수 있는 집이 아니었다. 몇 차례 길을 물어 찾아간 집에, 그러나 그는 없었다. 낭패가 아닐 수 없었다. 게다가 부인마저 없다는 상황은 더더구나 예상치 못한 일이었다.

"계십니까? 누구 없어요?"

문고리를 비틀기도 하고 집 주위를 돌기도 했다. 얼마 전에 병원에서 나왔다는 말을 분명히 들었는데, 아픈 몸으로 어디를 갔을까. 알 수 없었다. 담장 대신에 사철나무며 회양목이 심겨 있고, 마당 여기저기에 모란과 산수유와 명자나무와 주목 등이 어우러져 있었다. 나뭇잎 하나하나에도 그의 지문이, 체취가 어려 있는 듯해서 나는 찬찬히 들여다보곤 했다. 여러 번 '계십니까?'를 외쳐도 결국 아무 기척이 없었다. 병원에서 나와 드러누워 있다는 사람이 어디 가랴 하고, 연락도 안 하고 찾아간 것이 불찰이긴 했다. 나로서는 연락을 하는 게 어쩐지 형식 같고 예의가 아닌 듯 여겨졌었다. 마지막에 수첩의 낱장을 찢어 몇 글자 적은 다음, 들고 간 과일 봉지 안에 넣어 문 앞에 내려놓고 되돌아서는 수밖에 없었다.

그런데 다음 날 부인에게서 연락이 왔는데, 그때, 우리가 집에 갔을 때, 선생은 방에서 혼자 잠들어 있었다는 것이었다. 어이없는 일이었다. 우리는 더 열심히 문을 두드리고, 고래고래 소리쳤어야 했던 것일까. 아무 기척을 못 느낀 우리는 주위를 빙빙 돌기도 하고, 아마도 서재로 쓰였을 별채를 기웃거리기도 하다가 속절없이 그곳을 떠났다. 방에 잠들어 있는 그를 그냥 둔 채.

며칠 뒤, 선생은 세상을 떠났다. 삶이란 것에 대해 갈피를 잡기 어렵다는 생각이 얼핏 스쳐 지나갔다. 삶이란…… 이별이란 과일 봉지 속에 끼적거려놓은 몇 글자 인사말로 마감되는 것…… 왜 절체절명의 그것이 간단한 요식행위에 명운을 내맡기고 맥없이 당하고 마는가. 정말 부운멸, 너, 맞는가. 영결식장에 가서 소주를 잔에 따라 목젖을 적시고 적셨으나, 그는 안에 잠들어 있고 나는 주위를 맴돌고 있다는 생각뿐이었다. 그제서야, 안에 누운 그가 언젠가 내게 선을 보게끔 먼 친척 처녀를 소개해준 적도 있음을 새삼 기억해낼 수도 있었다. 그랬었구나.

그렇게 어디론가 떠났다, 그는.

선생을 못 만나고 발걸음을 돌린 그날, 길을 잘못 들어 차를 세우자 앞에 '나눔의 집'이라는 간판이 나타났다. 선생이 누워 있는 집과 그리 멀지는 않았다.

"뭘 하는 집이지?"

"글쎄 말야. 한국에도 별 곳이 많아."

뭔가 느낌이 다르기도 해서, 이왕에 그리된 김에 내려보자고 나는 말했다. 마당은 깨끗하게 정돈되어 있었다. 어딘가의 스피커에서 「봉선화」 노래가 낯설게 흘러나오고 있었다. 뜻밖에 종군 위안부들이 모여 사는 집이라는 안내판이 보였다. 그들이 일본 대사관 앞에서 시위를 벌이는 광경을 보기도 했고, 여러 차례 신문에서 읽은 적도 있었다. 그런데 막상 그들이 모여 살고 있는 집이 그곳에 있으리라고는 예상조차 못 했었다. 함부로 들어가도 되겠느냐고 B는 멈칫거렸다.

"어째 으스스해."

전시장으로 꾸며진 건물은 입장료를 받게 되어 있는 듯싶었으나, 한참 동안 서성거려도 사람 그림자 하나 없었다. 하는 수 없이 안으로 들어가자 일제시대의 사진들과 함께 얼마 전 세상을 떠났다는 여자의 그림들이 걸려 있었다. 「못 다 핀 꽃」「빼앗긴 순정」「끌려감」 같은 제목이 보였다. 꽃이 피어 있는 한반도를 뒤로하고 치마저고리의 처녀가 끌려가는 그림을 비롯하여, 완성도야 알 바 아니지만, 어떻든 간에 어두운 세월 속에

스러져간 소녀의 꿈과 그리움이 한(恨)으로 맺히는 걸 그린 것이라고 나는 보았다. 선생이 '분노의 강' 그 어디선가 애틋하게 만났던 조선 여자의 이름이 무엇이었을까. 일본 이름은? 알았더라면 한번 탐문해볼 수도 있지 않을까, 당사자는 없다 하더라도 미얀마에 갔던 누군가를 알아볼 수도 있지 않을까, 하는 생각이 잠시 일었던 것 같았다. 부질없는, 쓰잘 데 없는 짓이다, 나는 곧 그 생각마저 누구에겐가 들킬세라 급히 거두었다. 그와 조선 여자가 맞닥뜨리는 장면에 관한 어떤 상상도 적절치 않았다. 그녀가 살아서 돌아왔다는 증거도 없었다.

"이런 데가 여기 있었네."

나는 B에게 말했을 뿐이었다. 2층 건물을 둘러볼 동안 우리는 아무도 마주칠 수가 없었다. 숙연한 마음과 쫓기는 마음이 교차된 가운데 우리는 '나눔의 집'을 물러나왔다.

선생이 끌려갔던 버마는 언제부터인가 미얀마로 이름을 바꾸었다. 까닭을 굳이 알 필요는 없을 것이다. 일본군을 물리친 연합국의 뜻이었는지, 혹은 독립을 얻은 뒤 민주화를 바라는 국민의 뜻을 누르고 권력을 잡은 군부의 뜻이었는지, 혹은 다른 뜻이었는지. 나로서는 그곳이라면 우선 '분노의 강'이고, 다른 건 그다음이었다. 황금과 보석이 어마어마하게 들어갔다는 쉐다곤 사원, 독립투사 아웅산을 기리는 국립묘지, 세계문화유산인 바간의 탑 벌판이고 따질 것 없이 다 마찬가지였다.

그러니까 내가 인사동의 길가 좌판에서 미얀마 운운한 배경

에는 제법 확실한 근거가 있었다. 종군 위안부로 일본군에 끌려
간 여자들이 미얀마로 간 것만은 아니었다. 태평양 전쟁이라는
말부터가 그렇듯이 여러 나라, 여러 섬들까지 흩어져 들어갔다.
몇 해 전에는 캄보디아에서 한 여자가 뉴스에 오르내리며 귀국
하기도 했다. 그러나 내 가까운 곳에서 선생이 '분노의 강'을 말
했기에, 나는 다른 나라가 아니라 유독 미얀마를 마음에 새기고
있는 것이리라.

"보세요, 저, 여기요."

좌판을 떠나 몇 발짝 옮겼을 때, 뒤에서 부르는 말이 들려왔
다. 나는 긴가민가 돌아보았다. 주인 남자였다.

"이게 있어요. 옆집에서 구했어요."

나는 그가 들고 있는 것을 보았다.

"미얀마 거?"

가로 30cm, 세로 10cm 정도 크기, 붉은 바탕에 금박으로 그
려진 덩굴꽃 무늬가 눈에 들어왔다. 어디선가도 본 적이 있는
경책(經冊)의 일종임을 알 수 있었다. 불경을 공부하는 티베트
승려들이 들추고 있는 경전도 그런 것이었다. 말했다시피 살 생
각은 아니었는데, 얽혀 들어간다 싶었다. 표지를 들추자 부처의
일대기를 그린 것이라고 짐작되는 그림과 알 수 없는 글자들이
나타났다. 여섯 장으로 되어 있는 형태였으나, 전체가 종이 한
장으로 접혀 있는 책이었다. 저 알 수 없는 글자를 산스크리트
문자라고 하는지 팔리 문자라고 하는지조차 알 수 없었다. 보통

부처의 일대기를 그린 그림에는, 태어나자마자 몇 걸음 걸어가 '천상천하 유아독존'을 외치는 장면이 있건만, 그건 없었다. 부처가 나무 아래서 깨달음을 얻는 장면, 설법을 하는 장면, 그리고 마지막 열반에 드는 장면으로 여겨지는 그림들이 눈에 띄었다. 코끼리와 코브라도 있었다.

아무튼 본래 내 뜻과는 달리 나는 이상한 경전을 손에 쥐게 되었다. 살 생각이 없었던 만큼, 흥정하면서 가격이 대폭 낮춰진 것도 한몫을 했다. 그림들도 사실 유치한 수준의 것이었다. 아마도 일부러 그렇게 그림으로써 시대가 비교적 오래된 것처럼 꾸밀 속셈이었던 것 같았다. 언젠가 코엑스에서 열린 전시회에 갔다가 스리랑카 스님들이 와서 경전을 만드는 과정을 보여주는 걸 구경한 적이 있었다. 그것을 패엽경(貝葉經)이라고 했다. 하지만 내가 산 것은 그것과는 달랐다. 무엇보다도 패엽이 아닌, 그냥 종이로 만든 것이었다. 패엽이란 종이가 없던 시절에 나뭇잎을 베어 말려 종이처럼 쓴 데서 비롯된 말이며, 패엽경은 그 경전을 일컫는 말이었다. 조개 패(貝) 자는 왜 들어가 있을까. 히말라야 산맥이 아주 오래전에는 바다 밑이었고, 그래서 그 위에서 종종 조개껍데기가 발견된다던 사실과 무슨 연관이 될까, 했으나, 알고 보니 조개는 물론 히말라야 산맥은 더더구나 아무 관련이 없었다.

스리랑카 스님은 나뭇잎 종이 위에 송곳으로 글씨를 쓴 뒤 전체에 먹물을 묻혀 닦아내고 있었다. 글씨 부분만 먹물이 남게 되는 이치였다. 그리고 벽에 붙여놓은 사진에는 사람이 야자수에 올라 칼로 나뭇잎을 베어 내려오는 모습이 담겨 있었다. 패엽이라는 말은 별 게 아니라 산스크리트어 패트라pattra의 소리를 한자로 옮겨 적은 패다라(貝多羅)에서 나온 것인데, 나뭇잎이라는 뜻에 지나지 않았다. 그렇게 써서 끈으로 매고 겉장을 양쪽에 대어 만든 것이 패엽경이었다. 이러한 본래의 패엽경 형식은 종이가 쓰인 뒤에도 없어지지 않고 남아 있다고 했다.

얼마 전에 조계사에 갔다가 '종군 위안부를 위한 기도 삼천 배'라는 안내문을 읽은 기억이 살아났다. 선생에 대한 추모는 미얀마와 종군 위안부가 함께 어울려 새삼스럽게 내게 몰려오는 격이었다. 그리하여 나는 더욱 미얀마로 가야겠다는 생각을 굳혔던 것이다. 선생이 헤맸던 지역은 살윈 강과 시탕 강 주변, 샨족의 땅이었다. 그리로 가기 위해서는 맨달레이를 거쳐야 했다.

"이곳이 마지막 왕도(王都)지요."

안내자를 따라 해자를 건너 들어간 왕궁에는 한때 일본군이 주둔한 흔적이 그대로 남아 있었다. 마지막 왕인 밍군왕의 옥좌가 놓여 있고, 왕은 사진으로만 남아 있었다. 딱한 노릇이었다. 선생에게서 만달레이에 대해 들은 이야기는 없었다. 아마도 왕도에 주둔할 만한 주력 부대에 속하지 못한 때문일 것이었다. 그러므로 나 역시 어서 빨리 목적지로 갔으면 싶었다. 그러나 왕궁을 나와 방문한 한 사원에서 불경의 마지막 결집(結集)이 이루어졌다는 이야기를 들은 것은 그런대로 소득이긴 했다. 사원의 경내에 수많은 작은 불탑 구조물이 세워져, 그 안에 무슨 글자들을 빼곡히 새긴 비석을 모시고 있었다. 불탑 구조물은 사각뿔 형태의 기본적인 모양이었다. 4면의 열린 구조에 철창이 굳게 닫히고 열쇠마저 채워져 있었다. 중요하게 여긴다는 뜻이었다.

"이 비석들이 경전입니다."

안내자가 손을 들어 가리켰다.

"돌에 새긴 경전······"

"그렇지요. 결집하여 남겨놓은 거랍니다. 결집, 아시죠?"

나는 무슨 말이냐는 표정을 지었다. 안내자는 차근차근 설명하기 시작했다. 부처는 가르침을 글자로 남기지 않았다. 나중의 예수도 마찬가지였다. 위대한 성현의 길이기도 했다. 일컬어 '불립문자(不立文字) 이심전심(以心傳心)'의 세계. 문자 나부랭이로는 전할 수 없는 마음의 세계. 그러나 시간이 흐를수록 가르침의 참뜻이 자칫 잘못 전해질지 모를 위험이 따른다. 글자로 확정지어놓을 필요가 있다. 여기서 여러 제자들이 모여 부처의 말을 들은 대로 읊어 확인한 것이 결집이었다. '나는 이렇게 들었다(如是我聞)'는 말이 경전의 앞머리에 놓이게 되는 연유였다. 부처의 가르침을 읊어 확인했기에, 그쪽에서 결집은 암송과 같은 말뿌리를 갖고 있었다. 안내자의 말이 아니더라도, 왕사성에서 대가섭의 주재 아래 첫번째 결집이 있은 이래 두 번인가 세 번의 결집이 있었다고 책에서 읽은 기억이 났다. 그런데

뒤늦게 미얀마에서 네번째 결집이 있었다는 것이었다. 나아가 미얀마 사람들은 예전에 부처가 그 나라까지 왔었다고 믿는다는 설명이 뒤따랐다. 처음 듣는 말이었다. 알 길이 없었다. 확인할 길도 없었다. 다만 결집의 증거로 새겨놓았다는 비석들을 돌아보던 나는 선생이 '지옥가도'를 헤매며 외운 진언 한마디를 퍼뜩 머리에 떠올렸다. 그 뜻은 선생도 모른다고 했다. 전쟁터로 떠나기에 앞서 고향 동네 어른이 적어준 대로 위태로울 때면 무턱대고 외었을 뿐인 한마디였다.

옴 아라나야 홈 바탁.

덕분에 그는 목숨을 부지했는가. 그럴 리는 없었다. 그래도 나는 오래전부터 그 뜻을 알아두려고 했었다. 그러나 그러지를 못했다. 내가 아는 진언이라고는 '옴 마니 밧 메 홈'이 고작이었다. 그것도 본뜻을 제대로 아는 건 아니었다. 내 게으름 탓이 컸다. 실은 기회야 얼마든지 있었다. 그렇다면 뜻을 굳이 캐지 않으려는 마음이 내게 있었다고 해야 한다. 그가 위기에 처해 기도로 외었다면 신음 소리에 지나지 않을지라도 그것으로 그만이었다. 어찌됐든 비석들 사이에서 그가 내게 들려준 진언 한마디가 떠오른 사실이 더없이 고마웠다.

그로부터 나는 '옴 아라나야 홈 바탁'과 함께 이라와디 강을 건너 살윈 강 쪽으로 나아갔다. 나로서는 그 진언을 욀 생각이 조금도 없었다. 그래도 그 진언은 내 뇌리를 떠나지 않았다. 곳곳에 황토가 드러나고 나무들은 초록이 옅었다. 재스민꽃이 점점 드물어지는 땅이었다. 한쪽에는 새로이 금탑이 세워지고도 있었다. 권력자들은 여기저기 찬란한 금탑을 세움으로써 자신의 공덕을 널리 알리는 게 관례였다. 드디어 그 강에 이른 나는 비로소 약속을 지키는구나, 마음이 가라앉았다. 새벽에 호숫가의 호텔에서 잠이 깨어 닭울음을 들을 때부터 지극히 평온한 마음이었다. 우리로 치면 장급쯤 되는 호텔이었다. 여명 속에 커튼을 젖히고 내려다본 마을에는 닭이 울고 개가 어슬렁거렸다. 집들이 대부분 2층이어서 그렇지 우리의 예전 농촌과 진배없는 풍경이었다. 이곳이 '지옥가도'로 이어지는 전쟁터였던가, 믿기 어려웠다. 그럼에도 불구하고 나는 그 구석 어디엔가 깃들어 있는 죽음의 냄새, 죽음의 그림자를 좇고 있었다.

선생을 모시고 일본에 갔을 때가 생각났다. 버마 전선에서 살아 돌아온 상관을 인터뷰하려는 참이었다. 지방 신문사에까지 수소문을 해서 야마나시[山梨] 어디론가 찾아갔건만 그 사람은 옛일을 거의 잊고 있었다. 그곳 전쟁터에 갔었다는 것만은 분명히 알고 있는데도 죽음 직전에 이른 순간들은 모른다고 대답했다. 그런 일이 있었느냐고 되묻기도 해서, 선생의 질문에 의심이 갈 지경이었다. 알고도 짐짓 모른다고 시치미를 떼는 태도는 결코 아니었다. 그 사람은 이제 까맣게 모르고 있었다. 아무리 자세히 상황을 들이대도 눈을 멀뚱멀뚱 뜰 뿐이었다. 선생은 여간 난감해하지 않았다.

"그때, 그때…… 이럴 수가, 이럴 수가."

선생보다 더 난감한 건 나였다. 나는 어쩔 바를 몰라 안절부절못했다. 둘이서 죽자살자 넘은 여러 차례의 사선. 선생은 그때의 물웅덩이 하나까지, 물소 한 마리까지 묘사하는데, 그 사람은 착각 아니냐는 반응이었다. 자기는 겪은 바 없다는 것이었다. 왜 찾아갔는지조차 모를 상태가 되어 우리는 호텔로 돌아왔다. 선생은 내내 머리를 내젓고만 있었다. 우리는 유황온천에 몸을 담그고 나와, 로비에서 벌이는 중국 서커스의 접시돌리기를 구경하며 어색한 시간을 보냈다. 달래질 허탈감이 아니었다. 일본에 헛걸음을 하고 돌아온 뒤, 그 일본인이 보인 태도가 의학적으로 증명된 하나의 증상임을 알기까지는 꽤 오래 걸렸다. 견디기 어려운 혹독한 일을 당한 사람이 사실을 잊으려 하고 또 실제로 없었다고 믿는 증상. 나는 그 의학 기사를 충분히 수긍했다.

시골 마을의 풍경에서 마치 그 일본인의 증상을 본 것은 내 잘못일까. 선생과의 약속 때문에 내가 지나치게 과민 반응을 일으킨 것일까. 시골은 있는 그대로의 시골이었다. 그것은 망각이 아니라 치유일 것이다. 어쩌면 전쟁이 피해 간 마을일 가능성도 얼마든지 있었다. 그런데도 나는 전쟁이 휩쓸고 지나간 엄청난 흔적을 보려 하고 있었다. 그 일본인의 증상은 내게 와서 또 하나의 다른 증상이 되고 만 듯했다. 이것이 선생과의 약속의 망령이라면…… 나는 혼자 머리를 절레절레 흔들었다. 그리고 망령을 떨쳐버리기라도 할 듯 밖으로 나와 마침 마을 어귀를 줄지어 가는 탁발승들의 뒤를 따랐다. 적갈색 가사를 입은 그들은 항아리를 들고 마을을 돌았다. 나도 그들처럼 살 수 있을까. 나는 무소유라는 것에 항상 두려움을 갖고 살아오지 않았던가. 현실의 나는 얼마만큼 곧이곧대로의 나일까. 나도 나를 받아들이지 못하는 증상에 시달리고 있음에 틀림없었다.

나는 한나절 동안 유람선을 타고 '분노의 강' 위에 있었다. 전쟁의 냄새나 그림자 따위는 이제 잊어야 한다. 선생과의 무언의 약속도 잊어야 한다. 약속은 애초부터 없었다고 단정해야 한다. 나는 흔들리는 뱃전에 앉아 캔맥주를 땄다. 우기를 맞이하려는지 하늘은 햇빛이 쨍쨍하다가도 어느새 비를 머금은 구름으로 덮였다. 나는 차라리 우기의 그곳 수렁을 겪으며 예전의 선생과 같은 시간을 보냈으면 했었다.

선생의 장례식장에도 B와 함께 갔었다. 그는 여전히 빈집의 방 안에 가물가물 누워 있고, 우리는 바깥을 겉돌고 있는 느낌이었다. 나는 국화꽃 한 송이를 영정 앞에 올리고 절을 하며 '계십니까?' 하고 문고리를 비틀고 있는 듯싶었다. 그는 어디로 갔단 말인가. 그는 아직도 일본인 상관과 어울려 강가의 논둑을 걷고 있었다. 일본에 다녀온 뒤로 그는 모든 일에 못 미더워했다. 교자상도, 머릿수건도 멀어져 있었다. 안타까운 일이었다.

"거기에 갔던 일이 허상인지 모르겠단 말야. 허허."

분명 그렇게 믿고 있지는 않는다는, 어이없다는 반어투였다. 그러다가 우리의 방문을 맞이하지도 않고 세상을 떠나갔다. 그야말로 부운기, 부운멸이었다. 우리는 그날 쉽게 발길을 돌린 일이 아쉬워 늦게까지 술잔을 기울였다. 나는 그가 몇 번이나 되뇌던 '허상'이라는 말이 머리에서 떠나지를 않았다. 그의 체험은 허상일 수가 없었다. '옴 아라나야 훔 바탁'의 진언이 증언하고 있었다. 아니, 도대체 어떤 증언도 필요 없었다. 모든 게 사실이자 진실이었다. 그러나, 그러나, 그러나……

그러나, 나도 때때로 지난 세월의 어느 순간들이 허상이 아닐까 생각에 잠기는 순간이 없지 않은 것이다. 내가 겪었던 일들이 정말 내게 일어났을까. 아무도 증언해줄 사람이 없다면. 나는 어리둥절 혼란에 빠지곤 했다. 기시감이란 것이 끼어들수록 어리둥절함은 기승을 부린다. 게다가 또 하나의 불쾌한 낱말, 도플갱어. 도대체 저기 보이는 저 어떤 인간이 꼭 나를 닮았다니? 닮은 게 아니라 나라니?

"그 여자 있잖어, 왜."

다른 자리에 갔다가 온 B가 불쑥 말을 꺼냈다.

"그 여자라니, 누구?"

별로 궁금하지도 않았으나, 나는 물었다. 우리는 적당히 취해 있었다.

"선생님 먼 친척. 그 여자도 죽었대. 교통사고래."

그가 말을 건넨 것은 내가 알고 있는 여자여서였다. 선생이 내게 소개해서 만난 적이 있었다. 결혼을 전제하고 있었으므로, 여의치 않아 불과 몇 번으로 끝난 만남이었다. 새삼스럽게 말이

나올 건더기는 어디에도 없었다. 장례식장이어서, 느닷없는 죽음이어서 나온 말일 듯했다.

"죽었군. 어쩐지."

나는 건성으로 대꾸했다. '어쩐지'라는 뒷말은 왜 붙였는지 나부터가 수상했다. 특별한 반응을 보일 만한 사이가 아니었다. 영화를 한 번 본 적은 있었다. 영화관이라곤 가지 않는 내게 이례적이라면 이례적이었다. 그뿐, 여자는 죽었다. 멀티미디어 운운하던 그 영화관도 문을 닫았다. 그동안 많은 이들을 보냈다. 어른도, 선배도, 친구도, 하물며 후배도 있었다. 죽음은 특별한 일이 아니었다. 나와 맺어지지 않은 그 여자는 다른 남자와의 결혼에 실패하고 신도시 어딘가에서 혼자 살고 있다고 들었다. 만약 나와 맺어졌다면 죽지 않았을까, 속절없는 소리를 떠올리는 순간, 그뿐이었다. 그뿐, 하고 넘어가려는 순간, 가슴속에서 무엇인가가 북받쳐 올랐다. 까닭 모를 슬픔이었다. 슬픔이 아닌지도 몰랐다. 그뿐인 감정, 그것의 다른 모습일 수도 있었다. 그게 '어쩐지'의 해답이라는 생각도 들었다. 무엇인지 모를 그것이 '계십니까?' 나를 부르고 있었다. 나는 웬일인지 꼼짝 못 하고 입도 뗄 수가 없었다. 꿈속에서 뜻대로 안 돼 허우적거리는 꼴이었다. 계십니까? 나는 안타깝게 물고기처럼 소리 없이 입을 벌리려 애쓰기만 했다. 그런 순간, 나는 눈물을 주체할 길이 없었다. 이런 꼬락서니라니, 하면서도 나 자신을 추스를 마음은 아니었다. B가 여자의 죽음을 알린 게 단단히 잘못된 모양이라고 추측하여 열쩍어 하든 말든이었다.

　장례식도 지나고, '분노의 강' 여행도 지났다. 내게는 한 권의 허술한 미얀마 패엽경만 남았다. 앞에서도 밝혔듯이 패엽경은 아니었다. 그렇지만 나는 우기고 싶었다. 그리고 마치 새로운 결집을 하듯 패엽 한 장 한 장에 무엇인가 기록하여 암송하고 싶었다. 외지 못하는 건 결집하지 못하는 것일 테니까. 그런데 과연 무엇을?

　과연 무엇이 암송할 만한 값어치가 있을까. 죽음을 앞둔 사람에게 필요한 것만이 암송할 만한 값어치가 있으리라. 그런 게 과연 있을까. 나는 패엽에 마지막 하루나마 새겨놓아야 한다. 태어났기 때문에 꿈틀거려야 한 자초지종을. 그러자면 송곳을 마련해야 한다. 붓이니 연필이니 볼펜이니, 다른 필기도구는 물론 컴퓨터도 패엽을 건드려서는 안 된다. 그럴 수도 없다. 송곳으로 긋는 글자만이 의미가 오롯하다. 모든 진상과 허상을 넘어, 모든 기시감과 도플갱어를 넘어, 내 모습을 남겨야 한다. 그런데 그게 과연 있을까.

　무엇보다 진언 한마디를 만들자. 진언 밑에 동물과 식물, 그 가운데 내가 가장 좋아했던 것을 그리자. 동물; 인간의 남자와 여자, 날짐승과 들짐승 각 한 마리씩. 식물; 보랏빛 꽃…… 겨우 여기까지 상상을 이어가던 나는 이미 머릿속이 텅 빈 것만 같다고, 허덕인다. 너무 추상적이다. 추상이 기시감 같은 걸 만들어내는 원흉임을 드디어 깨닫는다. 그럼, 구상은? 물론 구상은 추상을 만들어내는 원흉일 테다. 둘은 서로 짜고 뫼비우스의 띠 같은 돼먹지 않은 놀이를 만들 테다. 삶을 진상과 허상으로 뒤섞어놓을 테다. 이쯤 되면 한눈팔지 말고 정신을 바짝 차려야 한다. 곰곰 되짚어야 한다. 나이 듦이란 온갖 기시감과 도플갱어를 확대재생산하며 자기위안, 자기변명을 위해 헛된 시간을 맞이하는 것. 이들 허깨비와 맞서야 한다. 싸워야 한다. '지옥 가도'란 다른 곳이 아니다. 내가 살아온 길이다. '계십니까?'에 대답해야 한다. 나는 다시 힘을 내기로 한다.

삶을 그리자. 진정한 내 모습을 그리자. 사랑을 그리자. 송곳으로 글자를 새기고 먹물 대신 피를, 피를 묻히자. 컴퓨터 같은 놀이 기구가 못 할 작업으로 나의 하루, 인류의 하루를 남기자. 피의 향기를 내 지나온 삶 속 가장 암송할 만한 값어치의 향기로 남기자. 한 획 한 획 깊게 금 그어, 응고된 피가 핏빛 호박(琥珀)의 핏줄이 되도록 선혈 자국을 남기자.

나는 패엽 한 장을 무릎 위에 놓는다. 나도 모르는 사이에 패엽에 뜬구름이 그려진다. 그러므로 뜬구름 속에 패엽 한 장 떠 있다. 패엽 속에 누군가 떠올리는 글자. 부운멸, 너는 아느냐? 나는 복창, 암송한다. 갑자기 두려움이 몰려든다. 부운멸, 너는…… 너는……

'아느냐?'까지 가지도 못하고 나는 땅바닥의 내 그림자를 향해 고개를 숙인다. 마지막 물음표 달기. 물음표가 너무 무겁다고, 버겁다고 검은 숨을 내쉰다. 계십니까? 소리는 들려온다.

패엽은 아직 나를 기다린다. 아마도 영원히 기다려온 공간인 것 같다. 빈 공간에 영원의 시간은 하루로 농축되어 있다. 공포의 시공(時空)에서 춤추는 허깨비들을 몰아내고 사랑을 새겨 넣어야 한다. 멈춰서는 안 된다.

나는 송곳을 거머잡는다. 물음표를 위한 마지막 순간이 다가오고 있다. 아느냐, 너는 아느냐?

회로(回路) 찾기

아무리 생각해도 백남준 탓이었다. 그의 얼굴이 크게 벽화로 그려져 있는 건물이 대로변에 버티고 있는 한 길을 잃어버릴 수는 없다고 믿었음에 틀림없었다. 만약 길을 잃으면 그 건물을 찾기만 하면 되는 것이다. 찾는다는 말이 지나치다고 여겨질 정도로 그 건물은 '대로변에' 뚜렷했다. 어디로 가든, 아니, 어디로 잘못 가든 백남준의 얼굴만 다시 찾으면 된다.

"호텔 뒤로 나와서 길을 건너세요. 어떠세요. 제가 갈까요?"

전화 속에서 그녀의 목소리가 가늘게 들려왔다.

"갈 수 있어요. 곧 찾아갈게요."

염려할 것 없다고, 자신감을 가진 배경에 백남준 얼굴이 있었다. 온통 건물을 뒤덮고 있는 포인트가 있는데, 뭘. 나는 나를 다독였다. 그러나 내가 있는 곳은 베이징, 중국 땅 베이징.

게다가 그녀는 몇 시간 전에 처음 만나 인사를 나눈 여자였다. 다음 날 서울행 비행기표를 끊어놓은 상태에서, 달리 그녀와 만날 틈은 없었다. 그녀는 중국 악기인 얼후〔二胡〕를 타는 조선족 여자였다. 그러나 문제는 그녀가 기다리겠다는 장소에 있는 것이 아니었다. 그녀를 만나야 하는 까닭에 있었다. 여간 부담스러운 게 아니었다.

백남준의 모습을 중국에서 보게 될 줄은 몰랐다. 헤아려보면 나는 17년 전에 중국에 처음 갔었다. 해외여행이 자유화되고 나서였지만, 그곳을 직접 오갈 수는 없었다. 나는 일행과 함께 일본 후쿠오카로 가서 일본 비행기를 탔었다. 한국과 중국 사이를 직접 오가는 비행기가 없기 때문이었다. 서로 외교 관계를 맺지 않고 체제가 다른 국가들 사이는 그렇게 뜨악했다. 가령 미국에서 쿠바로 직접 들어갈 수 없어서 멕시코를 거쳐야 했던 것과 같은 것이다. 그러나 인천공항에서 두 시간쯤 날아가면 되는 사이. 베이징 공항에 닿으니, 마중 나온 사람들 틈에 내 이름을 써서 들고 있는 사람이 있었다.

그렇게 하여, 베이징의 한국문화원 개원 2주년을 기념하는 행사에 참가하였다. 중국 작가 옌렌커〔閻連科〕와 함께 책 사인회를 하는 것이었다. 그는 『인민을 위해 복무하라』는 소설로 한국에 소개된 작가였다. 내 책은 『둔황의 사랑』. 우리의 문학 행사는 젊은 화가들의 교류 전시를 하는 미술 행사, 우리 국립국악원 단원들이 연주하는 음악 행사와 함께 엮여 있었다. 예전에

학교 다닐 때 독일이니 프랑스니 문화원들을 몇 번 갔었던 기억
이 떠올랐다. 중국 학생들이 많이 와서 행사에 참가하는 걸 보
고, 다른 나라의 문화를 알고자 하는 젊은이들은 여전하구나 하
는 생각이 들었다.

　목련과 매화가 활짝 핀 화사함을 안고 예상보다 크게 변해가
고 있는 베이징을 나는 새롭게 바라보았다. 여기서 '새롭게'라
는 말은 첨단적, 예술적이라는 말을 포함한다. 한국문화원의 건
축도 만만치 않았다. 컴퓨터로 작동되는 내부 시설들에서도 그
랬지만, 무엇보다 건물 전면을 가득 채운 세 명의 얼굴에서 나
는 더욱 놀랐다. 사진작가 임영균이 만든 벽화 작품으로, 한국
을 대표하는 비디오 아티스트인 백남준과 한—중 교류 홍보대
사인 가수 장나라, 중국 예술가 수빙이라는 사람의 얼굴. 하여
튼 백남준은 반가웠다. 뜻밖에 그를 다시 맞닥뜨린 것이었다.
몇 해 전에 독일의 한 미술관 골방에서 문득 그의 작품「촛불」
을 본 이후 나는 나만의 경험을 연장하려는 듯 그의 49재에 갔
었고, 그리고 김금화의 굿으로 치러진 진혼제의 인사동 쌈지,
최근 세워진 용인 기념관까지 그 행적을 좇기도 했다. 그런 그
를 베이징에서 다시 만날 줄이야. 그렇다면 그는 내게 어떤 의
미로 작용하려는 것인가. 나 스스로 최면을 걸었는지도 모른다.
나는 낮에 입었던 옷을 부랴부랴 다시 걸치고 호텔을 나섰다.
로비의 자동문을 거치면서, 근거가 박약한 사람에게는 최면도
종교라고 누가 말했더라, 잠깐 기억을 더듬은 것 같기도 했다.

호텔 뒤로 나와서 길을 건너세요. 나는 그녀가 말한 대로 따랐다. 불과 1박 2일의 일정을 내어 갔던 터라 다른 여러 곳을 '자유 여행'할 여유가 없었다. 겨우 기웃거린 곳이 '유리창'이라는, 우리네 인사동 같은 동네와, 젊은 미술가들의 거리 '예술지구 798'이라는 지역이었다. 옛것이든 새것이든 미술에 관련된 곳들이었다. 그 밖에 물에 떠 있는 커다란 반구형, 혹은 알[卵] 모양의 이색적인 대극장 건물 앞에서 사진도 찍었다. 빛에 반사되는 번쩍이는 건물을 빙 둘러 해자처럼 파고 물에 떠 있는 형태의 건축이었다. 미술은 보여준다는 점에서 도시의 인상을 결정짓는 요소가 된다. 그래서 세계의 여러 곳에서 새로운 보여주기의 시도로 사람들을 불러 모은다. 건축이며 설치가 중요한 것은 말할 나위가 없을 것이다.

중국은 지금까지 내게 '죽(竹)의 장막'과 거대한 제국의 이미지로 압도해왔었다. 오래전에 나는 비단길을 알고 작품에서는 물론 실제 여행으로 여러 곳을 둘러보곤 하면서도 그 인상을 버릴 수가 없었다. 그 나라는 옛 황제들과 거대 조직의 땅이었다. 그 거석문화의 그늘에서 내가 찾고자 한 것은 개인의 모습이었다. 그래서 혼자 허름한 샤오치부[小吃部]의 낡은 탁자에 차이[茶] 접시를 놓고 한잔 술을 기울이는 외로운 내가 좋았다.

그런데 이번 짧은 여행은 이제까지 볼 수 없었던 개인의 모습을 볼 빌미를 마련해준 듯하여 뜻깊었다. 말하자면 과거의 중국은 내게 역사지리부도 속의 중국이었다. 그것은 살아 있는 중국이 아니었다. 그러나 이번에 비로소 상투성을 깨고 역사에서 살아나온 모습을 본 듯했다. 아마도 이것이 '낯설게 하기'의 본보기일 것이다. 이것이야말로 예술의 역할이라고 생각되었다. 예술의 역할이라고 크게 뭉뚱그릴 것도 없이 무엇보다도 '장막'을 들치고 나온, 얼후를 타는 조선족 여자가 있다고 고백해야 할 것이다.

낮에 그녀가 베이징 안내를 맡은 까닭을 안 것은 나중의 일이었다. 나는 혼자서 행사에 참여했어도, 우리 일행의 대부분은 국악에 관계된 사람들이었다. 그러니까 그녀는 여느 안내원이 아니라 음악을 하는 동료로서 안내를 맡은 것이었다. 우리 일행에 해금을 타는 사람이 있었고, 얼후는 중국의 해금과 같은 악기였다. 한자 표기에 '오랑캐 호(胡)' 자가 있는 걸 보면 북방에서 들어온 악기라고 짐작되었다.

"나무 울림통에 명주실을 현으로 쓰는 해금과 달리 얼후는 뱀 가죽으로 울림통을 만들고 강철 현을 써서 울림이 크고 독특하죠."

그녀는 내게 설명했다. 어디선가 보긴 본 악기라고, 기억을 더듬을 만큼은 어렴풋이 알고 있었다.

"뱀 가죽을요?"

"예. 구렁이…… 아시죠?"

구렁이 가죽 울림통에 강철 현. 뭔가 어려운 모습이구나, 여겨졌다. 그 모습은 그녀의 안내를 받는 내내 머리를 떠나지 않았다.

베이징에서 본 것은 단순한 현대화가 아니었다. 그것은 '옛것을 익혀 새것을 안다(溫故知新)'의 사례라고도 할 수 있다는 생각이었다. '예술지구 798'은 예전에는 공장지대였다고 했다. 과연 작은 공장 건물들이 줄지어 늘어선 골목 동네였다.

"저기를 보세요. 무기 만드는 기계가 그대로 있지요. 한국문화원에서도 여기서 전시를 했었습니다."

그녀는 일행을 이끌고 여기저기 보여주었다. 공장이었던 한 곳은 무기를 만드는 공작기계들이 그대로 놓여 있기도 했다. 그런 환경을 그대로 살려 예술지구로 바꾼 것이었다. 외국에 비슷한 예들이 없지 않으나, 소규모의 동네 공장 건물들을 그대로 보존한 채 예술을 하도록 만든 그 행위 자체가 예술이었다. 일행은 종종 흩어졌지만, 나는 그녀 옆에 다가붙어 착실하게 설명을 들으려 노력했다. 그리고 얼마 전에 만난 두 화가의 말이 머릿속에 떠올랐다.

　J—서울 시청 앞에 논을 만들고 벼를 가득 심어 농사를 짓는다. 그것이 내가 하고 싶은 작품이다.

　K—돈을 많이 벌어 한 동네를 사들인다. 그리고 모든 집을 헐고 그저 자연으로 만들고 싶다.

파리의 한 열차역을 개조하여 만든 미술관이 오르세였다. 프랑스 말을 모르는 나는, 오르세 앞에는 꼭 관사 'D'가 붙어 있는데 왜 도르세라고 부르지 않는지 누구에게 물어볼 기회가 오기를 기다렸다. 어쨌든 이처럼 서울역도 미술관이 되었다. 나는 두 화가의 말을 들으며 서울역 자리가 논이나 들로 변해 있는 풍경을 머릿속에 그렸었다. 나 역시 자연이 그리웠다. 어디를 가든 이렇게 자연이 모습을 잃어가서야 나중에 어쩔 것인가, 한숨이 나오기 일쑤였다. 하기야 내게 이제 남은 '나중'이 얼마나 보장되어 있는지 의문이기는 했다. 그러나 나뿐만 아니라 누군들 그럴 것이었다. 그러자 죽음이라는 말이 입속에 맴돌기 시작했다. 입속에 죽음이라는 말을 물고 '예술지구'를 둘러보는 내가 어릿광대 같아서, 내 발걸음은 밑을 헛디디고 있는 것만 같았다.

나는 호텔 뒤로 나와서 길을 건넜다. 전화 속 그녀의 말을 그대로 따른다는 생각이었다. 말했다시피 사실 그녀를 따로 만나는 일은 어떻게든 피하고 싶었다. 점심때 오리구이를 먹는 식당에서 그녀는 일부러 내 옆에 앉았었다. 한국에서, 서울에서 한번 연주하고 싶어요. 도와주실 수 있어요? 우리의 전통 악기가 아닌 얼후를 가지고 국악원 사람들에게 부탁하기란 쉽지 않은 때문인 듯싶었다. 글쎄…… 뭘 어떻게 해야 하는지 나로서는 막막했다. 하지만 나는 러시아의 우리 민족 화가를 도와 개인전을 열게 해준 적이 있었다. 부딪쳐보면 안 될 게 없는 이 사회였다. 그런데 그녀는 이제 따로 만나기를 제안하고 있는 것이었다. 따로 만나면 그녀의 부탁을 뿌리치지 못할 것임을 나는 알고 있었다. 나라는 인간은 도무지 감당 못할 일도 고개를 끄덕이고 만다……

길은 자전거 전용도로를 건너 다시 자동차 전용도로를 건너게 되어 있었다. 그녀가 얼후를 연주한다는 사실에서 나는 왜 얼마 전 디지털 사진점에 갔다가 본 옛날 사진첩을 기억했을까. 여권은 만료 6개월이 안 남아 있으면 다시 만들어야 하기에 사진점부터 들른 것이었다. 기다리는 동안 나는 탁자에 놓여 있는 옛 사진첩에 눈을 주었다. 「빨랫방망이 쥐던 손으로 샤미센을 타네」. 무슨 뜻이지? 하는 순간 알아차렸다. 자못 선정적인 제목에, 우리나라가 일본에 합병되고 나서 얼마 지나지 않은 시절의 풍속을 찍은 사진들. 기모노를 입고 일본 악기 샤미센을 타고 있는 여자들. 우리 시골의 풍경도 곁들여 있었다. 뭔가 좋지 않은 의도가 깔려 있다고, 시시껄렁한 짓거리라고 여겨져서 덮어버릴까 하면서도 기어코 한 장 두 장 페이지를 넘겼다. 요즘은 빨랫방망이를 아는 젊은이조차 아마도 없을 것이다. 도대체 그런 걸 어디에 어떻게 쓰는지 알 길이 없을지도 모른다. 그러나 예전 개울가나 우물가에서 빨래들을 빨랫돌 위에 올려놓고 빨랫방망이로 두드리던 여인네들의 모습이 내게는 살아 있는 풍경이었다. 그녀들을 보고 싶었다. 서울 한복판에서 그런 풍경을 볼 수만 있다면. 나는 숨을 휴우 몰아쉬었다. 사라진 풍경은 어디에서도 재현되지 않았다. 생명을 스캔하면 본래 생명은 죽는다는 이상한 말을 들은 적이 있었다. 어려운 말이었다. 스캔이 '복사하다'라는 뜻이라면, 생명을 복사한다는 것은 무엇일까. 나는 어지러운 생각을 사진첩 속에 접어두고 그곳을 나왔다.

'빨랫방망이 쥐던 손으로 샤미센을 타네'라는 제목은, 그녀들이 하나같이 샤미센을 타게 되었다는 뜻을 품고 있다. 그렇지는 않을 것이다. 애초에 틀린 말이다. 선정적인 데다가 선동적이다. 하나의 사실을 꼬투리로 모든 걸 그렇다고 덧씌우는 수법이다. 그러나 사진첩은 그때의 우리 여인네들의 모습을 엿볼 수 있게 해주었다. 그녀들은 무릎 위의 샤미센에 손가락을 올려놓고 줄을 튕기고 있었다. 아름다운 자태였다. 이 경우의 아름다움이란 슬픔에 운율이 닿아 있다. 그러나 모든 아름다움은 슬픔에 뿌리를 내리고 있다. 그런데 자전거 길을 건너 신호등이 바뀌기를 기다리는 동안 한 문장이 맴돌고 있음을 알았다. '빨랫방망이를 쥐던 손으로 얼후를 타네.'

지금 나를 불러낸 여자는 백두산 밑 어디가 고향이라고 했다. 그쪽 지리라면 이도백하와 통화라는 지명밖에는 아는 것이 없었다. 중국에서 백하는 바이허, 통화는 퉁허. 중국말과 우리말이 뒤섞여 있는 이중 현실의 마을들. 지난해 나는 그곳들을 지나 백두산에 두번째로 갔었다. 백두산으로 간다고 다 퉁허를 지나가는 것은 아니었다. 내가 택한 방법은 퉁허를 지나는 길이었다. 세월이 훌쩍 지났는데도 그 길은 여전히 그리 수월치가 않았다. 변함없이 '조선족 자치구'인 그곳까지 이제는 비행기 직항로가 열려 있어도 쉽게 비행기표를 구할 수 없다는 것이었다. 하필이면 '불법 체류자 귀국'이라는 정책 때문에 조선족들이 한 꺼번에 귀국을 서두르기 때문이라고 했다. 예약이 밀려 있었다. 동포들이 고국에 온 게 왜 '불법'인지 나로서는 알 길이 없지만, 따라서 대한민국의 법과 정치를 알 길이 없지만, 하여튼 나는 먼 길을 돌아서 가야 했다. 아니, 실은 일부러라도 택하고 싶은 길이긴 했다. 다롄에서 다섯 시간 버스를 달리면 선양, 거기에서 또 다섯 시간 달려가 새벽 세 시 퉁허에 이르러 겨우 두 시간 쉬고 이어 다섯 시간을 더 달리는 길. 그러면 백두산 아래였다.

돌이켜 보면, 예전에 어떻게 갔던가. 중국과 수교하지 않은 상태라고, 한국 국적 비행기가 직접 들어올 수 없다고, 엉뚱하게 일본으로 가서 일본 비행기를 타지 않으면 안 되었다. 그래서 일본 후쿠오카–중국 상하이–베이징–창춘–옌지로 릴레이를 하듯 갔던 것이다. 도무지 알 수 없는 길이었다.

두번째여서인지, 퉁허에 이르니 그래도 거의 왔구나 싶었다. 그런데 문득 이곳이 옛 그곳이라고는 도무지 여겨지지 않았다. 십 년이면 강산이…… 과연 그랬다. 예전의 나는 그곳에서 왠지 서글프고 정겨워 울먹거리는 심정이었다. 잃어버린 고향에 돌아왔던 것 같았다. 그동안 나는 어디를 어떻게 헤매 다니다가 돌아온 것일까. 어두운 저녁이어서 더 그랬는지 모른다. 알지 못할 음악과 냄새에 뒤섞여 낮게 깔리는 어둠. 흐린 불빛이 비쳐 나오는 낮은 지붕 가게를 찾아 들어가 나는 어렵게 서울로 전화를 걸지 않으면 안 되었다. 별 용건도 없이, 걸지 않아도 되는 전화를 어렵게 걸어 안부를 전하지 않으면 안 되었다. 지금 전화를 하는 나는 아주 옛날의 나라오…… 집들은 어두웠고, 사람들은 그림자처럼 보였다. 어디선가 우리말의 노랫소리가 들려왔다. 길거리 노천에 노래방 기기를 울려대며 조선족들이 노래를 부르고 있었다. 나는 내가 아니라 나라오……

이제 그곳은 예전의 모습이 아니었다. 높은 빌딩들, 요란한 간판들, 휘황한 불빛들. 나는 배반이라도 당한 양 실망했다. 그곳은 단지 대한민국의 어느 대도시에 지나지 않았다. 물론 그곳은 여행의 목적지가 아니었다. 나는 백두산을 향하는 것이다. 백두산에 올라 고산의 꽃들을 볼 요량이었다. 지난번 백두산을 오른 길은 '북판'이라고 했다. 그 길에서는 볼 수 없는 풍경이라기에 굳이 따라나선 것이었다. 그 김에 이젠 어디서도 찾지 못할 고향의 풍정을 통허에서 느낄 수 있기를 바란 것이었다. 우리나라에는 이미 시골이란 존재하지 않는다. 모두가 서울이거나 서울의 아류인 것이다. 서울은 몰(沒)문화의 대표적인 날림 도시에 지나지 않는다. 프랜차이즈 체인점과 같은 이 도시, 이 나라에 누군들 지쳐서 숨막히지 않으랴. 그 숨막힘을 풀어줄 예전 마을은 이제 이 세상에 없었다.

나는 공연히 후줄근하게 되어 백두산에 이르렀다. 한 번 오른 산이라 마냥 신비의 산은 아니건만 마음이 설레는 건 마찬가지였다. 언제부터인가 백두산의 꽃들을 알게 된 뒤부터 나는 꼭 그 자생지에 서고 싶었다. 우리의 자생화가 가치를 인정받게 된 것은 그리 오래된 일이 아니다. 나 역시 우리 꽃의 아름다움에 홀려서 여기저기 글들을 쓴 결과, 한 권의 책도 갖게 되었다. 보통의 야생화와 고산의 야생화는 같은 종류라도 다른 모양, 때깔로 자라고 꽃핀다.

백두산의 밝고 맑은 꽃들은 여러 사람들에 의해 소개된 것을 감지덕지 보았을 뿐, 직접 볼 기회를 얻기가 좀체 힘들었다. 물론 백두산 것이라고 시중에 파는 몇 가지를 구해다가 심어보기는 했었다. 두메양귀비니 백산차니 만병초꽃 등등. 어쩐 노릇인지 생각처럼 잘 자라주지 않았다. '어쩐 노릇'이 아니라 제 풍토가 아니니 어련하랴 했지만, 안타까울 뿐이었다. 게다가 야생화란 군락을 이루어 한눈 가득히 피어 있는 것이 제대로의 풍경일 터였다.

한마디로 미리 말해, 나는 백두산의 꽃을 못 볼 수밖에 없었다. 순식간에 그곳의 가을은 이미 지나 있었다. 꽃들은 시들고 없었다. 있다고 해야 거의 마른 대궁에 가까웠다. 천지를 보려고 몇 번을 와서도 못 본 사람이 있다는데…… 나는 엉뚱하게 위로했다. 나는 두 번 와서 두 번 다 천지를 보고 가지 않는가. 호수와 꽃이 도대체 무슨 관계가 있는가, 하면서도. 헛걸음을 돌려야 한 나는 여행사를 원망할 여력도 없었다.

그러나 백두산 아래의 마을에는 꽃밭마다 과꽃, 맨드라미, 백일홍, 봉선화가 피어난다. 코스모스도 있고, 샐비어도 있다.

내 어릴 적 우리 꽃밭들과 꼭 닮아 있었다. 나는 고개가 갸우뚱 거려졌다. 어릴 적 꽃밭 풍경은 이제 보기 어렵다. 서울 거리의 어디에도 다른 꽃들이다. 팬지, 금잔화 말고는 이름조차 모르는 서양 꽃들이 태반이다. 그런데 여기에는 옛 꽃밭들이다. 무슨 까닭일까. 꽃 책을 내고 나서, 왜 우리의 과꽃, 맨드라미, 백일홍, 봉선화 같은 꽃들은 다루지 않았느냐고 섭섭해 하는 사람을 보았다. 나는 그것들이 비록 우리 꽃밭에서 우리와 친숙해졌다 하더라도 우리 땅에 들어온 지 오래된 것들은 아니라고 설명했다. 굴러온 돌이 박힌 돌을 뺀 꼴이라고.

그러니까 똑같은 일은 반복되고 있다는 생각이었다. 우리네 꽃밭은 그 꽃들과 다른 종류로 바뀌었을 뿐이다. 또 다른 돌이 굴러온 것이다. 꽃밭의 문화는 몇십 년의 터울을 두고 앞과 뒤의 질서를 이루고 있었다. 말했다시피, 퉁허는 물론 중국 조선족 자치주의 모든 도시들은 또 다른 서울을 지향한다. 텔레비전을 우리와 동시에 볼 수 있는 공동체인 때문이기도 하다. 그러므로 그네들의 꽃밭도 곧 우리네와 같아질 것이다.

이 사회를 부리나케 뒤좇고 있는 조선족 사회에 미안한 마음이었다. 이것은 결코 모범이 아니라고 외치고 싶어도 내게는 그럴 힘이 없다. 백두산에서 산꽃을 보려던 희망이 깨진 채 서울로 돌아온 나는 심사가 편하질 않았다. 그런데 서울 거리는 여기저기 정비한다고 온통 파헤쳐지고 있었다. 서울이 아름다운 문화 도시가 될 수 있을까. 오래된 질문이었다. 청진동을 지나며 공사장의 가림막을 바라본다. 세종로를 거쳐 광화문을 돈다.
역시 가림막. 저쪽 숭례문도 그럴 것이다. 서울은 온통 건설공
사장이 되어 있다. 그래서 나는 글 한 꼭지를 썼다.

  피맛골로 대표되는 청진동 뒷골목으로 내가 처음 갔던 것은
지난 세기의 60년대 후반 어느 날이었다. 시효가 지났을지도 모
를 문학 지도를 꼬깃꼬깃 안주머니에 간직한 발걸음은 무교동,
관철동으로도 이어졌다. 시가 남루해지면 무협지 같은 시공에
나를 맡기던, 참칭 일지매의 나날. 눈물 젖은 문학 지도는 독주
병의 마개.
  내 문학에서 '서울 뒷골목'이 중요 무대가 된 것은 그런 까닭
에서였을 것이다. 내가 이곳들에서 내뿜었던 열기의 내용은 무
엇이었을까. 기억되지도 않는 많은 '오만과 편견'들 속에서 나는
청춘을 보냈다. '말 탄 자여, 지나가라'는 누구의 묘비명을 지키
려는 듯 피맛골은 시대를 비웃거나 척진 이들의 은신처 같았다.
문학의 깃발을 들고 만났으나, 알맹이는 어디 가고 논의만 남는
것에 진저리 치기까지의 먼 우회로이기도 했다. 나, 알려고 하
면 할수록 더 멀어지는 문학에 취해 수상한 가숙(假宿)에서 불
확실한 미래를 바라보며 병마개에 적셔진 마지막 술을 짜 마신
적은 없었던가.
  그 청진동 뒷골목이 사라지고 있다. 몇 년 전부터 예견된 바
이기는 하지만, 이제는 가림막이 현실을 증명해준다. 그 속에서

과거는 가려진 채 사라지고 있다. 사라질 것은 사라져야 한다. 나는 애증의 두 눈으로 이 사라짐을 착잡하게 바라볼 수밖에 없다. 일찍이 폐허에 대해 쓴 바 있는 나로서는 두려워해서는 안 된다. 내게는 마지막 증언이 될지도 모를 일이다. 서울에서 옛 것은 그나마 새로 세워진 고적과 왕궁뿐, 과거는 셀로판지에 싼 양과자 같은 모습으로 얼굴을 내민다. 건축다운 건축이 없는 도시가 급조된다. 생태계를 빼앗긴 추억의 마지막 거머리마저 내게 붙을 힘을 잃는다. 문학은 과거, 추억에 뿌리를 박고 사는 것. 나는 무뇌아처럼 빈 거리를 헤맨다. 어디서나 셀로판지 같은 얼굴의 사람들이 어느 나라 삼림을 베어 만든 하얀 종이로 고귀한 입을 닦으며 코를 닦으며 환경에 대해 이야기한다. 일회용 로봇과 사이보그의 연출이 눈부시다. 이런 풍경이 이른바 트렌드가 되어 골치 아픈 게 문학이라고 매도함으로써 자신의 무지를 슬쩍 확대 재생산한다. '문학이란 쓰고 버리는 소모품 같은 거야.'

서울이 안팎으로 달라지고 있다. 서울 사람도 이 변모에는 어리둥절하지 않을 수 없을 정도이다. 문화와 역사가 깃들어 있지 않은 곳으로는 좀체로 발길이 향하지 않는 내 여행벽(癖)은 갈 곳이 없다. 나는 우주에서 떨어진 운석처럼 외롭게 던져져 있는가. 차라리 문학의 어떤 미기록종 물고기라도 되려면 이제 또다시 술병 마개로 쓸 문학 지도라도 한 장 있어야겠건만, 추억의 나무는 가림막 속에서 휴지로 변하고 있지나 않는지.

세종로 쪽으로 가다가 벤치에 앉아 책을 읽고 있는 사람을 만났다. 새로 만들어놓은 동상이었다. 누구인가. 정지용 시인이었다. 한 아가씨가 시인의 귀에 무슨 말을 속삭이듯 하며 사진을 찍고 있다. 사람들이 번갈아 차례를 기다리기까지 했다. 셀로판지 속에서 탄생하는 서울의 모습이 이처럼만 되어도, 하고 나는 희망해보았다. 시인은 사라짐의 '고향'을 노래한다. 그러므로, 사라지게 할 건 사라지게 하더라도, 새로 탄생하는 아이들에게 문화의 과거를 간직하여 희망되게 하라.

빠르게 변해가고 있는 통화와 백하의 거리가 안타깝게 눈에 어른거린다. 아름다운 이름 백하(白河)의 하얀 물빛이 눈에 어른거린다.

지금의 나는 내가 아니라 나라오…… 무슨 뜻일까…… 나는 예전 퉁허의 어둑어둑한 거리를 어슬렁거리는 내가 되었으면 싶었다. 그렇지만 이제 나는 나랑 관계도 없는 부탁을 들어주러 베이징 거리를 걷고 있었다. 나라는 인간은…… 거절하는 일을 그렇게도 어려워하는 나라는 인간은…… 혀를 쯧쯧 차면서 내 몰골을 보니 어느새 자동차 전용도로를 건너 어디론가 가고 있었다. 그녀가 서울에서의 얼후 연주를 말할 때, 나는 홍대 앞 카페를 생각해냈다. 그곳에서 인도의 카탁춤 공연과 '노름마치' 공연을 보았다. 카탁은 종아리에 감은 작은 장식 쇳조각들을 발걸음의 강약으로 울리게 하는 춤이었다. 그 춤꾼은 내게 인도의 라자스탄 지방으로 가서 춤 공연에 참여하지 않겠느냐고 했다. 그가 춤을 배울 때 머물렀던 지방이라고 했다. 많은 사람들이 구도자처럼 인도로 가서 기록을 남기는 게 유행이 된 지도 오래되었다. 25년 전인가, 나는 그곳에 가서 불과 며칠을 묵었었다. 그런데 이번에는 라자스탄 사막에서 카탁춤을 추는 광경을 다큐멘터리로 찍는다는 것이었다. 솔깃했다. 그는 홍대 앞 카페에서 일주일에 한 번씩 공연하며, 그가 춤을 배워 온 인도로 다시 갈 계획에 골몰하고 있었다. '노름마치'는 사물놀이를 하는 젊은이들이 만든 악단이었다. 여러 연주 가운데 구음 (口音)으로 하는 사물놀이는 자못 흥미로웠다. 사물이니 네 명이 나와 입으로 북, 징, 꽹과리, 장구 소리를 흉내 낸다. 어려운 발상이었다. 이처럼 갖가지 소리들과 몸짓들이 '싸구려 커피를 마신다'며 저마다 목청을 가다듬는 그 카페들 어디서 얼후 소리가 난들 어떠랴.

하지만 그녀가 그걸 원할까. 좀더 번듯한 무대를 원하지 않을까. 하지만 그녀가 어떤 걸 원한들 무슨 소용이란 말인가. 내게는 그쪽에 관한 아무런 경험이 없었다. 그 사실을 아는지 모르는지 내게 접근해 온 그녀가 문제였다. 만나는 사람마다 습관처럼 그렇게 들러붙었는지도 모른다. 그러나 한편으로 얼후라는 악기에 대해, 또 그 악기를 타는 여자에 대해 호기심이 가시지 않는 걸 어쩌는 수 없었다. 우리의 해금 비슷한 악기라는 점도 관심을 끌기에 충분했다. 우리 음악의 뿌리가 비단길의 도시 구자, 즉 오늘날의 쿠차에서 온 '구자악(龜玆樂)'에 있다는 음악책을 읽고 그곳에 한번 가리라 벼른 것도 오래되었다. 해금, 얼후, 구자악이 한꺼번에 내 속으로 밀려들어오는 듯한 느낌이었다. 해금을 생각할 때 내 머릿속에는 먼저 사슴이 나타난다. 「용비어천가」에선가 읽은 구절이 너무 강렬하기 때문이었다.

'사슴이 짐대에 올라 해금을 혀나니.'

도대체 알 수 없는 구절이었다. 요컨대 사슴이 해금을 켠다는 것인데, 이때 사슴은 무엇이란 말인가. 곧이곧대로 사슴일 리는 없었다. 어떤 신묘한 사슴이라 해도 악기를 다룰 수는 없는 노릇이었다. 그 비유가 어디론가 나를 이끌어가기를 몇십 년, 나는 아직 해금의 언저리를 맴돌고 있었다. 해금은 내게는 비의(秘意)의 악기였다. 한때 내가 술에 빠져들었던 것을, 이런 미해결의 비유들이 품은 비의 때문이라고 해줄 수는 없을까.

얼후는 해금에 견주는 악기였다. 그래서 나는 관심을 보였고, 마침내는 그녀가 내 옆에 앉게까지 된 것이다. 좀더 침착해야 했다. 용의주도해야 했다. 섣부른 관심으로 한가운데 끼어들어서는 낭패를 볼 수가 있다. 사는 동안 몇 번 전전긍긍하게 된 결과, 나는 늘 경계해왔다. 그저 북방 오랑캐가 쳐들어올 때면 피어난다고 해서 예전에는 오랑캐꽃이라고 불렀다지, 하는 투로 제비꽃 보듯 하는 정도면 족할 것이다. 얼후를 갖다 붙여 두 줄 오랑캐꽃이라고 이름 붙일까, 하는 여유로. 그러나 나는 그녀가 불러내는 말에 따르게 되고야 말았다. 이 무슨 불상사란 말인가. 조선족 사회는 사람이든 도시든 서울을 꿈꾸고 있다.

그녀는 서울에서의 연주를 꿈꾸고 있다. 서울에 살고 있는 나는 동족으로서 도와주지 않으면 안 된다. 이 단순한 이야기 앞에서 나는 꼼짝달싹 못 하게 된 것이다. 예전부터 내게는 얄팍한 의협심이 없지 않았다. '군자대로행(君子大路行)'이나 '죽을 수는 있어도 꺾일 수는 없다'는 투의 말을 내뱉고 그걸 어기지 않으려는 가련한 나의 전전긍긍. 나는 고개를 숙이고 길을 건너고 있었다.

행사에 초청받았을 때, 나는 베이징 거리를 이곳저곳 돌아다니는 나를 연상하곤 했다. '자유 여행'이라고 신문 광고에서 보는 걸 나대로 해보고 싶었다. 여행이란 얼마나 설레는 일인가. 거기에 더군다나 '자유'란! 나는 흥분했다. 그러나 그건 말뿐이었다. 나는 주최 측에서 짠 계획대로 간단한 동선을 따라 움직였을 뿐이다. 나는 자유 여행을 하며, 혹 길거리에서 짝퉁 그림한 장이라도 사면 재미있겠다고 생각했었다. 중국의 몇 화가들의 값이 높아지자 그 그림들의 짝퉁이 버젓이 팔리고 있다고 했다. 나는 위에민준이라는 화가의 이름을 알고 있었다. 그가 그린, 크게 웃는 얼굴의 서글픔도 섬뜩하게 보았었다. 그 밖에 알려진 화가들이 꽤 있었다. 냉소적이고 비판적이지만 비굴해 보이는 표정은 중국인뿐만 아니라 모든 현대인의 것이기도 했다. 몇억 원이나 하는 원화의 짝퉁은 그저 몇만 원이라고 했다. '중인환시리'에 하는 키스는 키스가 아니라듯이, 내놓고 짝퉁이라고 파는 건 짝퉁이 아니었다. 재미 삼아 그걸 사러 일부러 중국에 드나드는 사람도 있다는 것이었다. 낮에 '예술지구 798'의 골목을 돌면서도, 실은 그런 게 없나 두리번거렸었다.

어느샌가 나는 길을 잃었음을 알았다. 그러자 호텔을 나오고 곧 알았다는 생각이 들었다. 백남준을 믿었다는 것은 거짓일 수 있었다. 백남준이 무슨 내 삶의 대부라도 된단 말인가. 그러면, 가봤자 그 거리는 차오양(朝陽) 거리 아니겠는가, 하고 쉽게 여겼을까. 알 길은 없었다.

이제 나는 아무하고도 연락이 닿지 않는 이국의 거리에 버려진 것이다. 꺼진 휴대전화도 내게는 없었다. 웬일인지 안도감이 밀려들었다. 내 말을 들어줄 아무도 없는 것이다. 지나가는 누구를 불러 세워도 나는 말 한 마디 할 수 없었다. 나는 마치 한국어를 쓰는 마지막 한 사람이라도 된 것처럼 나만을 의지해야 한다는 느낌이 들었다. 나는 내가 아니라 나라오, 하는 따위의 감상도 하찮은 것이었다. 나는 나일 뿐, 어떤 무엇도 끼어들 수 없었다. 나는 홀로 한국어를 가슴속에 염통처럼 간직한 채 나에게만 나를 말할 것이었다. 나는 귀머거리요, 당달봉사요, 벙어리였다.

그래도 멈추지 않고 나는 빌딩들 사이로 걸어갔다. 이러다 영영 미아가 되는 게 아닐까, 겁이 나기는 했다. 그러나 내 발길은 멈추지를 않았다. 차오양 거리는 상업지구라고 하더니 아닌 게 아니라 빌딩들만 무리지어 나타났다. 후퉁이라고 불리는, 좁고 후미진 뒷골목이야말로 중국의 속얼굴이라고 하지 않았던

가. 그런 곳들이 서울에서처럼 사라지고 있는 듯했다. 나는 어디로 가는지, 가야 하는지 목적 없이 길을 건너고, 또 건넜다. 그러다 보면 무슨 수가 나겠지, 하는 막연한 희망만이 앞길을 희미하게 비추었다. 살아오는 동안 막연한 희망이 뜻밖에 강력한 자장이 되어 삶을 이끈 적이 여러 번이었다. 그래서 지구는 자장을 간직하고 있는 모양이었다. 자장은 자석에만 적용되는 게 아니었다. 그리고 나는 살아남곤 했다.

한자의 간체자들이 암호처럼 나타났다가 사라지고, 나타났다가 사라지고 했다. 쉬운 글자를 만든다고 본래 글자의 획을 줄여 만들었다는데 도무지 쉽지 않았다. 한자는 한 획, 한 획이 역사를 말했다. 나는 맵다는 '辛' 자에 한 획만 그으면 행복하다는 '幸' 자가 된다는 사실을 되뇌던 시절이 떠올랐다.

라면이 있으니까, 버텨보는 거지, 뭘.

어렵사리 견디며 살아가겠다는 의지를 상투적으로 입에 달고 다니던 때였다. 그러나 말이 쉽지, 라면이 주식이 되는 데는 질리지 않을 수 없는 것이다. 모두가 떠나고 오로지 홀로 된 나는 다른 걸 해 먹을 재간이 없었다. 돈이나 솜씨는 그렇다 하더라도 마음조차 이 세상에 발을 붙이고 있을 기미를 보이지 않았다. 과연 내게 앞날이 있을까, 라면 봉지를 통해 세상을 내다보던 그 시절. 하지만 남들 말대로 목숨이란 모질었다. 나는 소주병과 라면 봉지가 나뒹구는 방에서 하루하루 연명할 수밖에 없었다. 그런 어느 날, '幸' 자에 한 획만 없으면 '辛'이 된다는 글자 놀이를 하고 있는 나를 발견했다. '辛＋一＝幸' 고된 생활을 이겨내고 행복에 이르는 것은 젓가락 한 짝만 덧붙여도 되는 일이었다. 한 획, 그 한 획이 얼마나 어려운가를 알고 극복하는 게 삶의 고갯길이었다. 결코 얕잡아볼 일이 아니었다. 컴퓨터를 모르던 때여서, '라면과 볼펜만 있으면 할 수 있는 게 문학'이라는 말도 강력한 자장의 하나였다. 나는 이제까지 늘 써오던 볼펜을 다시 생각했다. 삶이란 의미 부여라는 깨달음도 그때 얻은 것이었다. 나는 볼펜을 새로이 거머쥐었다. 모든 것은 볼펜으로 '辛' 자를 '幸' 자로 바꾸느냐 그러지 못하느냐에 달려 있었다. 지금도 그 시절은 글자 한 획의 자장 안에 살아 움직인다. 글자한 획, 한 획이 목숨이라고 말하는 것이다.

빌딩들 사이가 분명한데도 나는 후통의 한 갈래길을 걸어 들어가고 있는 착각이 들었다. '유리창'의 '廠' 자는 '厂' 자로 변했고, 역사는 문자와 함께 뒤바뀌고 있었다. 그 역사의 뒤안길에서 나는 뒷골목 피맛골을 골라 가는 사람이라고 자조했다. 지난해 티베트에서 일어난 유혈 시위의 1주년을 맞아 중국은 긴장에 감싸여 있다고 했다. 승려들은, 티베트 불교의 주류인 겔룩파의 창시자 총카파 대사가 15세기 초에 연 촨자오〔傳召〕법회에 열중하고 있지만, 언제 분위기가 돌변할지는 알 수 없어서 군인들이 배치되었으며, 마치 '폭풍 전야 같은 느낌'이라고 신문은 전하고 있었다. 지난해 공교롭게도 나는 티베트를 생각하는 모임에 참석한 적이 있었다.

불현듯 중국 거리에 선 나는 당국의 눈을 피해 일부러 후통 속으로 숨어들고 있다는 생각이 들었다. 사진에서 본 아프리카의 탕헤르 근처 좁은 골목길도 괜찮을 것이었다. 어느 집에서 어여쁜 샤오제〔小姐〕가 소리 죽여 훌쩍훌쩍 우는 소리가 들리는 듯하여 나는 귀를 기울였다. 아니면 강철 현의 얼후가 앵앵 앵앵, 캉캉캉캉 우는 소리? 「패왕별희」에서 항우가 사랑하는 여인 우희의 죽음에 '우여, 우여' 우는 소리?

"선생님, 어딜 가시는 거예요?"

나는 놀랐다. 목소리는 뒤쪽에서 들려왔다. 분명히 우리말이었다. 한국말을 하는 마지막 사람인 나 말고 또 다른 누가 있단 말인가. 나는 뒤를 돌아보았다.

"저예요."

다가오는 그녀를 불빛에 확실히 보고 있으면서도 내 입은 열리지 않았다.

"찾아다녔어요. 호텔까지 갔었어요."

그녀는 내 옆으로 바싹 다가왔다. 그러고 보니 그녀는 내가 어디론가 몸을 피한 사람처럼 여기고 있는 모양이었다.

"여기가 어디요?"

나는 무엇을 수긍하는 뜻도 아니면서 고개를 끄덕거리며 물었다. 그녀가 내 얼굴을 살폈다.

"문화원이 멀지 않아요."

그러나 나는 그녀가 가리키는 쪽으로 눈길을 주지 않았다. 내가 향한 방향의 뒤쪽이었다. 꽤 걸은 것 같은데 실제로는 얼마 되지 않는 거리였나 보았다. 아니, 줄곧 뒷골목을 빙빙 돌았는지도 모른다.

"문화원이…… 백남준이……"

백남준의 얼굴이 안 보이던 때부터 나는 길을 잃은 것이었다. 그는 49재의 영상에서 손을 흔들고 '페이드아웃'으로 사라져서는 늘 내 뒤쪽에 몸을 숨기고 있었다는 느낌이었다. 그가 음악가 겸 화가로서가 아니라 전자공학자로서 세상을 본 점에 내 눈은 크게 떠져서 감을 수조차 없었다. '회로(回路)'라는 단어는 내게 '절망에의 회로'로 바꿔놓아졌다. '가련한' 조이스는 책의 존재론 때문에 한 방향으로 글을 쓸 수밖에 없었다고, 그는 말했다. 하지만 그는 나란히 있는 13대의 텔레비전들에 여러 방향의 회로를 설치할 수 있었다. 그 움직임을 동시에 인식하려는 것이었다. 그것은 어쩌면 신비주의자들의 오랜 꿈을 실현한 것인지도 모른다는 말과 함께. 나는 저절로 으음 신음 소리가 새어나왔다. 내가 언젠가 본 한 자루 촛불은 외로운 촛불이 아니었다. 그것은 회로를 찾아 빛을 뿜어내는 몸부림의 다른 모습이었다. 그러니까 촛불의 회로에는 외로움과 그리움이 동시에 인식되어야 한다. 어떤 사람이 그것을 음과 양으로 설명한들 누가 뭐라 하겠는가. 그가 피아노를 부숴버린 행위는 한 대의 피아노의 답답한 회로에 갇혀 있는 13대의 피아노의 목숨을 살려내는 일이기도 했다.

"아직 들은 적이 없다니, 얼후 연주를 들려드리고 싶어요."

그녀의 말도 회로에 갇혀 들려왔다. 그는 왜 13대의 텔레비전을 예로 들었을까. 이상의 13의 이해와 관계가 있는 걸까. 이상은 일본에 가서 느닷없이 '거동 수상자'라고 붙잡혔고, 곧 죽음을 맞이했다. 머리가 어질거렸다.

"저를 따라 오세요."

나는 앞장서 가는 그녀의 뒤를 말없이 따랐다. 이제는 가는 데까지 가보는 수밖에 없었다. 나는 그녀의 부름에 응해 나왔던 것이다. 그녀가 어디로 가든 따라가보는 거였다. 서울에서의 공연을 이야기하는 것은 그다음 절차였다. 어려운 일이 저절로 해결되어, 미리 나서지 않기를 잘했다고 자신의 대응책에 고마워하는 경우가 종종 있었다. 구렁이 껍질로 울림통을 만들고 강철 현을 맨 악기의 소리를 듣고 싶었다. 뱀과 쇠가 만드는 회로를 가다보면 뜻밖에 이상한 깨달음이 샘솟을지도 모른다. 악기를 부숴버릴 용기가 없는 자에게 나름대로 위안을 줄 소리가 내게는 필요할 것이다. 어디로 가느냐고 캐묻지 않은 것은 그래서였다.

우리는 많은 길을 건너서 쉬지 않고 가고 있었다. 후통과 피맛골을 지나 어디쯤일까. 풍경이 몇 번 바뀌고, 산을 넘고 내를 건너고 사막을 지났다. 멀리멀리 온 것이었다. 그래도 내 발길은 멈추지 않았다. 언제부터인가 그녀의 모습도 사라져버린 지 오래였다.

　낙타들이 줄지어 가고 사막여우가 뾰족한 주둥이를 쑤시는 땅, 오랜 무덤 속에서 사람 몸에 닭 대가리 형상이 사막가시풀을 뒤집어쓰고 걸어 나오는 땅, 지층 속 해골에 지네발 화석이 오글거리는 땅, 사슴이 해금을 켜고 잔나비가 공후를 켜는 땅. 그리하여 마침내 과거와 현재가 함께하며 모든 회로를 동시에 보는 순간, 모양이 모양 아님을 보게 되리라.

　나는 홀로 그 땅을 향해 하염없이 가고 있었다.

「오감도」로 가는 길

어디에선가도 말했듯이 내게는 '아바나의 방파제'라고 이름 붙일 만한 그림 한 점이 있다. 아바나란 물론 쿠바의 수도를 일컫는데, 그곳 바닷가의 방파제는 관광객들이 둘러보는 코스로도 이름나 있다. 실상 그렇게 내가 부른다 해도 그건 어디까지나 내 나름의 제목일 뿐, 화가가 직접 뭐라고 붙였는지는 나로서는 알 수가 없다. 어느 해 여름, 그곳으로 여행을 갔다가 장터에 벌여놓은 난전에서 부랴부랴 산 그림. 나는 다시금 'DANILO 92'라는 화가의 사인을 확인한다. 뭐 특별히 살 만한 게 없나 살펴보다가 조악한 쇠촛대 하나를 흥정한 다음 문득 눈에 띄어 집어든 3호 정도 크기의 작은 그림. 이게 아마 10달러였지.

나는 등장인물들의 통통한 몸매를 들여다본다. 강아지도, 성모상(聖母像)도, 아기 예수도, 예배자들도 여전히 통통. 바다

는 청람색. 오른쪽의 등대. 변한 것이 있을 리 없다. 그러나 늘
보던 평화로운 풍경에 왠지 긴장감이 서려 있다고 나는 느낀다.

쿠바에서 돌아와 〈부에나 비스타 소셜 클럽〉의 음악가들을
영화로 보며 들은 음악이 다시 살아나는 듯하다. 아바나의 낡고
후미진 길목. 헤밍웨이의 발자국 소리는 어디에 묻혀 있을까.
그도 방파제에 올라 저 풍경을 보았으리라.

저 그림의 어디에 긴장감이 깃들어 있을까. 나는 '삶이란……'
하고 후렴구를 또 한 번 외면서, 내가 갔던 길의 가장 끝에서
만난 섬을 기억한다.

작업실 벽에 그림 액자를 걸다가 뒤에 붙여놓은 인쇄물을 읽
었다. 이런 걸 다 썼었군. 몇 해 전에 '소셜 클럽'이라는 안내
판에 '소셜'을 'social'이라고 해석해놓은 카페가 있어서 한두
번 드나든 일이 떠올랐다. 그 뒤로 이 서촌에 작업실을 마련하
고 싶은 마음이 마침내 이루어진 것이다. 더군다나 지하층에
미술 전시장이 들어서서 뭔가 어울리는 구조라는 생각이 들었
다. 'PROJECT SPACE 사루비아다방'이 그것이었다. 이 전시장
에서 열리는 전시 제목이 '번역 안내소'나 '세미콜론이 본 세계
의 단위들'이라는 데서부터 보통의 화랑과는 차이가 있음을 나
타내고 있었다. '프로젝트 스페이스'는 무엇이며 게다가 '세미
콜론이 본 세계의 단위들'이라니, 심상치가 않았다. 사루비아
다방은 그러니까 한마디로 다방하고는 거리가 멀었다. 오래전

에 인사동에 들어설 때는 착실한 다방이었다고 하지만 점차 장사가 되지 않던 차에 그만 미술 전시장으로 탈바꿈해서 이곳으로 옮겨왔다는 것이었다. 그래도 이름은 여전히 '사루비아다방'이었다. '사루비아'란 본래는 깨꽃이라고도 하는 샐비어의 잘못된 표기였겠다. 다방은 실험미술의 전시장으로 정평이 나 있었다.

"애, 여기 다방이 있구나. 사루비아."

"옛날 동네니까."

"사루비아 피는 학교 꽃길. 생각나."

손가락질을 하며 지나가는 젊은 여자들도 있었다. '옛날 동네'는 맞았다. 오래된 예전부터의 모습 그대로 개발을 모르고 뒤처져 있던 마을이었다. 경복궁을 놓고 건너편이 북촌이라는 이름으로 사람들 입에 오르내리자 서촌이라는 이름으로 알려지며 기지개를 켜고 있었다. 최근에는 서촌이 근거가 없다고 다시 이름을 지어야 한다며 세종마을을 내세우는 사람들도 신문 기사에서 보았다. 그러나 내게는 무엇보다도 문인 이상이 살았던 동네라는 사실이 큰 의미로 다가왔다.

이상의 '막다른 골목'은 어디일까.

어느 날, 지하철 경복궁역 4번 출구로 나서서 청와대 쪽으로 고즈넉한 길을 걷다가 '보안여관'이라는 얄궂은 이름의 낡은 간판을 보았다. 옛날 여관은 이런 몰골이었지, 하며 과거의 나로 돌아가 기웃거리는 순간 입구의 작은 안내판이 눈에 들어온다.

깨알 같은 글자 가운데 '서정주 등이 시인부락을 만든 곳'이라는 구절을 읽는다. 아, 그랬었구나. 여관 건물은 옛 모습을 그대로 간직한 채 지금 미술 전시관으로 사용되고 있다. 그리고 신문 기사에서 다음과 같은 구절도 검색한다.

일제강점기인 1936년 서울 종로 통의동에 스물두 살의 청년 서정주가 나타났다. 경복궁 근처 허름한 여관에 짐을 푼 서정주는 김동리, 오장환, 김달진 등 동년배의 시인들과 문학동인지 『시인부락』을 만들었다. 통의(通義: 의가 통하다)라는 동네 이름 때문이었을까. 뜻을 같이한 이들의 작업을 오늘날의 학자들은 한국 현대문학의 본격적인 등장이라고 평가한다. 이들이 머리를 맞대고 젊음의 꿈과 희망, 현실에 대한 불만을 토론하던 곳. 1930년대 문을 연 통의동 2-1번지 보안여관은 처음 등장부터 일반 여관과는 달랐다.

청와대와 경복궁, 광화문, 영추문, 통인시장, 북악산, 인왕산으로 둘러싸인 통의동은 독특한 공간이다. 멀리 조선시대에는 겸재 정선과 추사 김정희가 태어나 수많은 얘기를 남겼고 시인 이상은 「오감도」에서 통의동을 '막다른 골목'이라고 표현했다. (『서울신문』 박건형 기자)

이상이 살았던 집은 길 건너 통인동이라고 했다. 하기야 말했다시피 엎어지면 코 닿을 거리라고 표현해도 되는, 같은 동네. 올망졸망한 동네들의 서촌은 온통 골목길이 미로처럼 얽혀 있다. 그 '막다른 골목'들마다 이상의, 혹은 이상의 아해들의 그림자가 어려 있는 곳.

2010년은 그의 탄생 백주년이 되는 해. 언제나 현실이 아닌 환상 속 인물로 여겨지던 그였다. 그는 건축을 공부했고, 시와 소설을 썼으며, 또 그림도 그렸다. 예전의 그가 관념 속의 이상이었다면 나는 비로소 그의 존재를 현실 속에 구체적으로 받아들이고 있었다. 게다가 최근에 그의 난해한 시들을 새로운 독법으로 일목요연하게 정리한 권영민 교수의 『이상 전집』도 큰 도움이 되었다. 친구인 구본웅 화가가 선물한 오얏나무〔李〕 화구 상자〔箱〕에서 본명 김해경 대신 필명 이상을 쓰게 되었다든가, '且八'은 '具'의 파자라든가, 지하실에서 씹고 있는 '콘크리트'는 빵의 비유라든가 하는 해석은 쉽고 유효했다. 아울러 가수 겸 화가인 조영남이 그를 '최초 최후의 다다이스트'로 추앙하여 벼르다가 쓴 책 『이상은 이상(異狀) 이상(以上)이다』의 진정성도 살갑게 다가왔다.

그러나 어쨌든 모든 설정을 떠나서 그는 언제나 '막다른 골목'의 수수께끼 같은 모습일 뿐. 암호와 상징의 문학이요, 삶이다. 아니, 언어도단의 문학이 신기루처럼 저기에 있다. 그러니까 그 자체를 실상으로 받아들이지 않으면 안 된다. 백 년이 된 사람이 지금의 우리보다 더 현대적으로 읽히기도 하는 마술이다. 그가 앓은 폐결핵이 「동백꽃」의 김유정이 앓은 폐결핵과는 다른 '거동 수상'의 치명(致命)을 말하고 있는 것도 같은 맥락이다.

숨 막히는 현실에서 그의 '날개'란 한낱 남루의 이름에 지나지 않았는가. 그의 영혼의 방황에 그저 가슴이 막막할 뿐이다. 하지만 지금도 우리는 누구나 스스로에게 '날자꾸나'를 외치며 발버둥 칠 수밖에 없는 존재라 할 때, 그 역시 시간을 뛰어넘어 현존재로 어느 골목엔가 살아 있다. 그래서 서촌의 미로를 헤매면 여기저기 자리 잡은 카페마다 그가 경영했던 제비, 무기〔麥〕, 69 등의 카페 이름이 떠오르며, 봉두난발의 그가 담배를 피워 물고 최후의 신음처럼 '날자꾸나!'를 내뱉는 소리가 들리는 듯하다.

뒤늦게 일본으로 간 그는 '거동 수상자'로 경찰에 붙잡혀 조사를 받고 병약한 몸을 이승에서 거두고 만다. 27세의 젊은, 어린 나이였다. '반도인'으로서 하는 일도 없는 폐결핵 환자인 만큼 거동이 수상하기야 했겠지만, '날개'를 달고자 한 그의 의지가 더욱 그렇게 보였으리라.

그의 탄생 백주년을 맞이하여 민정기, 서용선, 오원배, 황주리, 김선두, 이인, 최석운, 한생곤, 이이남 등 화가들이 그의 모습을 담은 작업을 선보였다. 이상 자신이 화가였으니, 화가들의 작업은 이제까지와는 남다른 면모를 보여줄 것이라는 기대와 함께. 그러나 어떤 화가라 할지라도 그를 그리는 건 아예 불가능할지 모른다. 그의 예술 자체가 불가능의 비상(飛翔)을 뜻하기 때문이다. 그렇다면 그의 '날자꾸나'를 화폭에 담아낼 불가능의 미학 또한 우리의 몫이 아닐까.

　교보문고가 주최한 '이상 탄생 백주년 기념'행사에 여러 화가들과 함께 참여하게 된 나는 지난해부터 이상의 「오감도」를 생각하고 있었다. 이상, 할 때 「오감도」는 뭐 그리 특별한 생각도 아닐 것이다. 그러나 정확하게 말하면, 그의 시에 나오는 '육면체'가 늘 머리를 떠나지 않았다고 해야 한다. 나는 오래전부터 그가 노리고 있는 포인트는 무슨 까마귀 종류나 골목보다도 이 '육면체'의 정체에 있다는 생각이 짙었다. 이 '육면체'란 무엇인가. 그것은 '정육면체'로서 '순수'라고 그는 시 구절에서 알기 쉽게 암시하지 않았던가. 그는 건축학도이므로 구(球)보다는 '면체(面體)'에 더 집착할 수밖에 없었고, 따라서 그의 지향점이라고 나는 받아들였다.

　나는 그림을 그렸다. 이상의 친구인 화가 구본웅이 그린 '초상'을 본뜨고 물론 까마귀 비슷한 새도 그렸다. 거기에 나는 정육면체를 놓았던 것이다. 그림은 직접 볼 수 있는 것이겠기에 이만 설명하겠지만, 그럼 그림을 그린 텍스트는 구체적으로 어떤 작품이란 말인가. 「오감도」이긴 한데 어느 한 작품으로 한정시키고 싶지 않은, 한정시키지 못하는 내 의지가 있었다. 그리하여 다음과 같은 시가 그림에 붙게 되었다.

오감도 — 시 제64호

오(烏)는 새 아닌 새가 되므로 백안(白眼)이 정육면체로 움직인다. 질주의 자유는 곰방대의 토혈을 통해 언오(焉烏)씨의 나무(南無)를 가능한 세계의 통의(通義) 막다른 골목에서 창성케 한다. PUBLIC의 유리막은 여자들을 가둔 박하 잎을 먹고 새를 들여보내 염탐하려 하건만, 그만 건축무한정육면체가 착시를 유발하여 상(箱)을 모으고 그 속에 들어 있는 추억을 고정한다. 새가 보는 상(箱)들은 어느 것이 거울 속의 것인지 날개를 달아 두렵지 않다고 한다.

그림과 시는 광화문 교보문고 매장의 전시 장소와 부남미술관과 선유도 전시장에 내걸렸고, 도록에도 실렸다. 그런데 문제는 이상의 「오감도」는 '시 제30호'까지밖에는 없는데 웬 '시 제64호'냐는 데 있다. 아무도 주목하지 않고, 의문을 제기하지 않아서 나는 섭섭했고 씁쓸했다. 한마디로 말해 이 시는 이상이 쓴 시가 아니다. 즉설주왈컨대 이상을 참칭한 나의 즉흥시였던 것이다. 과연 그래도 되는지 힐문이 있을 수 있다. 속았다고 화를 내는 사람이 있을 수도 있겠다. 그러나 어쨌든 나는 그렇게 이상을 그리고 쓸 수밖에 없었다. 그럼에도 불구하고 아무것도 속시원히 나타낼 수 없었고 되려 '무한'에 어떻게 접근해야 하느냐는 과제만 영구 미제로 부각되었을 뿐이다. 참고로 밝히자면

'PUBLIC'은 내 작업실과 붙어 있는 카페의 이름이었다. '뉴욕 풍'으로 꾸민다고 했지만 뉴욕 풍을 알 수 없는 나로선 감을 잡지 못할 인테리어였다. 어쨌든 이 카페에서 요즘 젊은 음악을 가끔 접하는데, 대표적으로 '크라잉 넛'이라는 밴드의 이름을 안 것도 그런 계기에서였다.

우리 문학의 골목에서 '날자, 날아보자꾸나!'를 외치는 사람에게 어느 날 '정육면체'의 비밀이 저절로 풀릴 것은 물론, 그 자신도 막다른 골목에서 환히 벗어나리라는 희망을 품어본다. 이상은 언제나 희망과 절망의 양면 얼굴로 저기에 담배를 피워 물고 있구나.

이상 탄생 백주년 기념행사 무렵 일본에 간 것은 단순히 바람 좀 쐬고 오자는 뜻이었다. 신주쿠의 호텔에 숙소를 정하고 이곳 저곳 기웃거리는 게 일이었다. 뒷골목의 작은 라면집이나 이자카야, 기념품점을 돌다가 길거리 테이블에서 커피도 마시며 두리번거렸다. 모리미술관에서 현대미술을 보기도 했다. 티베트 승려들의 모습을 담은 필름도 돌아가고 있었다. 그런 어느 순간 나는 이상을 기억해냈다. 그 언저리가 이상이 헤매던 곳이었다. '거동 수상자'라는 누명이 나를 붙들고 놓아주지 않았다. 이른바 '봉두난발'에 담배를 꼬나문 헬쑥한 폐병쟁이는 가만히 서 있기만 해도 거동 수상자임에 틀림없었다. 도쿄에 가면 모리 오가이의 「다카세부네〔高瀬舟〕」가 오르내리던 에도 강변에 서고 싫었던 마음이 이상의 담배 연기에 휘감겨 바뀐 것이었다. 그러나 스물일곱에 죽은 젊은이의 흔적이 남아 있다면 그는 정말 거동 수상자가 아니었겠는가. 그러나 나는 이미 한국의 신세계백화점에서 그를 보고 오지 않았던가. 「날개」의 주인공이 '날아보자꾸나!'를 외치는 장면은 지금의 신세계백화점 옥상이 무대였다. 그 연장선상에서 얼마 전에 신세계백화점의 리모델링 가림막에 여기저기 줄줄이 벽면을 타고 내리는 우산 쓴 남자 그림을 본 나는, 수많은 이상이 날개를 달고 하늘에서 내려오는 장면이라고 받아들였다. 가림막 작가가 르네 마그리트의 초현실주의 그림을 가져다 썼든 말든 상관없는 일이었다. 이상은 그렇게 날개를 달고 날아 지금 나타나고 있었다.

일본에서 돌아오자마자 나는 작업실 얻기를 서둘렀다. 이상이 줄기차게 나를 따라다니고 있는 셈이었다. 이상의 옛집도 내셔널트러스트 같은 곳에서 사들인다는 보도도 나왔다. 드디어 「아바나의 방파제」를 벽에 걺으로써 작업실은 완성되었다. 그러나 작업실에서 '작업'은 어떡하고 어제도 오늘도 서촌 길을 어슬렁거리는 게 일이었다. 작업실에서 무엇을 '작업'하느냐는 뒷전이었다. 이상의 망령 때문이라고 한다면 좀 견강부회의 구실이 될지도 모른다. 그러나 아니라고 해도 마땅치가 않았다. 우선 사루비아다방에 들르는 일은 기본이었다. 하지만 나의 직접적인 작업이란 무엇이란 말인가. 나는 늘 내 공간을 찾아왔기에, 오로지 내 공간 만들기가 목적인 것처럼 여겨졌다. 공간 만들기 자체가 목적이었던 인생이라고 해도 할 말이 없었다. 어찌 보면 그 공간에서 멍청히 머물 자유를 갈망했던 것처럼도 보인다. 그뿐인가? 나는 스스로 묻곤 했다. 아무것도 이렇다 하고 높이 치켜들 게 없었다. 그냥 무심코 앉아 있다가 지금 내가 무슨 생각을 하지? 하는 게 생각인 때도 많았다. 이게 인생이란 말인가? 하는 생각도 따르긴 했다. 억지로 갖다 붙이자면 '세미콜론이 본 세계의 단위들'이 작가 나름대로의 무슨 행위였다 하더라도 나는 또 나름대로 짤막한 시 한 편을 얻기도 했다.

길은 온갖 부호들로 가득 차 있다
나는 부호들을 찾아간다
모스부호밖에 모르는
아니 모스부호라는 명칭밖에 모르는
나는 문법에 쓰이는 . , ! ? 들을 찾아간다

그러나 이 시라는 것도 부호 같기만 했다. 암담하기는 마찬가지였다. 그래서 생각 끝에 여기 어느 골목 모퉁이에서 '아바나의 방파제'로 나가는 길목 같은 느낌을 받을 수 있다면, 하는 생각에 이르렀고, 그것을 과제처럼 여기자는 목표 아닌 목표를 세우기에 이르렀다. 작업실 벽에 「아바나의 방파제」를 걸어놓은 게 화근인 모양이었다. 난데없는, 어이없는 목표였다.

나는 「아바나의 방파제」를 바라보며 그곳으로 나를 데려다놓는다. '모던 보이' 이상보다야 덜 '모던'하겠지만 담배를 꼬나문 골초라는 점에서는 그를 못 따를 바 없었다. 게다가 나는 파이프도 몇 개 가지고 있으며, 그중에는 호박(琥珀) 파이프도 있었다. 나는 담배를 피워 물고 아바나의 거리를 걸어간다. 몇몇 해전인가, 그 거리를 걸어서 시장을 구경하다가 구입한 기념품 중에서 소중하게 건진 게 「아바나의 방파제」였다. 그 밖에 어부들이 그물질을 하는 '이발소 그림'도 있었고 조악한 쇠촛대도 있었다. 도무지 살 게 없어서 호텔 전시장에서 산 도자기 몇 개는 그래도 놓고 볼 만했다. 새와 새알 그림에 'CUBA MANUEL' 사인.

멕시코의 휴양지 칸쿤으로 가서 쿠바로 간다는 말에 서울의 일정을 어기며 따라 나선 여행이었다. 언젠가 지구의 끝까지 가보고 싶다는 젊은 날의 욕망은, 그런 다음에는 뭔가 새로운 발자국을 뗄 수 있으리라는 기대 때문이었을 것이다. 끝까지 가서 다시 내딛고 싶었던 세계는 어디였을까. 그렇다고 북극 남극이나 에베레스트 꼭대기 같은 끝은 내게는 해당되지 않았다. 나는 인간이 스쳐간 흔적의 끝을 찾고 싶었다. 그 흔적의 희미한 그림자를, 그림자조차 사라진 뒤안길 어디를 초점 없는 눈동자로 더듬어볼 수 있다면 최상이었다. 흐린 눈동자에 얼핏 스쳐 보이는 어떤 잔상에서 내 뒷모습을 볼 수도 있지 않을까, 나는 사라짐을 그런 식으로 보고자 했던 듯싶었다. 번듯하고 수려한 풍경보다는 가령 인도 북부 고대 잔스카르 왕국의 유적처럼 스산한

회백색 흙벽돌의 풍경 속에 나를 데려가고 싶었다. 그래서, 물을 스페인어로 '아구아'라고 한다는 걸 배운 칸쿤에서 휴양은커녕 데킬라 술에 젖어 흐물거리다가 '아구아, 아구아' 하면서 쿠바로 간 것이었다.

카리브 해의 대표적인 섬나라라고 해서 쿠바가 특별히 물과 관련이 깊은 것은 아니었다. 다만 그곳은 내게 혁명과 공산주의와 카스트로와 시가로 알려졌었다. 그러니까 공산 혁명과 담배였다. 그러나 공산 혁명이든 시가든 내게는 그리 친근한 것들은 아니었다. 그곳에는 내가 바라는 풍경이 없었다. 카스트로가 이끈 열 몇 명의 혁명 동지들이 바티스타 왕정을 결국 무너뜨린다는 이야기도 여러 혁명 이야기들 가운데 진부한 내용일 뿐이었다. 그리고 왜 시가가 그렇게 유명한지는 내내 모르는 채였다. 그곳 헤밍웨이의 집도 여행 스케줄에 나와 있었으나 실상 특별히 호기심을 끄는 장소는 아니었다. 차라리 어디론가 달려가던 차창 밖에 덩그러니 서 있던 마피아 두목 알 카포네의 별장이 더 흥미로웠다. 그러려니 했는데 헤밍웨이는 여러 곳에 진을 치고 있었다. 그가 자주 갔다는 카페도 있었고, 소설 「노인과 바다」의 무대가 된 바닷가 마을도 있었다. 배를 타고 낚시를 나가곤 하던 마을이었다. 아바나 뒷골목 카페에서 그가 즐겨 마셨다는 칵테일을 마시며 낚시에 걸려 올라온 청새치인지 하는 큰 물고기를 머리에 떠올려보았다. 그 연상조차 여행객의 스케줄처럼 여겨졌다. 그러나 그의 집 벽을 가득 채울 듯 걸려 있는 큰

사슴의 박제 머리들에 나는 놀랄 수밖에 없었다. 그는 너무나 많은 큰사슴들을 쏜 사냥꾼이었다. 자랑스럽게 걸어놓은 엽총들과 머리통들은 거대한 기념탑 군(群)처럼 나를 압도했다. 나는 밖으로 나와 숨을 몰아쉬었다. 휴우. 사냥한 사슴의 목을 베는 그의 모습이 어디선가 나를 보고 있는 듯했다. 사내라면, 거기에 작가라면 사슴 목쯤이야. 닭 모가지 하나 제대로 비틀지 못하는 주제에. 휴우. 예전에 읽은 짤막한 소설 「떠오르는 아침 해에 무릎을 꿇고」에서처럼 스페인 내란의 패잔병이 되어 경건하게 기도하던 게 과연 그였을까. 그러자 한 마리의 청새치는 수많은 청새치가 되어 목이 잘려 냉동 창고로 들어가고 그의 고독한 투쟁은 어부의 고기잡이가 되어갔다. 나는 한 작가의 고투를 폄하하지는 말자고 하면 할수록 큰사슴 머리통들에 내 머리가 휘둘렸다. 그런 점에서 나는 카스트로를 이해하기 어려웠다.

마침 그곳에서는 '세계 청년 축전'이 열리고 있었다. 그 지난해 북한에서 공산주의 나라 청년들을 모아 주도한 대회라고 알려져 있었다. 평양 대회에 임수경이 참가하여 떠들썩했던 첫번째에 이어 두번째가 쿠바에서 열리는 모양이었다. 어두운 저녁, 공항에 내려 시내로 들어갈 때, 붉은 주먹을 불끈 쥔 팔뚝 그림에 '세계 청년 축전'의 한글 포스터가 눈에 띄어서 안 사실이었다. 어, 저런 게. 내용이 뭐든 뜻밖에 보게 된 한글 포스터였다. 나는 몇 번이나 뒤돌아보며 한글을 확인했다.

"북쪽 사람들이 많이 와 있을 거요. 조심해야 해요."

누군가 소곤거렸다.

"쉿. 조심, 조심."

그곳은 북한 동맹국 쿠바였다. 나는, 우리는 식당에서도 잔뜩 움츠리고 자리 잡았다. 잘못하다간 납치를 당할지도 모른다는 두려운 분위기였다. 악단이 계속 생음악을 연주하고 있었으나 고등학교 때 교과서에 실려 있던 그 노래 「배를 타고 아바나를 떠날 때」는 울려 퍼지지 않았다. 왕정이나 제국주의에 의한 회고조의 노래로 찍혀 있는 것일까. 그런 분위기에 북한 사람들이 노리고 있어서 망고스틴 하나 맛보기 힘들단 말인가. 하기야 그쪽 사람들과 우연히 무슨 이야기를 나누고 나서 '접선'이라고 곤욕을 치른 사람들을 나는 알고 있었다. 내용보다 '접선'이 앞섰다. 더군다나 그곳 카리브의 외딴 섬에서는 북한이 이끄는 '세계 청년 축전'이 열리고 있지 않은가.

거리 시장에서 그림과 촛대를 산 다음 바닷가 성곽에 올랐다가 간 곳이 방파제였다. 흔히 방파제는 바다 가운데로 돌출하여 안쪽 항구를 보호하는 역할을 하는데, 그곳은 아니었다. 방파제 안쪽은 시가지의 도로였다. 그러니까 도로와 나란히 붙어 있는 방파제는 바깥쪽 파도로부터 시가지를 보호하고 있었다. 그림에 산책을 나온 사람들이 그려져 있는 것은 그래서였다. 그림대로 통통한 개를 끌고 나온 사람이라도 있으려나 했으나 방파제에는 아무도 없었다. 다만 파도는 생각보다 높았다. 카리브의 침입자들이나 해적들을 막아내려는 성곽의 일부인 듯 시멘트 방파제는 우람하고 견고해 보였다. 나는 어디서나 뭍의 끝인 방파제를 좋아했다. 거기에 가서야 나는 나와 대화를 나눌 수 있을 것 같았다. 자기와 대화한다는 건 자기를 들여다본다는 의미였다. 뭍의 끝이 바다의 끝과 만나는 경계에 내가 있었다. 아바나의 방파제는 그 의미를 강조해주는 듯싶었다.

　그런 다음의 일정은 나중 기억으로는 뒤죽박죽 섞여 있었다. 중심가의 넓은 광장이 독립광장으로 불렸는지 혁명광장으로 불렸는지 호세 마르티 광장으로 불렸는지도 아리송했다. 다만 독립 영웅 호세 마르티의 동상을 마주 보며 광장을 향한 빌딩 한 면에 가득 그려져 있는 체 게바라의 초상은 눈에 익었다. 수염을 기르고 베레모를 쓴 검정 초상. 기념품점에도 가장 흔한 얼굴. 일본 아사쿠사의 센소지〔淺草寺〕 앞에서 산 라이터에도 찍혀 있던 얼굴. 끝까지 가정적이었던 그가 출세를 내팽개치고 혁명을 외치며 볼리비아의 밀림에서 죽어간 이야기가 그 얼굴에 겹쳐졌다. 한국을 떠나오기 며칠 전에 어느 잡지에서 그의 시를 읽었다. 그는 시인이었다. '쿠바를 떠날 때,/누가 나에게 말했다./ '당신은 씨를 뿌리고도/열매를 따먹을 줄 모르는/바보 같은 혁명가'라고……/내가 웃으며 그에게 말했다./ '그 열매는 이미 내 것이 아닐 뿐만 아니라/난 아직 씨를 뿌려야 할 곳들이 많다./그래서 나는 더욱 행복한 혁명가'라고……' 이런 구절은 내게 모든 혁명가는 시인이라는 생각을 굳혀주었다. 그러나 나는 그의 검정 초상이 그려진 티셔츠를 입을 용기는 없었다.

'우리 모두 리얼리스트가 되자. 그러나 가슴에는 불가능한 이상을 품자.'

멋진 말을 하고 있는 검정 초상이 내게는 너무 멀었다. 차라리 동상으로 서 있는 호세 마르티와 밤새 시를 이야기하고 싶었다. 호텔로 돌아온 나는 문득 시인이 되어 메모지에 끼적거렸다.

　　　아바나 여송연(呂宋煙)을 피워 물고
　　　혁명광장의 호세(Jose) 옆에서
　　　이제 세상을 이야기하기엔
　　　지구는 너무 늙었다고 말한다
　　　연기와 함께 그을어버린 이데올로기를
　　　비웃(青魚)처럼 뜯으며
　　　이게 뭐냐고
　　　카리브 산호뼈 바다의
　　　청람색(青藍色) 눈물로 늙은 몸을 씻는다
　　　시인 호세 옆에서 아바나 여송연을 피워 물고
　　　지구처럼 늙은 옛사람
　　　사랑하는 사람
　　　그 이름을 부른다

제목을 달지 못한 메모가 시가 되는지 어떤지는 다음 문제였다. '늙었다'와 '늙은'이 반복해 나오는 까닭도 불분명했다. 그

가운데 '산호뼈 바다'란 바닷가의 백사장이 실은 모래가 아니라 산호의 뼛가루라는 사실을 처음 알고 써넣은 구절이었다. 산호가 식물이 아니라 동물임은 알았으나, 죽은 다음에 뼈가 모래알처럼 쌓여 백사장을 만든다는 생각에는 이를 수가 없었다. 서인도제도 연안의 바닷가들의 특징이었다. 나는 그 눈부시게 희고 고운 산호 뼛가루를 비닐봉지에 넣어 가방 안에 간직하기도 했다.

"알 카포네 별장에는 안 가나요?"

나는 안내자에게 물었다.

"어디요? 아, 거긴……"

그는 난처해했다. 얼마 전에 카포네의 권총이 경매에 나왔다는 기사를 읽은 탓에 나온 말에 지나지 않았다. 콜트 38구경 리볼버 권총으로, 양복 안주머니에 넣어도 티가 나지 않을 정도로 작고 가벼워 도시의 갱들이 선호했던 것이라는 설명을 나는 기억하고 있었다. 북한에 유학했다는 안내자는 아무 대답이 없다가 시간이 있으면 잠깐 둘러볼 수도 있다고 대꾸했다. 아무리 미국의 전설적인 마피아 두목이라고 해도 그런 인물에까지 관심을 기울일 여유는 없었다. 그런데 헤밍웨이처럼 그도 그곳에 별장을 가지고 있었다. 워낙 관광거리가 없기는 했다. 차라리 〈부에나 비스타 소셜 클럽〉을 그때 알았더라면 조금은 더 흥미로웠을 것이었다. 그러나 어디든 낡게 허물어진 모습뿐이었다.

서촌의 골목들을 돌면서 나는 카포네의 별장 근처 어디를 밤에 헤매던 날이 머리에 떠올랐다. 아마도 술집을 찾아서 나간 날이었을 것이다. 그 호텔에는 문 앞에 여자들이 진을 치고 있지도 않았다. 첫날 투숙한 카리브호텔 앞에는 여자들이 겹겹이 둘러싸고 '그라시아스'를 외치고 있었다. 영문을 몰라 어리둥절해 있는 우리에게 안내자는 "물 좋아요" 하고 우리말로 설명을 달았다. 호객 행위? 이 또한 듣도 보도 못한 일이었다. 우리는 여자들을 헤치고 나가야 했다. 나중에 안 바로는 여자들은 호객 행위만을 위해 그러고들 있는 게 아니었다. 호텔 욕실에 있는 일회용 비누니 샴푸니 치약이니 뭐니 누군가에게 부탁해서 갖다 주기를 기다린다는 것이었다. 세계 어디서든 여자 값이 보통 신발 한 켤레 값이라는 등식도 해당되지 않는다고 했다. 우리는 어두운 길을 달려갔다. 헤밍웨이가 낚싯배를 타고 드나들던 포구로 가는 길목이기도 했다. 카포네의 별장 근처 어디였다. 밤이면 더 짙어지는 꽃향기가 바람결을 타고 있었다.

어둠 속에서 덩그러니 더 커 보이는 희끄무레한 2층인가 3층 별장 건물은 별 기교 없는 외관에 관청 같아 보였다. 우리는 그것도 여행 기념이라고 근처에 차를 세웠다. 그 불과 얼마 동안을 나는 헤맸다고 말하고 있는 것이다. 더군다나 그곳이야말로 암흑가가 아니었던가. 그리고 어느 영화에서 카포네가 주머니에 감추고 있던 권총을 기억해냈다. 나중에 경매에 나온 그것이었음에 틀림없었다. 그는 권총을 쏘아 조직원들을 숙청한다. 어디선가 총성이 들릴 것만 같은 어둠 속의 몇 발짝에서 내가 찾은 것은 무엇이었을까. 여행에서 돌아와 우연히 강남의 인터컨티넨탈 호텔에도 아바나클럽이라는 업소가 있음을 알았고, 혹시나 헤밍웨이가 마시던 칵테일로 한잔할 수 있을까 해서 들어갔으나, 데킬라로 만족해야 했다.

오래전 집 장롱 안에도 권총 한 자루가 있었다. 아버지가 군에서 물러나오면서 가지고 나온 것이었다. 어느 날 그걸 발견한 나는 아무도 없을 때면 살짝 꺼내보거나 몸에 지녀보거나 어디를 겨눠보거나 하며 시간을 보내곤 했다. 고등학생인 내 손 안에도 만만하게 잡혔던 작고 반질반질한 것이었다. 호신용이 아니면 요인 암살용이라는 설명이 붙을 만했다. 나는 그것을 물려받고 싶었다. 그러나 아버지는 돈 될 만한 재산은 물론 권총 한 자루 남기지 않고 세상을 떠났다. 권총은 어디로 갔을까. 카포네의 권총이 경매에 나왔다고 했을 때, 나는 아바나의 별장과 아버지의 권총을 거의 동시에 연상했다.

옆의 카페에서 감미롭고 관능적인 음악이 흐른다. 뉴욕 풍이 아닌 것만은 확실했다. 저녁부터 자정을 넘게까지 왁자지껄 젊은 남녀 술꾼들의 대화와 웃음이 넘쳤다. 나는 작업실에서 그들의 교감을 암호처럼 듣는 게 좋았다. 나도 한때는 저렇게 밤을 지새웠었다. 그러나 내 귀는 어느새 , . ! ? 부호들만을 듣고 있다고 해도 괜찮게끔 농월의 시간을 지나왔다. 세상이 험악한 악다구니 대신에 부호들로만 이루어져 있어도 살 만할 것이라고 여겨졌다.

'오늘도 아슬아슬 재주넘지만 곰곰이 생각하니 내가 곰이네. 난쟁이 광대의 외줄 타기는 아름답다. 슬프도다. 나비로구나.'

'부모 형제 고종사촌 이종사촌 조폭에게 팔아버리고 퍽 치니 억 죽고 물 먹이니 얼싸 죽고 사람이 마분지로 보이냐.'

'개새끼 소새끼 말새끼 씨발새끼 웃기지도 않는다고라.'

라틴 음악을 지나 '크라잉 넛'의 흥겨운 가사를 듣는 저녁은 감미롭고 관능적인 시간 속에 나를 맡길 수 있었다. 모든 감미로움과 관능은 고즈넉한 고독을 음미하게 한다. 아무렇게나 내뱉는 듯한 가사는 비판에서 그치지 않고 자기 자신에게 메아리로 들려온다. 나는 형광등도 켜지 않은 어둑어둑한 작업실에서 벽면의 「아바나의 방파제」를 걸어 먼 카리브 해를 헤엄치고 있었다. 언젠가 극단 학전의 기금 모집 공연을 보러 갔던 날도 '크라잉 넛'은 한대수와 함께 나와 노래하고 있었다. 그러나 나는 언젠가부터 노래 가사가 내게 메아리처럼 울려오는 걸 싫어하고 있음을 알았다. 지나친 감정의 고양을 경계해야 했다. 그렇다면, 이제 나는 다른 시간을 향해 가야 하는 것이었다.

'아바나의 방파제'는 다른 시간을 향해 가는 길을 열고 있다. 바깥은 푸르스름한 빛 속에 청람색을 안고 지나가는 바람이 느껴졌다. 나는 경복궁 옆길을 향해 걸음을 옮겨놓았다. 플라타너스와 가죽나무가 높게 자란 길이었다. 한때 학생 혁명으로 사상자가 발생함으로써 시대가 바뀌게 되는 역할을 했던 길이었다.

보통 때는 일부러 피하고자 하는 길이기도 했다. 운수가 사나우면 쓸데없는 검문을 당할 우려도 있었다. 젊은 날 그 많은 검문을 교묘히 거쳐 살아온 나날이야말로 '아슬아슬 재주넘'던 하루하루였다. 그러다 보니 불시에 나이 먹은 인생이었다.

고궁의 돌담이 길게 뻗어 있다. 바다로 향한 길처럼 나를 이끌고 있다. 나는 방파제를 걸어 뭍의 끝으로 가고 있다. 산호들이 삐죽삐죽 자라는 바다 밑으로 이어진 길이다. 세상에서 가장 외로운 길을 찾고 싶어서 헤매 다닌 내가 모습을 나타낸다. 나는 나를 보고 싶었다. 돌담에 내 그림자가 구불구불 우줄거린다. 단지 불빛의 얼비침일지라도 내 그림자가 그 속에서 숨을 쉰다. 홀로 가고 있는 시간만이 나의 시간이다. 그리하여 나의 산호들은 뼈모래를 쌓는다.

"어디 가십니까?"

누군가가 나를 붙들었다.

"왜 그러시죠?"

나는 그를 바라보았다. 경찰인 모양이었다. 아무 표정도 읽히지 않았다.

"어디 가십니까?"

다시 똑같은 물음이 들려왔다. 무슨 부호를 말하고 있는가, 하는 어간에 검문임을 알아차린 나는 선뜻 대답할 말을 찾지 못했다. 작업실까지 마련했기에 검문을 당하리라고는 예상치 못한 일이었다.

"어딜 가든 무슨……"

나는 나도 모르게 심사가 사나워졌다.

"안 됩니다."

완강한 말이 들려왔다. 그와 나 사이가 팽팽한 긴장으로 가로막혔다. 머리가 핑 돌았다. 나는 주머니에 권총이 들어 있다고 말하고 싶었다. 이건 권총이야. 내 권총이야. 아니, 알 카포네의 권총이라도 좋아. 콜트 38구경 리볼버 권총. 웃음이 나올 말이지만 나는 격앙되어 있었다. 몸까지 부들부들 떨렸다. 그러나 그는 물러설 기세가 아니었다.

"안 되다니, 이상을 살려내라고."

"뭐라구요?"

"몰라도 상관없어."

내 목소리는 높아졌다. 이상의 이름이 나온 건 뜻밖이었다. 나 역시 '거동 수상자'로 보였다는 혐의 때문이었을까. 아닌 것 같았다. 조금 전까지만 해도 생각조차 하지 않았던 일이었고, 이름이었다. 그런데 알 수 없는 것은, 나올 이름이 나왔다는 생각이 순간적으로 뒤따랐다는 점이었다. 27세의 젊은, 어린 나이. 잊혀서는 안 되는 나이였다. 나를 검문한 사람하고는 아무런 관련이 없었다. 그가 이상을 알 까닭이 없다는 사실도 그랬다. 도무지 이치에 닿지 않는다 해도 아까운 나이는 아까운 나이였다. 어쩔 도리가 없었다. 도대체 이상에게는 무슨 잘못이 있었던 것일까. 어디에도 속시원히 밝혀져 있지 않았다. 나는 다만 권총을 믿고 싶었다. 그러나 권총이 있다 한들 그 또한 아무런 도움이 될 물건이 아니었다.

"이상을 살려내라니까!"

나는 더욱 목청을 높였다. 어느 틈에 사람들 몇 명이 나를 에워쌌다. 그들은 무슨 사태인가 알지 못해 어정쩡한 몸짓을 하고 있었다. 사태를 알지 못하기는 나도 마찬가지였다.

"이상을, 이상을 살려내라니까!"

나는 소리치면서도, 있지도 않고 필요도 없는 권총을 찾는 내가 가련해서 견딜 수 없었다.

희망

1

협궤열차에 대한 그림은 바다와 염전과 그 사이로 놓인 철로로 구성되었다. 그리고 남은 땅에는 나문재 군락. 막상 열차 자체는 없는 것이다. 열차가 달리지 않는, 멈춘 공간이다. 나는 그림을 그려 디지털 카메라에 담았다. 짧은 나들이에 그것이 유일한 준비라고 여겼다. 그래서 서툰 그림이나마 밤새 그리지 않을 수 없었다. 은색의 염전과 울트라마린 블루의 바다는 실제와는 다른 색깔이겠지만, 또한 그렇게 칠해져야만 했다. 그리하여 나는 현실과 과거의 공간 속에 숨을 쉴 수가 있을 것 같았다.

초청을 받고 나는 아득한 느낌뿐이었다. 그러죠, 협궤(挾軌)! 나는 속으로 말했다. 협궤열차, 그것은 오래전의 추억 속으로 나를 끌고 들어가는 견인차였다. 그러나 나는 언제부터인가 자주 추억을 들먹이는 나를 발견하고 여간 못마땅한 게 아니었다.

나이 먹은 자의 놀이공간이 어느덧 추억이 되면서 인생은 볼장다 본 게임, 이른바 파장. 그러나 자꾸만 그렇게 되는 게 어쩔수 없는 노릇이었다. 협궤열차의 흔적을 찾아가는 데 도움말도할 겸 참석해달라는 초청 전화를 받고 나는 망설임 없이 응락했다. 내게는 지난 한 시절이 실려 있는 열차. 이제는 없어진 그흔적을 더듬어보는 여행 상품이 나왔다는 소식을 얼마 전 신문한 귀퉁이에서 보았을 때부터 그거 한번 따라가봐야겠다, 했었다. 매사에 도무지 실천성이 떨어져도 한참 떨어지는 나로서는막막한 계획이었다. 그런데 그날이 제 발로 왔다.

초청합니다. 협궤열차가 지나가는 몇 도시의 사람들이 단체를 만들어 행사를 갖는다는 것이었다. 인천, 시흥, 안산, 수원이 그 도시들이었다. 초청을 받자마자, 또 선거철이 되어 급조된 무슨 모임인가, 하는 불순한 생각이 드는 것을 어쩔 수 없었다. 그야 내 생각이 불순할 수도 있었다. 그러나 선거와 모임은늘 그래온 것이 사실이었다. 어쨌거나 상관없었다.

버스가 출발한 것은 인천의 동막에서였다. 몇십 년 전에 왔던 곳이라는 것밖에는 아무것도 낯익은 구석이 없었다. 나 자신그때 누구와 함께 왔는지, 무얼 했는지는 머릿속에서 지워져 있었다. 하지만 나는 동막이라는 지명을 기억하고 있었다. 우리나라 곳곳에 있는 흔한 지명이기도 했다. 시인 함민복이 사는 강화도 동막도 있었고, 영화 제목 '웰컴 투 동막골'을 붙인 음식점이 있는 경기도 팔당 근처 동막골도 있었다.

인천에서부터 협궤열차가 달리던 곳을 찾아가는 짧은 여행이지만, 내게는 소중한 시간이었다. 이제는 사라진 협궤열차를 아는 이들은 많지 않을 것이다. 인천과 수원 사이에 놓여졌던, 좁은 궤도의 수인선 열차. 기우뚱거리며 저물녘 외로운 바닷가를 달려가던 흐린 불빛. 안산에서 꼬마 열차를 타던 시절이 새삼 그리웠다. 무엇이라도 예전을 회상케 해주는 실마리가 있었으면 싶었다. 모든 것이 변해버렸다는 말을 들은 지 오래전이었다. 간이역이나 기찻길은 물론 없어도 어느 구석에 철도 침목이라도 남아 있다면. 그러나 아무것도 눈에 띄지 않았다. 황량했던 바닷가는 온통 개발이라는 이름으로 고층 아파트와 상가가 들어차 있었다. 어디가 어디인지 감조차 잡을 수 없었다. 나문재가 다부룩히 우거져 가을 보랏빛을 깊게 하던 땅은 어디였을까.

점심때가 되어 도착한 오이도(烏耳島)는 전혀 다른 곳이었다. 조개껍데기들이 깔린 고갯길을 넘어와 밟았던 백사장은 흔적조차 없었다. 횟집이며 방파제며 선착장이며 눈에 보이는 모든 것은 온통 시멘트투성이였다. 안산을 떠나오고 나서 시화호가 여러 가지 문제로 매스컴에 오르내렸었다. 물이 썩어간다는 게 가장 큰 문제였다. 바다를 막아 만든 호수인 시화호가 완공될 무렵 나는 안산을 떠났다. 그리고 나중에 전철이 연장되어 오이도역이라는 종점까지 생겼다고 했을 때는, 멀리서 그저 놀라웠을 따름이었다.

포구도 없어졌고, 염전도 없어졌다. 옛 풍경들도 모두 변했다. 내가 헤매 다니던 그곳이라고 여기기 힘들었다. 그 공간 속에서 나는 꽤 오랫동안 내 젊음을 보냈다. 그리고 험난한 술 속에서도 글을 놓지 않았었다. 내가 썼던 글을 빌미로 찾아가본 그곳의 변화를 직접 보고 확인하는 일은 서글프고도 어지러운 노릇이었다. 기억을 더듬어볼 만한 곳은 어디에도 없었다.

"어디쯤 무인도가 있었는데요."

나는 인솔자에게 말을 건넸다. 예상보다 훨씬 더 변한 환경에 나는 하나의 무인도를 떠올려보고 있었다. 포구에서 새벽 배를 타고 간 작은 무인도였다. 그저 하루 소풍 삼아 별 기대도 없이 찾아간 곳이었다. 그런데 꼭대기로 올라가자 제법 너른 평지가 펼쳐지고, 주황색 원추리꽃이 가득 피어 있었다. 그런 원추리밭을 본 적이 없었다. 무인도라는 고립의 느낌과 함께, 밝고 환한 모습이면서 고즈넉하기도 했다. 원추리를 안 것은 어릴 적부터였다. 어머니가 집 안 한구석에 심어놓고 이른 봄이면 나물로 뜯어 상에 올려놓곤 했었다. 그러나 꽃을 인상적으로 본 것은 훨씬 뒤 그날 무인도에 가서였다. 원추리의 한자인 훤초(萱草)가 근심을 없애준다는 뜻을 간직하고 있다는 것도 그러고 나서 알았다. 그 무렵 친구 시인 박정만이 저세상으로 갔던 사실과 어떤 연관이 지어져 문득 슬픔을 씻어준다고 받아들였던 것도 같다.

"그 무인도, 시화호 가운데 아직 있습니다."

뜻밖의 대답이었다. 나는 놀랐다. 상전벽해의 변화 속에 외로운 섬은 어떻게 남아 있을 수 있었을까. 내가 그곳에 살았던 사실을 섬의 원추리꽃은 증명해줄 것이었다. 언제 섬에 다시 한 번 가서 원추리 가득 핀 풍경 속에 서보았으면 하는 마음에 어디쯤일까 눈을 들어보았으나, 쉽게 가늠할 수 없었다. 시화호 언저리에서 공룡들이 살았던 흔적을 발견하여 보존하고 개발한다는 소식도 들은 터라, 섬이 다시금 신비하게 다가오기도 했다. 섬이 남아 있다는 말은 기가 죽어 있는 내게 한 줄기 희망이었다.

그제서야 나는 카메라에 넣어 온 그림을 열어보았다. 어디에도 없는 옛 공간이었다. 아니, 예전에도 그것과는 달랐을까. 하지만 호수 가운데 어딘가 남아 있는 섬에서 아직 살아 있는 과거를 느꼈듯이 그것은 살아 있는 풍경임에는 틀림없었다. 은색의 염전에는 흰 소금도 한 무더기 그려져 있다. 푸른 바다는 물결이 넘실인다. 나문재 군락은 진초록이 붉게 뭉그러지며 뚝, 뚝, 뚝, 점찍혀 있다.

"무슨 사진이에요?"

누군가가 가까이 와서 물었다. 인터넷에 행사가 있다기에 신청을 해서 따라왔다고 소개하던 여자였다.

"사진이 아니라, 그림."

"그림요?"

"협궤열차 그림이지요."

내 말에 여자는 카메라 화면 쪽으로 눈길을 쏟았다. 보여달라는 말이 강하게 전달되어왔다. 나는 공연히 털어놓았구나 싶었다. 더 이상 설명하기도 어려웠다. 설명한다 해도 여자에게는 무의미할 것이었다. '협궤열차 그림'이라곤 했지만, 말했다시피 그림에 막상 열차는 그려져 있지 않았다. 그림을 보여주자면 그때의 내 상황을, 내 마음을 함께 알려주어야 한다. 쉬운 일이 아니었고, 그럴 까닭도 없었다. 때마침 행사 주최 측의 지역 문화 전공 박사라는 젊은 남자가 오이도에 대해서 설명하고 있어서, 나는 나중에 보여주겠다는 시늉으로 여자의 요구를 모면했다.

"이곳은 조개 위에 있는 섬이라고 보면 되겠습니다."

사람들 몇몇이 주위를 둘러보았다. '조개 위에 있는 섬'이라는 말이 느닷없다고 들린 표정들이었다. 나는 그가 말하고자 하는 취지를 알고 있었다. 그는 선사시대의 조개무지들이 발견된 역사적 사실부터 시작하여 지금도 많은 주민들이 조개를 캐거나 팔아 살아가는 터전임을 차근차근 이야기했다. 아닌 게 아니라 앞쪽의 식당에는 여기저기 흰 바탕에 붉은 글씨 '바지락 칼국수'와 '조개 구이' 깃발들이 늘어져 있었다. 그토록 깡그리 변했는데 여전히 갯벌에서 조개를 캔다는 사실은 반가웠다.

오이도는 처음 내가 왔을 무렵에도 섬이 아니었다. 버스에서 내려 동네를 가로지르면 고갯길이 나오고, 그 너머가 곧 바닷가였다. 그렇다면 버스를 타고 오는 동안 넓게 펼쳐져 있는 염전 어디쯤인가를 물목으로 짚어볼 수 있을 것이었다. 오래전에는 바닷물이 들어왔던 듯싶었다. 그러면 섬 이름 오이도의 '오이

(鳥耳)'는 무엇인가. 그는 스스로 질문을 던지고, 까마귀 귀라
는 풀이가 된다고 덧붙였다. 까마귀도 귀가 있냐? 옆의 한 여자
가 그 옆의 여자에게 들릴락말락 물었다. 왜 없겠어. 여자들의
소곤거림과는 상관없이 남자가 누구 까마귀 귀를 본 사람 있느
냐고 일행을 둘러보았다. 아무도 대답이 없었다. 조금 뒤 계속
된 그의 말에 따르면 섬의 본래 이름은 '오질이도(鳥叱耳島)'로
서, 사실 자기도 아직 확실한 뜻풀이는 하지 못하고 있다고 고
백했다. 흥미를 가지고 듣고 있던 나는 싱거운 결론 아닌 결론
에 맥이 빠졌다. '오이도에는 오이가 없다'라는 썰렁 우스개와
뭐가 다를까 싶었다. 그러나 그의 말을 들으면서 '까마귀'는 새
를 뜻하기보다 '검다'를 뜻한다는 생각이 얼핏 들었다. '검'과
'곰'은 우리 지명에 흔하게 쓰이는 것이기도 했다. 하지만 나도
확신을 가지지 못한 만큼 입을 다물고 있었다. 그 대신 나는 언
젠가 저물녘 거기 왔다가 갯벌 가운데에서 난데없이 황소가 나
타나는 통에 무척 놀랐었다고 혼잣말처럼 우물거렸다.

"아, 예. 독특한 광경이죠."

그는 '갯벌 황소'에 대해 잘 알고 있는 모양이었다. 누구에게
는 특별한 추억이 다른 누구에게는 평범한 일상이 되는 것이었
다. 그러나 그에게 아무리 일상이었다 하더라도 내게는 예나제
나 하나의 충격이었다. 황소 대신 고래였더라도 그보다 덜하면
덜했지 더하지는 않았으리라. 해는 기울어 어둑어둑한데, 문득
뒤돌아보니 웬 황소가 바다를 등지고 눈앞을 가로막고 있다고

상상해보라. 아니, 바다를 등지고 있는 게 아니라 바다를 끌고 있는, 아니, 바다에서 마악 나온 황소였다. 밀물이 스르윽스르윽 밀려오고 있었다. 그 짐승은 황소가 아니라 세상에는 없는 무슨 괴수였다. 황소가 먼 바다를 헤엄쳐왔을 리는 없다는 판단 다음에, 내 머리에는 섬광처럼 어떤 상상이 휙 선을 긋고 지나 갔다. 전혀 관계가 없다는 전제를 앞세운 그 상상은 뜬금없이 진화에 대한 어떤 것이었다. 방금 짐승은 물고기에서 진화하여 내게 나타났다. 어이없는, 지나친, 뜬금없는 상상에 나 자신 고 개를 저었지만, 요컨대 내가 그만큼 놀랐음은 충분히 표현되었 다고 믿는다. 우리나라에 없는 짐승이라면 덜했으리라, 왠지 그 런 생각이 뒤따랐다. 갯벌에서 낙타나 코끼리가 나타나면 그래 도 덜 생뚱한 광경? 모를 일이었다. 어찌됐든 나중에 이중섭이 그린 황소를 다시 보며 내가 본 갯벌 황소를 그렸다고 여긴 건 또 무슨 조화였을까.

"황소는 헤엄을 잘 쳐요. 갑작스런 밀물 때 아주 잘 대처해 요. 타이어를 잘라 썰매처럼 만들어 끌게 하고 갯벌에 많이들 들어갔죠. 조개를 캐고 게를 잡았지요."

그는 한마디로 정리해주었다. 갯벌 작업에 쓰이는 도구들과 수확물을 운반하는 데 안성맞춤이라는 말이었다. 나도 처음 보 고 놀란 바로 뒤에 모든 걸 알았었다. 하지만 어디까지나 나는 처음 순간을 지워버릴 수 없는 것이다. 단순히 조개를 캐는 데 동원된 황소가 아니었다. 갯벌을 뚜벅뚜벅 걸어 나와서 우람한

대가리를 내 앞에 들이미는 모습은 상상의 동물, 신화의 동물일 수밖에 없었다. 얼마 지나 전남의 미황사에 갔는데, 옛날 절을 세울 때 황소가 배를 타고 나타났기에 절 이름이 미황사로 되었다는 유래를 들으면서, 다시금 갯벌 황소가 머리에서 떠나지 않았다.

그가 싱거운 결론을 내고 물러나서 이제 점심시간인가 했지만 아니었다. 이어서 특별히 모셨다는 소개와 함께 조개를 연구한다는 사람이 앞으로 나섰다. 앞사람의 '조개 위에 있는 섬'과 관련지어 무슨 말인가 곁들일 모양이었다. 정년으로 대학교수를 퇴임했다는 남자로서, 전공은 아니어도 조개에 대해 연구를 좀 했다면서, 일본에는 조개 연구 단체가 있건만 우리나라에는 없는 현실이 안타깝다고 말문을 열었다. 여러 가지 많은 병원균을 조개가 옮기고 있다는 점에서 특히 그렇다고 했다. 그는 해마다 여름이면 사람 몇이 죽곤 하는 비브리오 패혈증을 '그건 하나의 예'일 뿐이라고 강조했다. 그 밖에 규명이 되지 않은 많은 병원균이 있는 조개에 대해 너무 소홀히 다루고 있다고 그는 혀를 찼다. 뜬금없이 웬 방역 강의냐고 나야말로 혀를 차지 않을 수 없었다. 그러나 그의 말에서 새롭게 알게 된 지식 때문에 어느만큼 솔깃한 구석도 없지는 않았다.

"우리가 흔히 말하는 조개란 이매패(二枚貝)입니다. 두 장의 껍데기가 있는 거지요. 이와 달리 소라나 고둥이나 전복같이 하나의 껍데기가 돌돌 말려 있는 형태는 권패(卷貝)라고 하긴 하지만 엄밀하게 말해 연체동물 중 복족류(復足類)입니다. 달팽이도 여기에 듭니다."

그가 허공을 칠판 삼아 손가락으로 써 보이는 이매패, 권패, 복족류 등 한자를 머릿속에 되살리는 재미로 나는 지루함을 견뎠다. 그가 아무리 써 보여도 모르는 사람은 모르고, 안 써 보여도 아는 사람은 알 거라는 생각이 들자, 세상 모든 이치처럼 여겨졌다. 이매패니 복족류니 하는 용어는 처음 들었다. 또한 소라든 고둥이든 다 조개인 줄로만 알고 있었다. 하기야 달팽이를 조개라고 할 수는 없었다. 그의 결론은, 조개를 좀더 잘 알아 우리 생활에 보탬이 되도록 해야겠다는 소박하고 건설적인 것이었다. 마냥 길게 이어나갈까 봐 걱정이었으나, 짧게 끝낼 줄 아는 사람이어서 고마웠다.

조개 강의가 끝나자 점심 예약에 맞추려고 선착장을 한 바퀴 돌아보는 순서였다. 누군가가 노점에서 삶아 파는 다슬기를 사다주었다. 어렸을 적에도 사서 쪽쪽 빨아먹던 기억이 있는 민물고둥이었다. 잘 빨리라고 뒤꽁무니를 '뻬찌'로 자른 것은 역시 옛날 그대로였다. 언젠가 고갯길을 넘어와 여기 어디쯤에서 동죽조개 칼국수를 허겁지겁 맛있게 먹었었다. 동죽조개를 처음 배운 날이기도 했다. 시장에서 조갯살을 발라 비닐봉지에 담아 파는 그 조개. 그러니까 껍데기를 처음 본 것이었다. 그런데 그때 누군가와 함께였던 건 분명하건만 그게 누군지는 가뭇했다. 도통 떠오르지를 않았다. 여자였다는 생각도 확실치가 않았다.

누군가 그때는 소중한 사람이었음은 알 것 같았다. 아무렴, 조개 칼국수보다 소중하지 않은 사람이 어디 있으랴. 그런데도 그 누군지가 떠오르지를 않았다. 나 스스로에게 실망하지 않을 수 없었다. 혐오스럽기까지 했다. 나라는 인간은 옛 조개 칼국수는 알뜰하게 기억해도 동행인은 기억하지 못한다.

어쩌면 조개 칼국수를 다시 먹게 되는 순간, 그때의 기억이 새삼스러워지며 동행인의 얼굴이 드러날 수도 있을 것이다. 흔히 그렇기도 했다. 기억을 되살리기 위해서는 실마리가 필요하다. 조개 이야기를 많이 했으니, 으레껏 그런 종류의 점심이 마련되어 있을 터였다. 한 그릇 조개 칼국수를 먹으며 은인자중기를 모아 '누구였을까'를 굴릴 일밖에 없었다. 그러나 선착장을 돌아 다시 버스를 타고 간 음식점은 돌솥비빔밥을 내세운 집이었다. 점심도 먹고 또 내 말도 들을 만한 자리를 가진 집을 찾은 결과라고 했다. 실망하기는 했으나, 조개에서 벗어날 계기는 되리라 싶었다. 나는 우르르 입구 쪽으로 몰려들어가는 사람들 틈에 섞였다. 음식점으로 들어가 신발을 벗으려는데 아까의 여자가 다가와 물었다.

"그리신 그림에 소금창고도 있나요?"

느닷없는 질문이었다. 거북살스러웠다.

"아, 예."

나는 간단히 대답했다. 내 그림에는 소금창고가 없었다. 그릴까 말까 망설이던 순간이 되짚어졌다. 협궤열차의 공간을 설정하는 데 소금창고가 없어서는 안 된다. 더군다나 염전이 있는 이상 당연히 있어야 한다. 나는 소금창고를 좋아했다. 높다란 지붕 아래, 세월에 찌든 낡은 목조 건물은 소금을 저장하기 위한 게 아니라 시간을 저장하기 위한 곳간 같았다. 시간을 어떻게, 왜? 어쨌든 순간이 마지막 휘발되기 전에 갈피지어 채곡채곡 쟁여둠으로써 추억을 발효시킨다. 소금창고에는, 기억을 갈무리하듯 시간을 갈무리하는 곡두라도 살고 있다고 믿고 싶었다. 그래서 그 옆을 지나갈 때면 어둠 속에서 지난 일들을 들려주는 두런거림이 들려오는 것만 같았다. 남에게는 들리지 않는 말을 자기만 듣는 것이 사랑이었다. 내 사랑은 소금창고 속 소금처럼 어둡고 숨겨진 장소에 깃들어 새로운 숨결을 기다리고 있어야 했다.

나는 돌솥비빔밥을 먹는 방법대로 누른밥 만드는 것도 마다하고 나물을 뒤적거리며 옛 소금창고 속에 갇혀 있는 기분이 되었다. 갑자기 나타난 여자 때문이었다. 아니다. 여자는 단지 호기심을 보인 데 지나지 않는다. 나 자신 애초부터 응어리진 감정이 있었다.

그럼에도 불구하고 나는 왜 소금창고를 그리지 못했는가. 안산에 마련했던 보금자리인 아파트를 잃고 헤맬 때, 마지막 생각해낸 것이 소금창고였다. 거기 나무 침대라도 하나 들여놓고 살 방법이 없을까. 서울의 대학로 옆에서 보았던 카페 '소금창고'에서 연상된 사치는 조금도 없었다. 한 여자의 벌거벗은 뒷모습이 무릎을 꿇고, 바구니 가득 담긴 흰 카라꽃을 안은 듯하고 있는 그림 복제가 걸려 있었던가. 무슨 그림일까. 멕시코 화가, 프리다 칼로. 그녀의 남편인 리베라가 그린 그녀의 모습. 카페를 전전하던 시절이라 다른 카페라고 해도 어쩔 수 없겠는데, 도무지 어울리지 않는 소금창고와 프리다 칼로를 같이 연결짓는 관념은 거기서 비롯되었는지 모를 일이다. 그 뒤로 나는 틈만 나면 버스를 타고 가서 소금창고를 기웃거리곤 했다.

이윽고 점심시간이 끝나고 내 차례가 되었다. 앉은 그대로 좀더 자리를 좁히고 자연스럽게 이야기를 나누자는 것이었다.

"아까 오이도에서 오는 길에 옥구공원 푯말을 봤어요. 언젠가 거기 간 일이 떠올랐습니다. 그 언저리에 너른 염전이 펼쳐져 있고 소금창고가 웅기중기 서 있었지요."

나는 소금창고를 이야기하고 있었다. 옥구공원이 아니라 정왕동으로 기억하고 있는 그곳은 바닷가의 매부리 모양 솟은 산 아래 염전 사람들이 살던 마을 자리였다. 일본 식민지시대에 소금을 실어 가느라 만들었다는 염전 마을이 아니라, 과장하면 오래전 삼국시대에 오이도가 오질이도로 불릴 때 수자리하러 온 병졸들이 아직도 머물러 살고 있는 마을 같았다. 산기슭에 철조망이 둘러쳐 있고, 염전이 거의 문을 닫으면서 사람들이 어디론가 떠나 마을이 여간 으스스하지 않았다. 언제나 어울려 다니던 L과 P가 응당 옆에 있었으나, 나는 혼자처럼 걸어 들어갔다. 일몰 후에는 드나들면 안 된다는 표지가 있는 곳이었다. 갯고랑을 따라 간첩들이 드나든다는 얘기도 있던 시절, 그 유령동네 같은 곳에서 아주 난처한 일을 당한 적이 있었다. 군인들에게 검문을 받고 끌려갈 뻔한 것이다……

나는 말하기보다 그때를 회상하느라 머리가 어지러웠다. 으스스한 마을로 들어서자, 어 여기가 어디지? 하는 느낌은 틀림없이 예전에 와봤던 곳이라는 그것이었다. 퍼뜩 기시감이라는 판단으로 나는 방어막을 쳤다. 어정쩡한 태도로 나는 마을과 나 사이에서 냉정해져야 한다고 타일렀다. 기시감이라니? 나는 그 말 자체가 못마땅했다. 데자뷔라는 외래어도 싫기는 마찬가지였다. 이에 대해 누군가는 뇌의 기억 중추가 일으키는 병적 현상이라고 설명했다. 이래도 저래도 싫은 감정이었다. 기시감이란 어떻게 자기 자신이 버림받느냐를 바라보는 시험대였다. 양철 지붕이 바닷바람에 삐그럭거렸다. 군데군데 시멘트가 떨어진 벽, 찢어진 비닐막이 쳐진 창문, 기우뚱 기울어진 굴뚝……이런 것들은 사실 낙후된 마을 어디엔가 있음 직한 것이었다. 그 가운데 소금창고만이 괴물처럼 우뚝 서 있었다. 공룡도 그런 흉물스러운 공룡은 없었다.

"기분 나쁜 동넨데."

L의 말이었다. P도 옆에 있어야 할 텐데 그의 모습은 보이지 않았다. 어디 마을 구판장이라도 발견해서 막걸리를 들이켜는지 몰랐다.

"왜 그렇지?"

"페스트라도 지나간 거 같애."

"페스트? 흑사병?"

그의 표정은 나중에도 잊혀지지 않을 정도로 흐려 보였다. 그가 말하는 바도 일리는 있었다. 페스트든 흑사병이든 우리가 겪어보지 못한 병인데 어떻게 아느냐고 들이대려던 마음도 금세 숙어들었다. 그 즉시 나 자신 그에게 공감하고 있었던 것이다.

그러자 L도 P도 이제는 저세상 사람이라는 사실이 상기되었다. L은 교통사고로 훨씬 먼저, P는 위암으로 지난해 세상을 떠나고 말았다. 과거를 돌아보는 동안, 오이도에서 함께 조개 칼국수를 먹은 사람이 누구인지 집요하게 따라붙던 의문이 희미해진 것은 다행이었다. 그러나 나는 얼토당토않게 지금이 아니라 예전의 기시감에 얽매여 있었다. 소금창고가 커다랗게 망막에 어렸다. 나는 안산에 가서 처음 소금창고를 보았다. 이전에는 어디서도 본 적이 없었다.

"그렇다고 해서 협궤열차가 다시 다니는 걸 보고 싶다는 마음도 아닙니다. 그것은 사라짐으로써 과거가 되었고, 우리는 과거를 바라볼 수 있게 된 거지요."

도대체 나는 무엇을 말하려는 것일까. 빌어먹을. 현재도 아닌 과거의 소금창고를 더 과거의 어느 공간 속에서 보았었다는 '병적 현상' 때문에 쩔쩔매고 있는 꼬락서니가 아닌가. 나는 내가 한 말을 이해할 수 없었다. 진땀이 났다. 맥주를 먹어서 그런가보다고 핑계를 대고 화장실로 향했다. 화장실은 빌딩의 다

른 쪽 끝에 있어서 한참을 찾아야 했다. 복도는 미로 같았다. 사
진첩에 끼어 있는 한 장의 사진이 머리에 떠올랐다. 호숫가에서
L과 P와 내가 어깨를 나란히 하고 찍은 사진이었다. 셋 다 두툼
한 오리털 점퍼를 입은 게 꼴불견이었다. 오리털 점퍼로 추위를
막아내고, 삶이 뭐 대수냐 큰소리치며 용케도 살아왔는데……
우리 관계는 한 장의 덧없는 사진으로밖에는 남지 않았다. 사진
을 나누며 너무 어둡게 나왔다고 아쉬워했던 기억도 있었다. 하
지만 그들은 더 어둡게 어디론가 사라져갔다. 삶이란 뭐야? 나
는 오줌을 누면서 하마터면 버럭 소리를 지를 뻔했다.

"소금창고 얘기를 좀더 해주세요."

화장실에서 나와 다시 더듬어 오는 미로에서 말소리가 들려
왔다. 돌아보니 공교롭게 그 여자였다.

"소금창고요? 무슨 얘길요?"

나는 공연히 심통이 났다. 그럴 만도 하다는 생각이 들었다.
안 그래도 머리가 어지러운 판에 때맞춰 나타나 참견하고 있지
않은가. 그러자 '공교롭게'라고 여긴 것에 마음이 짚였다. 카메
라를 들여다볼 때, 음식점에 들어올 때, 화장실에서 나올 때,
여자는 '공교롭게' 나타났다. 다른 사람은 얼씬거리지도 않았
다. 나는 비로소 머리가 갸우뚱거려졌다. 물론 우연일 수도 있
는 만큼 지나치게 무게를 두어서는 안 된다. 그러나 우연이 세
번 이상 겹치면 필연이 된다는 말을 나는 알고 있었다. 아까도
소금창고를 얘기했었지, 아마?

화장실에 다녀오자 내 순서도 흐지부지 마무리되었다. 더 이야기하고 말고가 없었다. 이제 소래로 가서 한 바퀴 둘러보는 것으로 행사는 마친다고 했다. 소래에서 술 한잔을 하는 것은 개별적인 행동에 맡긴다는 것이었다. 오랜만에 소래는 꼭 둘러보아야 할 곳이었다. 수인선의 종점인 송도역이 폐쇄되고 소래역이 종점이 된 때가 있었다. L과 P와도 여러 번 협궤열차를 타고 갔었다. 직접 뚫린 도로도 없어서 다른 교통편은 마땅치 않았다.

소래는 그래도 오이도만큼은 변하지 않은 모습이었다. 무엇보다도 철교가 그대로 있었다. 열차가 다니지 않게 된 뒤로는 사람들이 다니게끔 침목 위에 구멍 숭숭 뚫린 쇠발판을 깔고 난간도 세워놓은 것이 크다면 큰 변화였다. 예전에 침목을 건너뛰다시피하며 건널 때는 여간 조마조마하지 않았었다. 실제로 떨어져 죽은 사람도 있다고 했었다. 철교 아래로 통통배가 드나드는 광경도 그대로였다. 철교 위 양쪽으로는 갖가지 먹을거리를 파는 좌판들이 줄지어 있었다.

저쪽이 군자 염전이었는데, 하며 나는 눈을 들어 바라보았다. 소금창고들을 기웃거릴 무렵, 나는 그곳에도 갔었다. 아파트 단지밖에는 보이지 않았다. 오면서 보아서 알고 있는 사실이었다. 그럼에도 내가 보고자 했던 것, 찾고 있던 것은 소금창고였다. 없을 것을 확연히 알면서도 나는 그랬다. 소금창고를 찾아야 해. 나는 나를 믿기 어려웠다. 그것이 어떤 '병적 현상'에 기대려는 행동이라고 해도 좋았다. 만약에 기시감이란 게 우리를 다른 세계의 환상으로 끌어가는 힘이라면, 없어진 소금창고를 볼 수도 있는 것이리라. 신기루를 보는 것과는 달랐다. 신기루란 애당초 없는 것, 소금창고는 애당초 있는 것이다. 애당초 없는 것과 애당초 있다가 없는 것은 전혀 다르다.

누가 들으면 좀 어떻게 된 모양 아니냐고 힐끗거리리라는 생각에 나는 혼자 피식 웃음을 흘렸다. 하지만 나는 소금창고를 보고 있다고 믿고 싶었다. 한때 소금창고에서 살 궁리를 한 적도 있었다. 오죽했으면 그랬을까만, 갑갑한 세월이었다. 들에 나가 소루쟁이 긴 잎사귀를 잘라다 라면에 넣어 먹던 세월이었다. 소루쟁이처럼 아무 데서나 잘 자라는 풀이 있는 한 시만 쓰면서도 살아갈 수 있을 것 같았다. 담배도 그 말린 잎사귀를 말아 피우면 되리라 했다. 소금창고 안에는 꼭히 나무 침대가 없어도 그만이었다. 술 취해 돌아온 밤이면 소금더미 위에 누워 잠들리라. 중국에서 싸구려 소금이 쏟아져 들어오던 시절, 소금은 가마니에 담겨질 처지가 못 되고 여기저기 쌓여만 갔다. 소금더미 위에 누워 몇 날이고 죽은 듯 잠들리라. 모두 잊고, 아무 꿈도 꾸지 않으리라. 소금에 절어, 썩지 않는 걸 고마워하며 잠든 듯 죽어가리라.

일행은 몇몇씩 나뉘어 어시장을 돌고 있었다. 호객하는 소리 속에서 생선 굽는 냄새가 코를 찔렀다. 철교 밑 갯고랑이 내려다보이는 곳에 자리를 만들어 생선회를 안주로 술을 마시는 사람들도 많았다. 예전처럼 드럼통 앞에 둘러앉는 식당은 눈에 띄지 않았다.

그런 어느 순간이었다. 소금창고에서 좀처럼 생각을 옮기지 못하고 있던 나는 나도 모르게 그 여자를 찾고 있었다. 그림에 소금창고를 그렸느냐고 묻고, 또 이야기를 해달라던 것이 그냥한 말 같지 않았다. 조금 전까지만 해도 나는 여자가 혹시 따라붙을까 은근히 경계했었다. 행사도 다 끝난 판에 이러쿵저러쿵 피곤하게 굴까 봐서였다. 카메라에 저장된 그림도 보여주고 싶지 않았다. 소금창고를 그리지 않아서가 아니었다. 속마음을 보여주고 싶지 않다는 감정이었다. 그러나 순간적으로 내 마음은 반대로 돌았다. 무엇 때문인지 나도 알 길은 없었다. 굳이 알 필요도 없었다. 하여튼 여자를 찾는 게 급했다. 어디로 간 것일까. 버스에서 내려 철교를 건너올 무렵까지는 모습이 눈에 띄었다고 여겨졌다. 군자 염전의 소금창고를 찾던 그때까지는. 애당초 없는 것과 애당초 있다가 없는 것 운운하며 소금창고를 보던 그때까지는.

어디에도 여자는 없었다. 내 눈은 더욱 이리저리 움직였다. 일부러 걸음을 늦추고 어물전을 들여다보는 척하며 찾아보았으나 마찬가지였다. 어물전에서 생선을 흥정하는 걸 본 게 마지막인 듯싶었다. 말마따나 귀신이 곡할 노릇이었다. 어디론가 모습을 감춰버렸다. 왜? 모를 일이었다. 행사는 끝났다고 했으므로 가버렸을 수도 있었다. 그래도 그만이었다. 하지만 여자는 내게 나중에 그림을 보여달라고 말하지 않았던가. 보여주지 않으려는 내 마음을 읽고 가버렸는지도 모른다. 더욱 조바심이 났다.

나는 철교 건너 옛 소금창고를 다시 찾았다. 어렴풋이 무언가 보인다는 착각이 들었다. 환영이나 신기루가 아니었다. 말했다시피 애당초 없는 것과 있다가 없는 것은 다르다는 뜻을 뒷받침하는 풍경, 그 빙의라고도 믿고 싶었다. 빙의란 그림자를 말하는 것이었다. 애당초 없는 것에 그림자가 있을 리 없다. 나는 소금창고의 그림자를 보고 있다고도 받아들였다. 소금창고 언저리, 그 둘레를 맴돌 무렵 한 여자를 만났던 듯싶었다. 그 무렵 나는 술에 취해 만나게 되는 사람마다 내 집은 소금창고, 거기서 함께 살자고 몽롱하게 제안하곤 했다. 술집 여자들도 있었고, 공단 남자들도 있었다. 남자하고는 결코 살고 싶은 마음이 없었지만, 아무려나 중얼거려댄 결과였다. 긴가민가 내 눈을 들여다본 여자도 있었다.

예전의 그 여자가 오늘의 여자라는 느낌에 정신이 퍼뜩 들었다. 역시 소금창고 탓이라 해도 어쩔 수 없었다. 여자를 찾아야 했다. 귀찮게 따라붙을까 봐 꺼려졌던 여자를 내가 따라붙고 있는 꼴이었다. 그러나 따라붙으려야 따라붙을 상대가 어디론가 사라지고 없었다. 낭패였다. 그러면 그럴수록 찾아야 한다고 나는 기를 썼다. 어시장을 지나고, 다른 사람들이 몇 명씩 무리지어 나타나는데도 여자의 모습은 찾을 길이 없었다.

"그 여자 말이죠…… 그 왜……"

나는 주최 측 인솔자에게 물어보는 수밖에 없었다. 찾지 않으면 안 된다. 내 말을 듣고 남자는 눈을 껌벅였다. 그 역시 알 까닭이 없었다. 행사는 끝났다, 어디로 가든 그만이다, 하는 태도였다. 그에게 잘못된 점은 없었다. 행사에 참가 신청을 할 때 나를 잘 알고 있노라고 했는데, 어쩐 일이냐고, 그는 오히려 내 얼굴을 쳐다보았다. 나는 알고 있던 사람이긴 하다고 얼버무렸다. 잠깐 망설이던 나는 여자에게 연락할 방법이 없는지를 물었다. 망설일 계제가 아니었다. 남자가 참가자 명단을 뒤적거렸다.

"이상한 일이에요."

그는 고개를 옆으로 기울인 채 명단을 다시 살폈다.

"뭔데요?"

"그 여자에 대한 건 아무것도 적혀 있는 게 없네요. 돈은 냈을 텐데."

그런 일도 있지 않겠느냐는 듯 그는 겸연쩍은 웃음을 지어 보였다. 내가 마치 서류 처리를 소홀히 했다고 추궁하는 걸 변명하는 모양새였다. 나는 단지 여자의 행방을 알고 싶을 뿐이다. 소금창고 때문에 일어난, 설명할 수 없는 어떤 상황일 뿐이다. 그러나 여자는 어디에도 없다. 나는 여자가 행사에 참가했다는 사실조차 의심스러웠다. 어떻게 되었는지 온통 뒤죽박죽인 느낌이었다. 그러면 그럴수록 예전 헤매 다닐 때 소금창고에서 같이 살자고 말한 여자인지도 모른다는 추측이 사실로 다가왔다.

가슴이 조여들어 견디기 힘들었다. 어디선가 여자의 목소리가 들려왔다. 이 침대, 기찻길 같지 않아? 오래전에 여관에서 여자에게 들은 목소리였다. 응? 뭐? 나는 물었다. 뭐긴, 협궤열차길. 나는 그 대화를 기억하고 있었다. 응? 나는 여자의 말에 대꾸할 말을 잃고 있었다. 그로부터 나는 여관이든 호텔이든 들어갈 때마다 그 말이 머리를 스쳤다. 잊을 수 없는 말이었다. 기찻길에 누운 우리의 사랑은 바닷가를 지나 염전을 지나가고 있었다.

그랬던가. 나는 다시금 냉정해지려 했다. 그 여자와 지금 사라진 여자를 동일인으로 단정지을 근거가 무엇 하나 없지 않은가. 그러나 소용없었다. 그 여자가 틀림없었다. 아무리 피하려 해도 그 눈매의, 그 여자였다. 나는 망연히 서서 멀리 소금창고를 바라보았다. 이매패와 복족류들이 기어다니는 섬기슭 위 초원에는 원추리꽃이 가득 피어 있었다. 초원 위의 소금창고 문이 열리는가 하더니, 그 안 소금더미에 누워 있는 내 모습이 어렴풋이 드러났다. 그와 함께, 행사에 오면서 적어 가지고 온 시가 머리에 떠올랐다. 안산 땅을 떠나 소래를 떠올리면서 쓴 시였다.

내게 황새기젓 같은 꽃을 다오
곤쟁이젓 같은, 꼴뚜기젓 같은
사랑을 다오
젊음은 필요없으니

어둠 속의 늙은이 뼈다귀빛

꿈을 다오

그해 그대 찾아 헤맸던

산 밑 기운 마을

뻐꾸기 울음 같은 길

다시는 마음 찢으며 가지 않으리

내게 다만 한 마리 황폐한

시간이 흘린 눈물을 다오

　제목은 「희망」이었다. 황새기젓, 곤쟁이젓, 꼴뚜기젓은 여전
히 소래 어시장 여기저기 그득했다. 예전에 나는 라면에 소루쟁
이를 넣고 이들 젓갈만으로 살아갈 계획을 세워놓고 얼마나 뿌
듯했던가. 그런 나에게, 나는 슬며시 웃음 지었다. 이제야 그
'젓 같은 사랑'이 '늙은이 뼈다귀빛 꿈'과 어울려, 내가 쉴 소금
창고 한 채를 지었다고 받아들여졌다. 서울까지는 어떻게 갈 거
냐고 남자가 물었다. 글쎄요, 하고 운을 뗀 나는 잠시 생각을
가다듬었다.

　"저기, 소금창고 쪽으로."

　그의 물음이 원하는 답변이 아닌 줄 알면서 나는 말했다.

　"어디 그런 게 남아 있어요?"

　그가 주위를 둘러보았다. 나는 말없이 고개를 끄덕이며, 철
교 너머 쪽으로 눈길을 돌렸다.

2

나는 협궤열차를 타고 송도에서 내려 제물포구락부로 향한다. 사실 협궤열차가 운행을 멈춘 지는 꽤 오래되었다. 그러나 나는 예전 생각에 그 길을 더듬어 가려고 한 것이었다. 얼마 전에 무슨 행사를 한다고, 참석할 수 있겠느냐고 물어왔을 때, 나는 그 방법을 생각해내고 다짜고짜 승낙하고 만 것이었다.

"어디요? 섬이요?"

나는 잘못 들었나 싶어 다시 물었다.

"예. 작년에도 섬에서……"

"아, 제물포구락부에서 하는 행사가 아니로군요. 자유공원 밑에 있는 그……"

"그 행사는 아직……"

그러고 보니, 지난번에 그 건물에서 행사를 하면 좋겠다고 말을 꺼낸 것은 내 쪽이었다. 김윤식 시인의 안내로 갔던 김에 나는 지나가는 말처럼 제안했던 것이다. 내 말에 따른 행사가 아니라 해마다 열리는 행사에 초청되었다는 이야기였다. 지난해에 이어 올해도 섬에서 열 계획이라는 것이었다.

전화를 끊고 나는 지난번 그곳에 갔던 때를 되돌아보았다. 오래된 양관 건물 안으로 들어가면서 나는 순식간에 과거의 한 장면 속의 나로 변신하는 느낌이었다.

"여기에 이런 곳이 있는 줄 몰랐네요."

나는 일찍이 그 공원을 알고 있었다. 중국인거리를 구경한다
고 언덕길을 걸어다니다가 계단을 올라 도달했었다. 그때는 자
귀나무가 많아 우거져 있는 곳으로만 기억에 남았다. 그런데 공
원 한옆에 제물포구락부라는 이름의 양관(洋館)은 기억에 남아
있지 않았다.

나는 안내하는 대로 실내로 들어갔다. 입구부터 장식되어 있
는 옛 왕조 시대에 이 땅에 상륙했던 제국주의의 유물들 때문일
까, 하와이 이민이니 제물포 해전이니 경인선 개통이니 하는 역
사적 사진들 때문일까. 나는 과거 속에 놓여졌다. 옛 러시아와
독일과 일본의 분위기를 전해주는 전시물들은 당장이라도 현재
속에 쓰임새를 맡고 있다고 말하는 것 같았다. 게다가 걸음을
옮길 때마다 유난히 삐걱거리는 마룻바닥 소리는 그 무렵의 어
떤 순간들을 상기시키려고 애쓰고 있지 않는가. 그 마루는 본래
의 그것이 아니라 새로 뜯어고친 것이라는 설명이 있었지만, 소
용이 없었다. 삐걱삐걱삐걱…… 옛사람 누가 걸어오고 있는 발
걸음 소리……

1901년 6월 22일, 1년여의 공사 끝에 제물포구락부의 회관
개관식이 거행되었다. 제물포와 서울에 거주하는 여러 외국인들
이 참석한 이날 행사는 오후 4시 30분 주한 미국 공사 알렌 부인
이 은제 열쇠로 출입문을 엶으로써 시작되었다.

나는 작은 팸플릿에서 건물의 연혁을 읽었다. 알렌이라는 이름은 대한제국의 역사와 고종 임금이 등장하는 책의 갈피들에서 여러 번 마주치는 이름이었다. 연세대학교하고도 무슨 연관이 있다고 읽은 적이 있는 듯한데, 아리송했다. 대학을 세운 사람은 언더우드였다. 그 동상이 교정에 있었다. 그런데 대학 때신문사에서 일하면서 드나든 건물이 그의 이름을 붙인 알렌관아니었던가. 틀림없는 것 같았다. 겨울 어느 날은 추위에 떨던나머지 묵은 신문 뭉치를 난로에 쑤셔 넣으며 밤을 지샌 적이있었다. 신문지는 활활 불타오를 때만 열기를 뿜을 뿐 사그러들면 금방 냉랭해진다. 온기가 조금이라도 도는 가운데 책상 위에서나마 눈을 붙이려 한 것은 헛된 꿈이었다.

내빈들은 회관 내부를 두루 둘러본 다음, 허버트 고페 영국영사가 경과 보고와 함께 회관 신축에 기여한 러시아인 사바틴, 미국인 데쉴러, 독일인 뤼어스 등의 노고를 치하했으며, 알렌부인이 개관을 선언함으로써 본격적인 운영에 들어갔다.

그러니까 인천의 20세기는 이렇게 바깥세상에 문을 열고 있었다. 그러나 제물포 지역에 각국 조계(租界)가 설치된 것은이보다 앞선 1884년이라고 했다. 나는 중국의 현대사 이야기를읽다가 조계라는 낱말은 처음 배웠다. 그것은 외국이 마치 자기

네 땅처럼 치외법권을 가지며, 스스로 행정권과 재판권을 행사하는 영역이었다. 중국의 조계에 외국 세력들이 밀려들고, 마침내 중국과 부딪쳐 전쟁이 일어나는 영화를 본 기억이 되살아났다. 인천에도 그런 지역이 있었다는 사실이 새삼 흥미로웠다.

제물포구락부에서는 보름마다 무도회가 열리는데, 모인 사람들은 잡다하지만, 사람들과 사귀는 건 흐뭇하다고 전번에 말씀드렸지요.

고종황제의 시의였던 독일인 분쉬의 일기에서처럼 제물포구락부는 외국인들이 모여 사교하며 정보를 나누는 장소였다. 나는 바깥으로 나와 아래를 내려다보았다. '넓은 항구에는 수많은 배들이 보였고, 가파른 산으로 둘러싸인 낮은 섬들이 먼바다에 흩어져 있어, 항구가 마치 내륙의 호수처럼 보였다'는 그의 기록은 지금도 여전히 그대로였다. 낮에 지하철 인천역에서 만난 우리는 법성포구를 둘러보고 그곳까지 올라온 것이었다.

"설계한 사람이 러시아인이었단 말이죠?"

나는 설명을 듣고 옆 사람에게 물었다.

"네. 여기 써 있어요."

여자 안내자가 나서서 내가 들고 있는 팸플릿의 다른 쪽을 펼쳐주었다. 사바찐이라는 글자가 보였다. 철자는 't'인데 현지 발음은 'ㅉ'로 나는 모양이었다. 러시아에 갔다 온 사람들은 예카

테리나 여제도 예카쩨리나 여제로 발음하고 있었다. 사바찐이든 사바틴이든 어쨌든 그 사람은 1860년생으로 1883년에 인천에 도착했다고 했다. 인천 해관에 근무하면서 해관 청사와 세창양행 사택, 부두, 각국 공원, 홈링거 양행 인천 지점 사옥 등도 설계했다. 그러나 러일전쟁과 함께 조국 러시아가 패하자 23년 동안의 인천 생활을 마감하고 가족과 함께 돌아가는 몸이 되었다.

"사바찐, 사바틴."

나는 이름이라도 외워둘 것처럼 홀로 중얼거렸다. 그때까지도 삐걱거리는 마룻바닥 소리는 내 귓속에서 사라지지 않았다.

항구에는 대규모 공사가 벌어지고 있는 듯 거대한 크레인 아래 철골 구조물들이 우뚝우뚝 솟아 있었다. 아까 보았던 법성포구도 새로 석축을 쌓아 시멘트로 바닥을 넓혀놓고 있었다. 통통배들이 황해의 바다에서 새우에 돌고래까지 잡아와 부려놓는 곳이었다. 도무지 포구로 가는 길이라 여길 수 없는 좁은 골목길을 지나면 빤히 열리는 조그만 포구였다. 안산에 여러 해 사는 동안 나는 이쪽 바닷가의 포구들과 친숙해질 수 있었다. 새우와 함께 가재를 사기도 하고 돌고래의 꼬리를 구해다 박제를 해보기도 했다. 그리고 여러 종류의 젓갈에 위안을 얻곤 했다. 젓갈이 어떻게 위안이 되느냐고 물어서는 안 된다. 그것은 하루하루 끼니를 잇는 게 생활인 사람만이 아는 것이다. 그러나 젓갈에는 끼니 그 이상의 무엇이 있다. 삭여서 저장한 것의 담보는 삶을 지탱하는 힘이 된다.

나는 오래전 어느 날, 소래포구가 내게 준 시 「희망」을 생각
해냈다. 그러니 나는 황새기젓, 곤쟁이젓, 꼴뚜기젓 같은 젓갈
들에서 꽃, 사랑, 꿈을 찾았다는 이야기가 된다. 요즘에는 소통
되지 않을 이 문법을 가진 내 과거를 나는 소중하게 여기지 않
을 수 없다. 나는 협궤열차를 타고 소래역에 내려 포구로 가서
녹슨 드럼통 속의 젓갈을 사오곤 했었다. 그 가운데 가장 볼품
없는 젓갈을 제목으로 단 「곤쟁이젓」이라는 시도 있었다.

　　조선시대 간신 남곤과 심정의 이름 곤정에서 비롯되었다고 하는
　　곤쟁이젓
　　그토록 시원찮은 것이언만
　　내 술안주가 된다
　　남들은 무엇인가 외치며
　　보무도 당당한 이 봄날에
　　뒷날 끼니 걱정을 이것으로 던다
　　맨밥에 물 말아놓고
　　이것 오백원어치면 보름은 문제없겠지
　　간신의 이름으로 밥을 넘긴다고
　　사람들 웃겨줘야지
　　소래에서 사온 곤쟁이젓

그러나 실상 그 젓갈의 밥상은 이제 어떤 상징일 뿐임을 나는 알고 있었다. 그것은 궁핍을 지내온 자에게 달라붙어 있는 허기의 망령이 시킨 짓이었다. 정신적인 허기를 달래려면 상징이라는 먹이가 필요하다.

지난해 김의규 화가의 크레용 그림 전시회에 갔던 때가 떠올랐다. 크레용 그림이라…… 어린 학생의 정서? 그러나 전시장에 들어선 순간, 나는 놀랐다. 아니, 실은 초대장에 찍혀 있는 그림에서부터 놀라기는 했지만, 전체 분위기가 주는 중압감에 더욱 놀란 것이었다. 크레용이란 현재나 미래를 위한 안료가 아니라 과거를 위한 안료인가. 거기에는 온통 내 과거, 20년 전 무렵의 과거가 송두리째 담겨 있었다.

그것은 공교롭게도 '포'라는 글자를 앞세운 포장마차와 포구의 두 장소가 중앙 무대로 등장한다. 아닌 게 아니라 나와 우리들의 대화와 놀이는 그곳에서 주로 이루어졌다. 기쁨과 슬픔, 드러냄과 감춤, 외침과 말없음, 달림과 섬……이 함께 있었다.

어둠 속에서 희망과 절망이라는, 한 짐승 두 대가리를 싸짊어지고 어디론가 걸어가던, 달려가던 시절이었다. 그것을 나는 어느 글에서 '자멸파(自滅派)'라 불렀다. 지금 가고 있는 길이 포구 아랫길이건 염전 귀퉁잇길이건 어디건 상관없이 나는 '삶? 삶! 삶……' 하며 나 자신을 찾아가는 길임을 잊지 않았다. 그렇게 '자멸의 계절'은 지나가고 있었다. 돌이켜 보면 그때의 우리들 가운데 여럿이 이미 이 세상 사람이 아님에는 할 말을 잃게 되는 것이다.

지금은 개발되어 옛 모습이 가뭇없이 사라진 곳들 가장자리
에 포구들이 있었다. 물때 맞춰 새우잡이 통통배들이 갯고랑을
타고 드나들었다. 그 은성하고 황량한 풍경에 나를 맡기고, 나
는 이 사실이 무엇인가를 스스로에게 묻곤 했었다. 그런 시간
안의 나 역시 은성하고 황량했다. 통통배들이 들어오면 포구의
풍경은 이제까지와는 전혀 다른 얼굴이 된다. 그 얼굴을 늘 새
롭게 낯설게 맞닥뜨리며 나는 갓 잡혀 와 무더기 무더기 쌓여
있는 새우들과 어떤 속삭임을 나누곤 했다. 바다 어디에 그토록
많은 새우들이 있었을까. 지금도 새우젓을 보면 어디선가 속삭
임이 귀먹은 귀에 들려오는 소리처럼 들려온다. 새우들이 까만
눈동자로 말을 한다……

　　새우젓의 새우 두 눈알

　　까맣게 맑아

　　하이얀 몸통에 바알간 꼬리

　　옛 어느 하루 맑게 돋아나게 하네

　　달밤이면 흰 새우, 그믐밤이면 붉은 새우

　　그게 새우잡이라고 배운 낡은 포구

　　멀리 맑게 보이네

　　세상의 어떤 눈알보다도 까매서

　　무색한 죽음

삶에 질려 아득히 하늘만 바라보던

그 사람의 까만 두 눈

옛 어느 하루 멀리 맑게 돋아나네

그게 사랑의 뜻이라고 하네

멀리 사라진 모습이

맑게 살아나는 게 사랑이라 하네

　그 시절의 나를 돌아보며 나는 또 하나의 사랑 노래를 얻는
다. 그 속삭임들을 다 옮겨놓을 수 있을까. 멀리, 그러나 맑게.
어두운 시절을 '맑게 돋아나'게 하려는 뜻은 시적 변용에 머물
뿐인가. 지독한 삶의 자멸, 즉 '부운멸(浮雲滅)'을 어찌해보려
고 스스로 새우젓 종지 하나를 붙들고 있는 내 꼴이 아닌지, 나
는 황망하여 담배를 피워 물었다. 예전부터 나는 포구는 동굴
같다는 생각이 들었었다. 아주 오래전에 자연 동굴은 인간의 삶
의 공간이었다. 포구에서 바다로 나가는 사람들은 동굴에서 사
냥을 나가는 사람들과 같았다. 사람들은 잡은 것을 동굴로, 포
구로 가져온다.

　그렇다면 나는 포구에서 사냥 나간 누구를 기다렸다는 말이
된다. 나 자신을 못 내보내고 나는 나의 희망을 대신 내보냈다
고 해도 좋을 듯하다. 아니, 절망이라는 엔진을 달고 꽃, 사랑,
꿈을 찾아나섰다고 해도 좋을 듯하다. 그 사실을 본 것은 이제
잡힌 새우의 새까만 두 눈알뿐.

나는 내 눈 '알'이 흐려지는 걸 남에게 보이지 않으려고 공연히 구락부의 팸플릿을 다시 들여다보았다. 벽돌로 지어진 2층 건물은 연면적 367.11평방미터로 지붕은 일본식 합각지붕과 맨사드 지붕이며 마감재료는 양철이라고 했다. 정면 중앙부와 오른쪽 창문 위는 삼각형의 페디먼트 장식이 도드라져 있고, 왼쪽 창문 위는 평아치로 처리되어 있는 것은 대칭성에 변화를 준 것이라는 설명. 내부에는 사교실, 도서실이 있었고, 당구대도 놓여 있었다.

"여기서 무슨 행사를 하면 좋겠군요."

나는 옆으로 다가온 김 시인에게 말했다. 그는 머리를 끄덕였다. 아닌 게 아니라 몇 번 문화 행사를 했다는 말도 곁들였다.

구락부는 그동안 역사의 소용돌이를 그대로 받아들인 증인이었다. 조계제도가 폐지된 뒤 기능을 잃고 1913년 일본 재향군인 연합회가 정방각(精芳閣)이라는 이름으로 사용하였다. 1934년부터는 일본부인회가 들어왔고, 해방 뒤에는 미군 장교 클럽, 1947년부터는 대한부인회 인천 지회가 사용하였다. 그뿐인가. 육이오 때는 북한군 대대본부가 설치되었는가 하면 미군 사병 클럽이 들어와 있기도 했다. 1952년부터는 의회, 교육청, 박물관, 중구문화원으로 이어 바뀌었다. 지금은 지정 유형문화재 제17호로서 인천광역시 문화원 연합회가 사용하고 있다. 시대에 따라 변하고 또 변한 명칭을 열거하면 우리 근대 역사가 한 줄기로 꿰어질 터였다. 제물포구락부의 '구락부'도 본래의 '클럽'

이 조계제도가 폐지됨과 함께 일본식으로 '구락부'가 된 것이었다. 설계자가 러시아인으로서 중국 상하이에서 건축 기술자로 일하다가 독일인 묄렌도르프에게 발탁되어 왔다는 사실까지 합치면, 세계 여러 나라가 모인 곳일 뿐만 아니라 시대 변천이 오롯이 모아져 있는 만국기의 건물이었다. 나는 설계자인 사바틴의 자료를 찾아보았다.

벽안의 러시아 사람 사바틴A. I. S. Sabatin은 1883년 초 세관을 세우기 위한 차관 교섭차 상하이에 온 묄렌도르프의 보좌관으로부터 꿈같은 제의를 받는다. "대조선 국왕이 올바로 사람을 쓰려 하는데 일할 마음이 있으면 외국 조계지 측량과 궁궐 건축을 맡아달라." 그해 9월, 23세의 청춘은 청운의 꿈을 품고 이 땅에 왔다. 그러나 그는 제대로 된 교육을 받은 건축 전문가가 아니었다. "귀하를 천거하기 곤란하다. 최소한 중학교 전 과정을 이수한 인물을 필요로 한다." 1895년 9월 러시아 공사관은 러시아어 학교 교사로 자신을 추천해달라는 그의 요청을 학력 미달을 이유로 거절했다. "본인은 2급 자격을 부여하는 교육기관이 발급한 증명서를 갖고 있다." 그의 항변을 근거로 종래 그가 '육군유년학교 공병과'를 나온 것으로 알려져왔다. 아들 표트르가 기억하는 부친은 '독학으로 공부'해 입신한 인물이었다. 그러나 타지아나 심비르체바의 연구에 따르면, 그는 러시아 교육기관 중 다소 수준이 떨어지는 '항해사양성 전문 강습소maritime Classes'를 수료한 것으로 보인다.

　그는 공식 자격증이 없던 건축가였기에 유럽의 전통 양식에 한국적 특색을 가미한 독특한 창조물을 남길 수 있었다. 파리의 개선문을 모델로 '신로만 양식'을 따랐지만, 장식을 최소화함으로써 한국의 전통 건축미도 배어 나오는 독립문이 그 대표적 사례다. 인천부두와 해관청사, 세창양행 직원 사택, 러시아 공사관, 덕수궁 내 중명전과 정관헌, 그리고 손탁호텔 등. 1904년 러일전쟁이 터져 귀국길에 오르기까지 20년간 그는 자신을 '조선 국왕 폐하의 건축가'로 칭하며, 죽어가는 왕조의 마지막 길이 어떠했는지를 증언하는 축조물을 개항장 인천과 수도 서울에 남겼다.

　"마루는 20~25명의 양복 차림 일본인들이 일본도로 무장한 채 점거하고 있었고, 그들은 방의 안팎으로 뛰어다니며 여인들의 머리채를 잡아 끌고 나와 마루 아래로 내던져 떨어뜨리고 발로 걷어찼다." 그는 명성황후가 궁궐에서 일본의 우익 낭인들에게 참살 당하는 비극을 목격하고 그 만행의 진실을 당당히 증언한 '고매한 목격자Noble Witness'이기도 했다. 그때 우리는 제국주의 열강의 침략을 막고 근대국민국가를 세우는 시대적 과제를 달성하는 데 실패했다. 몸은 썩어도 뼈는 남듯이, 그의 손길로 지어진 근대 건축물들은 남의 힘을 빌려 살아남으려다 망국의 슬픈 역사를 쓰고 말았던 그때의 뼈아픈 교훈을 망각하지 말라는 메멘토 모리Memento Mori로 남아 오늘 우리 곁을 지킨

다. (허동현 경희대학교 후마니타스 칼리지 교수)

이런 곳은 세계에서도 흔치 않을 것이었다. 그러나 그것은 고난과 시련의 만국기였다. 게다가 그곳 자유공원에는 맥아더 장군의 동상이 서 있다는 사실을 나는 알고 있었다. 저 바다로부터 이곳으로 온 사람들과 배들과 나라들. 이 동산은 그리 높지 않은 곳에서 굽어보고 있구나.

나는 동산과 함께 바다를 굽어보고 있다는 생각에 빠져들었다. 대학 때인가, 저 바다에 떠 있는 통나무 위에 올라 망둥이 낚시를 했었다. 항구로서의 인천의 역사 같은 것에는 관심이 없던 시절이었다. 내가 어떻게 그 바다까지 갔는지는 수수께끼인데, 외국에서 수입해 온 아름드리 통나무가 둥근 그대로 둥둥 떠 있는 광경은 퍽 색달랐다. 그리고 그 위에 올라타려면 빙글빙글 도는 통에 미끄러지기 십상이어서 쉽지 않았다는 것만은 아직도 기억에 새로웠다. 인천항의 지정학적 위치라든가 외세의 개입 등등 진지한 문제는 뒷전인 채 오로지 망둥이 낚시에 재미를 느끼는, 젊다기보다 어린 나였다. 둥근 통나무 위에 올라앉아 낚싯대를 드리운 나는 어디에 있을까. 그 바다는 어디였을까. 가늠할 수가 없었다. 항구의 모습이 워낙 달라진 데다가 세월은 그만큼 흘렀다. 그렇지 않더라도 내 기억력이 그토록 꼼꼼할 리는 없었다.

그래도 멀리 섬들은 어딘지 낯익었다. 그러나 나는 월미도가 육지와 연결되기 전에 가본 적이 있었지만 나머지 섬들과는 인연이 없었다. 그런 가운데 작약도에 갔던 날의 희미한 시간이 누렇게 바랜 사진처럼 망막을 지나갔다. 시인이 되고 동인을 만들어 동인지를 낸 기념으로 나들이를 했었다. 시인들은 시에 관한 무슨 기념 모임을 좋아하는 것이다. 그런데 생전 얼씬하지도 않던 작약도는 웬일인지 모를 일이었다. 강은교, 김형영, 박건한, 석지현, 윤후명, 임정남, 정희성, 이들 동인들이 다 갔는지는 정확치 않다. 우리는 그날 새로운 시인으로서의 모임을 자축했다. 이 동인지의 태동과 함께, 얼마 전에 내가 쓴 시가 있다.

2006년 12월 15일 장생포 앞바다에서 길이 7미터 무게 4톤짜리 대형 밍크고래가 그물 속 문어를 먹으려다 걸려 죽은 채 끌려와 4천만 원에 경매되었다고 한다
1969년에 '고래'라는, 태어나지도 않은 시 동인지가 있었다
몇 해 전에 세상을 뜬, 조선일보 당선 시인 임정남이 모임에서 내놓은 이름이었다

논의를 거듭한 끝에 '70년대'라는 이름을 얻어내기까지의 상황이 나타나 있다. 돌이켜 보면 왜 '고래'로 하지 않고 한시적인 연대인 '70년대'에 집착했는지, 짧은 눈에 머리를 갸우뚱거리게 되지만, 그 무렵 정서는 그랬던 것 같다. 우리 현대시의 역사가 겨우 60년쯤 되던 무렵 아니었던가. 우리는 종로의 서점으로

책값을 수금하러도 갔고, 동인지가 팔린다는 사실에 흥분하기도 했다.

나는 맥아더 장군의 동상이 바라보이는 벤치에 앉아 담배를 피워 물었다. 장군이 입에 물고 있던 그 유명한 옥수수파이프는 어디에 있을까. 옥수수를 먹고 나서 그런 파이프를 만들어볼까 속을 파내기도 했었다. 내 담배 연기가 흩어지는 쪽으로, 항구 밖의 섬들은 구락부의 안내 팸플릿에 나와 있는 옛 지도 속 섬들처럼 형체가 가물거렸다. 죽은 사람들이 남긴 구두짝 같은 섬……이라는 표현을 할 수 있을까. 나는 내 엉뚱한 상상에 퍼뜩 당황했다. '구두짝'이 아니라 '발자국'쯤이 되어야 할 것 같았다. 섬이 왜 내게 발자국이 되는가. 아마도 조병화 시인이 쓴 시에서 '바다 기슭'을 연상했는지도 모른다. 언젠가 조병화 시인이 살았었다는 집에 가서 떠올렸던 그 시가 다시 머리에 맴돌았다. 산부인과 의사였던 부인의 병원과 살림집을 겸했던 건물의 2층은 카페가 되어 있었다. 나는 고등학교를 마칠 무렵 시인의 산문집 『밤이 가면 아침이 온다』를 읽었다. 내가 산 문학책으로서는 박목월 시인의 『보랏빛 소묘(素描)』에 이어 다섯 손가락 안에 꼽히는 책이었다. 그것만으로도 조병화 시인은 내게 잊을 수 없는 이름이 된다.

잊어버리자고/바다 기슭을 걸어보던 날이/하루/이틀/사흘// 여름 가고/가을 가고/조개 줍는 해녀의 무리 사라진 겨울 이 바

다에//잊어버리자고/바다 기슭을 걸어가는 날이/하루/이틀/사흘

　그 '바다 기슭'은 어디를 말하는 것일까. 인천, 하면 나는 이
구절이 떠오르며 그곳이 어디인지 늘 궁금했다. 곳곳에 시비라
는 게 세워지는 풍조인데 그 시를 새긴 시비가 있다는 말은 듣
지 못했다. 내가 내려다보는 섬과 시 속의 '바다 기슭'은 서로
아무런 연관이 없다고 보아야 할 것이었다. 아마도 연안의 바닷
가였겠지만 개발이라는 명분과 함께 모든 게 사라져버리는 우
리네 사정에 비추어 어디가 어딘지도 모르게 변했을 듯싶었다.
　오래전에 없어진 협궤열차를 타고 송도에 내려 구락부로 향
한다는 동선에는 문학산 아래 있었던 결핵 요양원이 포함되어
있었다. 그곳이 꼭 포함되어야 하는 것은 친구 이원하의 '발자
국'이 있기 때문이었다. 그는 결핵을 앓아 학교를 포기하고 그
곳 요양원에 들어갔다고 했다. 그리고 '운명적'으로 동료 여자
환자를 만나 결혼했으며, 세월이 지난 다음 나와 이웃하여 내
친구가 되었다. 홍콩이 중국에 반환되던 무렵, 그것이 세계사적
사건이라며 소설로 써보겠다고 홍콩으로 간 이래 어찌어찌하여
필리핀으로 갔다더니 점점 발걸음이 뜸해지고 말았다. 귀국하
여 필리핀의 원주민 언어인 타갈로그어를 배운다고 책을 보여
준 것이 우리의 마지막 만남이었다. 한국에 남아 있던 아내와
헤어지게 된 그는 지금 어디서 무엇을 하고 있단 말인가. 타갈
로그어를 말하며 필리핀 어느 골짜기를 헤매고 있다는 상상을

한 적도 있었다. 그를 따라 문학산 아래 허름한 주막에 들러 '운명적인 사랑' 이야기를 듣던 나는 지금도 종종 그를 생각하는데, 그는 어디서 그 '운명'을 되새기고 있단 말인가.

하기야 그 무렵 만난 여러 동료들이 이미 이 세상 사람이 아닌 것이다. 80년대 중반, 안산으로 거처를 옮긴 나는 영화인들을 비롯한 여러 '예술인'들과 어울려 밤이 낮인지 낮이 밤인지 모를 시간을 보내고 있었다. 그 무렵 만난 문인들로 손꼽을 사람이 소설가 박기동, 박영한, 이균영, 이원하였다. 물론 시인 고정희도 있었고, 소설가 이관용도 있었다. 우리는 그 새로운 땅의 산과 들과 바다로 하루가 멀다 하고 쏘다녔고, 밤이면 포장마차에 진을 쳤다. 나는, 우리는 포구와 염전과 협궤열차를 얘기하며 불안한 미래를, 불순한 시대를 저주하곤 했다.

그러던 어느 날, 고정희에게 나쁜 소식이 있다는 급보를 듣고 집에 전화를 걸었다. 그리고 전화에 녹음해둔 목소리를 들었다. "저는 수요일에 돌아올 예정이니, 그때 다시 연락 주십시오." 그때 이미 그녀는 이승에 없는 사람이었다. 내게 "윤형, 술 조심해" 하던 박정만도 42세에 세상을 등졌다.

그리고 나는 안산을 떠났다. 서울로 온 얼마 뒤, 이균영이 찾아와 소설을 다시 쓸 계획을 들려주었다. 「어두운 기억의 저편」으로 이상문학상을 탄 젊은 귀재는 그동안 역사 공부, 특히 신간회 연구 때문에 소설에서 멀어져 있었다. 그리고 양평 어디로 냉면을 먹으러 가자고 했다. 그러나 약속일이 가까운 날, 그는 교통사고로 저세상 사람이 되고 말았다.

박영한은 나의 초등학교와 대학교의 후배라는 인연으로 불가분 가까울 수밖에 없었다. 그가 「머나먼 쏭바강」으로 오늘의 작가상을 탔을 때, 나는 시인이었다. 그와 '한잔'을 기울인 그 많은 시간은 문학과 싸움한 시간을 대변한다. 그러나 몇 해 전에 세상을 떠났다. 그 밖에 이관용은 알 수 없이 야산에서 불에 타 죽어 발견되었는데, 이원하는 도대체 어디로 갔는지조차 종적이 가뭇할 뿐. 그의 실종은 '운명적인 사랑'이라는 말만큼이나 나를 불편하게 하건만. 나는 그와 그 아내와 함께 소래로 갔던 날을 아직도 가까이 느끼고 있건만.

섬에서 행사가 열리는 날, 나는 다시 협궤열차를 타고 가야 한다. 예전의 나에서 지금의 나로 이어지는 길을 밟아보고 싶은 것이다. 새로운 삶의 터전에 익숙해지느라 바닷가 곳곳을 헤매고 다닌 내게 무엇이 있었던가. 흐린 바다가 있었고, 갯고랑을 드나드는 통통배가 있었고, 염전이 있었고, 갯가 풀 나문재와 퉁퉁마디가 있었고, 무엇보다도 협궤열차가 있었다. 우리나라에서 유일한 꼬마 열차였다.

나는 당연히 이 신기한 열차와 그 주변에서 일어나는 일들을 원고지에 옮기기 시작했다. 거기에 내 어려운 생활도 끼어들었다. 어린 딸과 헤어져 살면서, 나는 「협궤열차에 관한 한 보고서」라는 단편을 썼다. 그 무렵의 내 생활과 생각을 씨줄 날줄로 짠, 이른바 '자전적'이라는 수식어가 붙는 글이었다. 소설 전문

문예지인 『현대소설』의 주간으로 있던 소설가 김원우가 써보라고 부추긴 결과였다. 내가 쓴 시며 동화까지 뭉뚱그려 들어간, 한마디로 말하자면 서정적인 글이었다. 그러나 이 글은 상당히 큰 반응을 일으켜 나를 놀라게 했다. 한 번은 강남의 요란한 술집에 갔는데, 여종업원이 내게 "아, 협객열차!"라고 아는 체를 해서 얼떨떨한 적도 있었다. '궤'를 '객'으로 읽는 경우는 종종 있었다.

나는 협궤열차와 관련지어 여러 편의 단편들을 썼다. 그리고 소설에 나의 삶을 담지 않으면 안 된다는 소설론을 익히고 있었다. 이 단편들은 나중에 「협궤열차에 관한 한 보고서」를 둘러싸고 연작 장편이라는 형식의 소설 「협궤열차」로 발전하게 되었다. 주인공 '나'는 협궤열차가 다니는 소도시에서 옛 애인 '류'를 재회한다. 그리고 새로운 사랑의 감정으로 협궤열차 주변을 함께 맴돈다. 그러나 '나'와 그녀는 다시는 맺어질 수 없는 사이. 서로가 가야 할 길이 따로 있었다. 소설은 그녀와 헤어지면서 끝을 맺는다. 하지만 그 헤어짐은 결코 헤어짐이 아니었다. 새로이 만났다 헤어짐으로써 그 사랑은 승화된 것이다. 영원성이라는 담보가 남겨진 것을 '나'는 믿는다.

이 소설을 장편으로 엮을 때, 내게는 현실적인 새로운 만남이 있었고, 마침내 안산에서 병들어 피폐해질 대로 피폐해진 심신을 병원에 들어가 다스리며 '사랑의 완성'은 어디에 있을까를 궁구할 수 있었다. 여러 날 밤을 새운 끝에 병원 로비에서 원고를 출판사 사람에게 넘긴 다음 나는 다시 일어서는 나를 확인했다. 그러므로 이 작품은 내가 꽤 여러 해 동안 산 안산 시절의 문학적 종합 보고서이자 새로운 삶의 토대로서 내게 의미가 컸다. 그리고 병원에서 나온 나는 안산을 떠나 새로운 세계를 바라보며 러시아로 향했다.

어쨌든 이제는 없는 협궤열차를 타고 나는 가야 한다. 그와 함께 내 머리는 문득 한 구절의 시를 읊고 있었다.

그들이
섹스 피스톨스의 「아나키 인 더 유케이」를 부르며 떠들지라도
나는 인천의 바다 기슭을 걷고 싶다.
하루 이틀 사흘……
옥수수파이프를 입에 물고
하루 이틀 사흘……

섹스 피스톨스는 왜 나왔는지 모를 일이었다. 그 곡명은? 알 길이 없었다. 평소에 익숙하게 알고 있던 이름도 아니었다. 그 옛날 조계를, 제물포구락부를 드나들던 외래인들의 문화가 지금의 현상에 덧씌워지며 불쑥 얼굴을 내밀었다고밖에는 설명할 수 없을 텐데, 그것도 미지수였다. 혹은 행사 장소가 구락부 아닌 섬이라는 데서 온 패러디였을까. 하지만 '섹스 피스톨스의 「아나키 인 더 유케이」'라는 고유명사 대신에 다른 유행곡, 유

행작을 대치해도 그만이라는 단서를 달고는 싶었다. 문학 작품이라도. 더 이상 설명은 금물. 돌이켜 보면 이제까지 나는, 나를 설명할 수 없을 때, 진정 나를 느끼지 않았던가. 그리하여 무엇인가 쓰지 않으면 안 된다고, '나'를 향해 책상 앞에 앉지 않았던가.

송도에서 협궤열차를 내린 나는 소래와 요양소와 제물포구락부를 거쳐 마침내 섬으로 가는 통통배를 탈 것이다. 아니, 협궤열차를 탄 채 섬까지 가게 될지도 모를 일이다. 그리고 '바다 기슭'을 걸으며 필리핀의 원주민 언어 타갈로그어로 '안녕'을 말할 것이다. 모든 사라진 것들에 한국어로 '안녕'을 말할 것이다. 일본식 합각지붕 아래, 혹은 필리핀 어느 골짜기에서 '삐걱삐걱 삐걱…… 옛사람 누가 걸어오고 있는 발걸음 소리'를 들을 것이다.

보랏빛 소묘(素描)

우리 땅의 꽃에 대해 강연을 해달라는 부탁과 함께 뜻밖에 담배를 선물로 받았다. 아직도 담배를 입에 물고 살아가는 신세라 반갑지만, 한편 뭔가 석연치 않은 느낌이 뒤에 남는 것을 어쩌는 수 없었다. 담배 문화가 눈총을 받게 된 요즘에 그걸 선물로 주다니.

　한때 창궐했던 담배는 '흡연은 건강의 적'이라고 몰려 올 데 갈 데 없이 두들겨 맞고 있었다. '아직도 담배를 피우느냐'고 부드럽게 말하는 사람도 은근함에 싫은 감정을 얹어 압박해오곤 했다. 나에게 '아직도'는 건성으로 들려오지 않았다. 그들의 성화 때문이라도 언젠가 끊을 날이 올지 몰랐다. 그렇건만 나는 담배를 못 버리고 골초로서 하루하루를 연명하고 있는 것이었다. 어느새 그 사실이 알려졌는지 선물로까지 선택하게 되었구나, 생각하니 쓸쓸한 마음마저 들었다. 하여튼 나는 피할 데 없는 골초. 한편으로는 당당하게, 아니 담담하게 받아들이자는 생각이 들었다.

택배로 도착한 종이 상자가 뜯기고 모습을 드러낸 담배는 골르와즈Gauloises 한 보루. 이름 밑에 'Blondes'라고 씌어 있고 고풍스러운 새 날개 디자인 밑에 경고문인 듯싶은 검은 글자는 어찌된 셈인지 독일어였다. 'Rauchen kann todlich sein.' 독일에서 사 온 프랑스 담배 골르와즈. 오늘날에는 어디서나 다른 나라 담배를 마음대로 살 수 있는 세계임을 말해주고 있었다. 언젠가는 중국에서 사 온 그리스 담배 카렐리아Karelia, 일본에서 사 온 미국 담배 카멜–블루Kamel-blue를 받아 피운 적도 있었다. 나는 부리나케 골르와즈 한 개비를 피워 물었다. 흔히 풍기는 이향(異香)도 없으면서 부드러운 연기 맛은 내 입맛에 맞는 것이었다.

이 담배가 등장하는 소설을 읽은 적이 있었는데, 무슨 소설이었더라…… 프랑스 소설이라는 것만 알 듯할 뿐 도무지 기억이 흐렸다. 남자는 담배 연기와 함께 회상에 잠긴다. 그 회상 속에는 물론 여자의 모습이 엿보인다. 그런 다음, 이야기는 어떻게 진행되더라……?

프랑스에 갔던 것도 벌써 20년 가까운 세월 저쪽에 있었다. 파리의 물랭호텔은 그대로 잘 있는지. 그 위의 몽마르트르 언덕 초입 담뱃가게는 잘 있는지. 유로 아닌 프랑으로 담배를 사던 시절, 예술가들이 모여들었다는 '세탁선' 집은 잘 있는지. 언덕 길 '포도주 병마개 따개' 카페는, 유트릴로 기념관은? 그 너머 포도밭은?

그 포도밭 부근은 금방 한적한 분위기였다. 어디엔가 내가 들어가 누울 수 있는 시골집이라도 한 칸 마련하고 싶다는 생각 이었다. 담배밭도 어디엔가 있음 직하다고 여긴 풍경이었다. 그 런데 왜 그곳과 연관된 꽃은 내 기억에 없는 것일까. 굳이 따져 보자면 흔히 창가에 놓여 있던 제라늄이 있긴 했다. 짙은 루주 처럼 확실한 꽃빛은 강렬하고도 정열적이었다. 그러나 지금 나는 자연스럽게 핀 꽃을 말하고 있는 것이다. 고흐나 모네, 르누아르 의 그림 속 자연의 꽃은 어디에 있는 것일까. 어느덧 나는 골르와 즈 담배 연기 속에서 내가 보아온 꽃들을 그려보고 있었다.

우리 땅의 꽃이란 야생화 가운데서도 자생화를 일컫는 말이 었다. 외국에서 들어온 것도 우리 땅에 사는 야생화이긴 마찬가 지였다. 자생화란 말 그대로 우리 땅에서 자라고 꽃피는 종류인 것이다. 여기에서 한 발짝 더 좁혀 들어가면 특산종이 된다.

꽃에 대해 나름대로 알려고 노력해온 것은 꽤 오래되었다. 그 결과, 우리 땅의 꽃에 대해 강연해달라는 요청을 받고 곁들여 보내준 담배까지 피웠으니, 어쨌든 뭔가 내놓지 않으면 안 되게 되어버린 것이었다. 담배를 택배로 부쳐주고, 이메일로 다시 보 내준 요청 내용에는 '소책자를 만들어야 하니 강연 요지를 보내 주실 것'과 '선생님이 가장 좋아하는 꽃에 대해서도 덧붙여달

라'고 곁들이고 있었다. '덧붙여달라'는 구절에 나는 피식 웃음
이 나왔다. 게다가 '가장'이란 항시 문제였다. 무엇에든 단정적
이 되어서는 안 된다는 게 내가 살아가는 방식이었다. 사실 이
것은 이래서 좋고 저것은 저래서 좋다는 투로 어영부영 살아왔
다고 해도 할 말은 없었다. 하지만 세상은 한 가지를 내세워달
라고 늘 성화였다. 여간 거북한 노릇이 아니었다. 생각하다 못
해 보랏빛 꽃으로 좁혀놓기까지는 했으나, 내 속뜻은 결코 아니
었다. '어영부영'이 아니라 '모든 있는 것들은 아름답다'고 나는
믿고 싶었다.

　어쨌든 우리 땅의 꽃들을 나는 다시 살펴보지 않을 수 없었
다. 골르와즈 담배 연기와 함께 시작된 일정은 그야말로 '어영
부영' 지나서 불과 며칠 앞으로 행사가 다가와 있었다. 매사에
그 모양인 것이다. 하루에 두 갑씩 부지런히 빨아댄 골르와즈
담배는 어느새 동이 나기 직전이었다. 도화선이 바짝바짝 다 타
들어 온 셈이었다. 나는 우리 땅에 꽃피는 식물들을 우선 계절
에 따라 차례대로 정리하기로 했다. 이른 봄의 샛노란 복수초에
서부터 늦가을의 보랏빛 용담에 이르는 꽃들의 향연*이었다.

　몇 시간에 걸쳐서 꽃들을 정리하고 보니, 나름 심혈을 기울
인다고는 했으나 뭔가 미진한 구석이 없지 않았다. 정겨운 채송
화, 맨드라미, 봉선화, 과꽃, 코스모스는 어디 갔지? 흔히 아쉽
다고 묻는 사람이 많았다. 예전에 '아빠하고 나하고 만든 꽃밭'
에 심는 꽃들이라는 항변. 몇 해 전에 중국의 조선족 마을에 가

서도 확인한 바 있는 꽃밭이었다. 예전의 우리 동네 꽃밭이 거기 있었다. 그렇지만 그 정겨운 꽃들도 실상 우리 땅에 들어온 지 그리 오래된 것은 아니라고 했다. 그래서 이렇게 우리 땅의 꽃을 정리하는 심사는 사나웠다. 하나하나에 '가장'이라는 수식어를 얹어주어도 뭔가 시원치 않을 판국에 겉핥기 같아서 스스로 여간 못마땅하지 않았다.

그와 함께 '담배'를 끼워 넣을 수는 없을까 하고 나는 기웃거렸다. 그러나 담배꽃을 보았다는 확신이 없었다. 또 담배꽃을 꽃 종류라고 소개한 책도 없었다. 나는 담배를 이토록 골초로 피우지 않던 시절에도 담배밭이 웬일인지 좋았다. 커다란 담배 잎사귀도 마음에 들었다. '아주 조금'을 강조하는 말로, '담배씨만치만 보고 가소'라는 「담바귀 타령」을 배웠던 기억도 났다. '모시야 적삼 안섶 안에/연적 같은 저 젖 보소./담배씨만치만 보고 가소./많이 보면 병납니다.' 담배씨가 그렇게 작다는 표현일 수도 있었다. 깨알보다도 더 작은 새까만 씨앗이 어떻게 저렇게 나무같이 큰 담배풀이 되느냐고 자못 놀라는 사람들이 많았다. 나중에 그림을 그린다고 내 자화상에 담배 잎사귀를 그려 넣기도 했다.

어쨌든 우리 땅의 꽃들을 일단 정리하기는 했으나, 가장 좋아하는 꽃을 말해달라는 것만큼 어려운 주문은 없었다. 사람들은 모든 일에 '가장'을 묻고 있었다. 꽃을 좋아하는 데도 무슨 운동 경기처럼 기록이 필요하다는 태도였다. 오랫동안 나는 그런 질문을 피해왔었다. 혹시 정식으로 들었다 하더라도 '글쎄, 굳이 그렇게……' 하는 투로 얼버무리기 일쑤였다. 모든 꽃들이 각각 다른 특징으로 내게는 '가장' 아름다웠다. 그러나 그런 대답을 사람들은 원치 않는 것이었다. 그래서 나중에는 뭐 적당한 대답을 준비해두는 것도 편하겠다는 타협을 하기에 이르렀는데, 거기에는 보랏빛 꽃의 등장이 있었다.

어디선가도 밝힌 바 있듯이 의사는 내게 '보랏빛 꽃'의 처방을 내렸다. 이상한 처방이었다. 보통 사람의 상식으로는 처방이라고 말하기가 어떨까 싶은 처방이었다. 보랏빛 꽃의 처방은 여러 가지 먹을 것들 처방이 내려지고 나서였다. 사회에 나와서부터 내내 술을 퍼마신 결과 내 간은 딱딱하게 굳어가고 있었다. 그 때문에 물어물어 찾아간 의사였다. 그러나 그는 의사라기보다 일종의 도사인 듯싶었다. 그는 내 증세는 아예 들으려고도 하지 않고, 그와 나 가운데 한 사람의 보조자를 앉혀놓고 간접적으로 진맥을 하고 나서는, 매일 오이 두 개에 잣 50그램, 연뿌리 40그램, 그리고 삶은 낙지 한 마리를 두 달 동안 먹습니다, 하고 입을 뗐다. 오이와 잣과 연뿌리를 그 정도 먹는 것은 어려운 일이 아니다 싶었지만, 낙지는 좀체 쉬운 일이 아닐 것 같았다. 낙지야 주로 술안주로 그럭저럭 꽤 먹은 편이었다. 그러나 그걸 하루에 꼬박 한 마리씩 두 달 동안이라니, 벌써부터 질리는 느낌이었다. 그나마 삶은 것이었기에 망정이지 생낙지라도 되었더라면 나는 아예 손을 들고 말았을 게 뻔했다.

이상한 처방은 그다음에 따라왔다. 그리고 두 달에 한 번 여행을 합니다. 그는 나를 바라보았다. 여행을요? 하는 내 물음을 기다리고 있는 눈길이었다. 두 달에 한 번 여행이라…… 나는 속으로 되뇌었다. 그러자 그가 덧붙였다. 뭐, 거창한 여행을 말하는 게 아닙니다. 가까운 데라도 가서 사나흘 동안 몸과 마음을 편안하게 해주면 됩니다. 불과 '사나흘 동안'이라도 이것이 바로 요양원으로 보내지는 그런 처방이로구나…… 나는 그 뜻을 헤아렸다. 아시겠지요? 그의 다짐에 나는 머리를 끄덕였다.

그다음에…… 하고 그는 숨소리를 죽였다. 처방이 더 있는 모양이었다. 오이, 잣, 연뿌리, 낙지를 먹으며 두 달에 한 번은 여행을 하고, 또? 나는 귀를 기울였다. 그는 이미 내 마음을 읽은 듯 차분한 말투로 뒤를 이었다.

"보라색 꽃을, 무슨 꽃이든 보라색 꽃 육십 송이를 집 안에 꽂아놓습니다."

나는 아무 대답도 않고 그에게로 눈길을 던졌다. 그저 알겠습니다 하는 눈빛을 지키려고 노력했으나, 실상 조금은 뜻밖이기도 하고 우습기도 했다. 그 순간 『보랏빛 소묘(素描)』라는 책을 떠올린 까닭을 알 수 없었다. 박목월 시인이 쓴 그 산문집은 내가 난생처음 구입한 문학책이라고, 나는 기회 있을 때마다 밝혀왔다. '소묘'가 미술용어인 데생을 뜻한다는 것만 머리에 남았을 뿐, 내용은 까맣게 잊어버렸어도 고등학생 때의 문학을 향한 내 눈빛을 나는 짐작해볼 수 있었다. 그러니까 그 책의

'보랏빛'은 그 무렵 나의 미래에 대한 꿈의 빛깔이라고 바꿔놓아도 좋은 것이겠다.

"육십 송이나……"

나는 처방의 진위를 묻고 있는 것이었다.

"그야…… 봄의 꿀풀이나 여름의 꼬리풀, 가을의 배초향 같은 꽃을 보십시오. 한 대궁에 꽃송이가 다닥다닥하지요."

그는 쉽게 말했다. 그 역시 꽃에 일가견이 있다고 받아들여졌다. 나는 머리를 끄덕였다. 그것이 처방의 전부였다. 다행이었다. 저런 식으로 몇 가지가 더 이어지면 어쩌나 했던 게 사실이었다. 먹는 것도 그러려니와 '여행'과 '꽃'은 누가 봐도 '이상한 처방'임에 틀림없을 것이었다. 그 비슷한 처방으로 그가 이름을 얻고 있다는 사실을 나는 나중에 알았다. 이를테면 며칠에 한 번씩 흐르는 강물을 바라보라느니 바람 소리에 귀를 기울이라느니 어둠 속에서 촛불을 켜고 얼마 동안 앉아 있으라느니 하는 투의 처방이었다. 의사에는 가장 높은 단계에 신의(神醫)가 있고, 그다음에 명의(名醫)가 있으며, 그 아래에 보통 의사가 있다고 했다. 신의는 환자가 증세를 말하지 않아도 알고, 명의는 진단을 해보고 아는데, 보통 의사는 아픈 곳을 말해야 안다고 했던가. 어쨌든 그의 처방은 신의나 내림 직한 것으로 들렸다.

"알겠습니다. 알겠습니다."

나는 꽃의 이름으로 내리는 처방이 고마웠다. 오랫동안 내가 꽃을 보아온 것은 고독의 마음을 대행(代行)하는 행위이기도 했다. 꽃은 단순히 아름답거나 예쁜 것이 아니라 존재의 극점 (極點)을 표현하고 있었다. 그러므로 모든 꽃들의 꽃말은 긴장감이었다. 꽃들은 말한다. 나는 긴장하고 있어요.

나는 '알겠습니다'를 거듭 말하며 그가 혹시 꽃 처방을 거두고 다른 처방을 내겠다고 말할까 봐 서둘러 물러나왔다. 그리고 그것을 '보랏빛 처방'이라고 이름 짓고 마음에 들어 했다. 박목월 시인의 산문집 『보랏빛 소묘』에 연유한 것이었다.

여행과 꽃이라…… 꽃이야 그렇다 치고 나는 간단한 여행부터 떠나야겠다고 마음먹었다. 그리고 그녀를 만났다. 그 무렵 나는 '루공 마카르 총서'의 『식물 이야기』를 번역할 번역자를 찾고 있었다. 그러다가 프랑스 문학 전공의 교수로부터 프랑스에서 갓 돌아온 여학생이라고 소개 받고 보니 그녀였다. 그녀는 인문과학 분야에서는 이제는 외국에서 박사가 되어 돌아와도 대학 강사 자리 얻기가 하늘의 별 따기라고 했다. 그래서 고민 끝에 학위를 따지도 않고 돌아왔다고 했다. 학위를 땄든 안 땄든 그게 문제가 아니라 실력이 문제였다.

나는 프랑스에 가기 전부터의 그녀를 알고 있었다. 오래전 사간동에 프랑스 문화원이 있던 때, 그 로비의 찻집에서도 몇 번 만났고, 인사동으로 진출하여 화랑이나 골동품 가게를 기웃거리기도 했었다. 우리는 반갑게 재회했다.

"인사동에서 티베트 그림을 본 게 생각나요."

그녀는 감회 어린 목소리였다. 예전과는 달리 골동품도 우리

것은 거의 사라지고 온통 싸구려 중국 것으로 바뀌어가던 시절
이었다. 예전에 첫 직장에 들어가 무슨 호기였는지 초봉의 반을
털어 조선 후기의 청화백자를 산 적도 있어서, 나는 인사동의
변화가 서글펐었다. 그런데 그녀는 티베트 불화를 기억하고 있
었다.

내게는 그녀와 함께 구경을 하다가 구한 그림 중에 티베트 불
화가 한 점 있었다. 그 가게 앞에는 돌부처, 옥반지, 놋쇠종에
여러 가지 목기와 민화 따위가 가득 놓여 있었고, 요즘 만든 물
총새 피리도 수북이 쌓여 있었다. 안에 물을 담아 불게 되어 있
는 물총새 피리는 필리리리 제법 영롱한 소리가 났다. 그런데
그 불화는 한옆에 아무렇게나 세워져 있었다. 세 명의 승려가
삼각형의 구도로 그려져 있는, 초록색을 기조로 한 채색 벽화였
다. 군데군데 뭉개져서 보존 상태가 그리 좋지 못했고, 따라서
값도 상당히 싸게 매겨져 있었다.

"이게 뭡니까?"

눈길이 쏠린 나는 여주인에게 물었다.

"티베트 거예요. 위에 노란 모자를 쓰고 있는 승려가 바로 겔
룩파, 즉 황모파(黃帽派)의 창시자인 총카파 스님이에요. 겔룩
파, 총카파, 이름이 좀 어렵죠?"

여주인은 전문적인 설명에 스스로 만족하는 듯 보였다. 이어
서 여주인의 안내로 들어간 가게 안에는 그 벽화와 연결되어 있
었던, 보존 상태가 비교적 좋아서 값도 만만치 않은 목판 몇 점

이 더 있었다.

"이런 게 어떻게 여기 있습니까?"

나는 책에서 읽은 적이 있는 총카파의 이름을 떠올렸다. 그는 티베트의 종교, 정치의 지도자로서 현재 인도에 망명해 있는 달라이 라마의 원조라고 했다.

"티베트에 가서 사원 벽에서 뜯어 온 거예요. 도둑질해 온 거죠. 이젠 이런 물건이 없어요."

듣고 보니 끔찍한 일이었다. 여주인은 '도둑질해 온 거'라는 말에서 약간의 웃음마저 머금었다. 중국이 개방되자마자 그곳까지 들어가 사원의 벽화를 떼어 온 것이었다. 여주인은 중국 서쪽 멀리 우루무치며 투르판이며 쿠차며 사람을 보내 안 쑤시고 다니는 곳이 없는데 '물건'은 벌써 동이 났다고 손사래를 쳤다. '사람'이란 분명히 도둑을 뜻하는 말이었다. 한국뿐만 아니라 세계적으로 크고 작은 문화재 도둑들이 수없이 많았던 것을 모르지 않건만, 기가 막힐 노릇이었다. 나는 실크로드의 여러 도시에서 온갖 유물들을 약탈해 간 강대국들의 탐험대들을 기억하고 있었다. 우리의 강화도에 들어와 귀중한 책들을 가져간 프랑스의 함대 이야기도 머리를 스쳤다. 사는 사람이 있기에 이런 짓이 벌어지는 거야, 하면서도 나는 기어코 그 벽화의 값을 치렀다.

"도둑이 훔쳐 온 걸 산 사람을 장물아비라고 하지. 장물아비도 범죄자지."

나는 말을 하는 도중에도 과연 이런 변명으로 위안이 될까 싶었다. 나중에 확인할 겸 책을 들춰보니, 겔룩파의 창시자인 총카파Tson-kha-pa는 어려서 불교에 귀의하여 여러 경전을 섭렵한 뒤, 탄트라에 의한 중요한 저술을 남겨 독특한 티베트 불교를 확립하는 데 힘을 기울였으며, 절을 짓고 불상을 만드는 일에도 남다른 원력을 쏟았다고 기록되어 있었다. 그의 두 제자가 나중에 티베트 불교의 양대 지도자인 달라이 라마와 판첸 라마의 원조가 된다고 하니까, 그 아래 그려져 있는 두 사람은 아마도 그들이 아닐까 여겨졌다.

어쨌든 인사동의 길가에 그런 티베트 벽화가 굴러다니는 것은 이상하다 못해 있을 수 없는 일이었다. 나는 내친김에 그 벽화를 표구점에 맡기고 그녀를 끌고 술집으로 들어갔다. 그날은 그녀와 늦게까지 어울려도 좋으리라 싶은 것이 그 벽화 때문이라는 생각이 들었다. 불교는 부처, 불법, 스님의 삼보에 귀의하는데, 티베트 불교는 거기다가 라마를 추가하여 사보에 귀의한다고 해서 특별히 라마교라고 불린다고 했다.

"우리 언제 티베트에 같이 가. 가서 저걸 어느 절에서 떼어 왔는지 보자구."

나는 웬일인지 평소보다 훨씬 더 쉽게 격앙되어갔다.

"장물아비란 게 그렇게 마음에 걸려요?"

그녀는 맥주 거품이 넘치는 술잔을 들고 웃었다. 아닌 게 아니라 나는 그 파괴가 어이없어서 버둥거리고 있는지도 몰랐다.

아니라면, 멀게만 느껴져온 그 교의가 문득 가까운 숨결처럼 다가온 듯해서 전율하고 있다고 해도 좋았다. 그러나 어느 쪽이든 상관없었다. 어떤 모습으로든 티베트는 내 가까이 다가와 있었다.

"누가 그랬지? 티베트에 있다는 이상향 샹그리라 말야. 가보고 싶어."

진정이었다. 상대가 누구든 함께 그 이상향을 찾아갈 수만 있다면, 그것은 생의 결정(結晶)일 것이었다.

"저도 티베트에는 가보고 싶어요. 그렇지만 샹그리라는 호텔 이름으로만 존재해요. 싱가포르에도 그 체인점이 있어요."

"알아, 알아. 중국에는 아예 그런 지명으로 바꾼 곳도 있다지. 하지만 세상 어딘가엔 진짜 이상향이 있을 거야, 샹그리라."

나는 취기가 올라갔다. 이상향을 찾는 것은 인간의 오랜 꿈이었다. 내가 여전히 그 꿈을 좇고 있다는 사실을 처음 밝히는 순간 같아서, 나는 어리둥절한 느낌이었다. 내가 찾아왔던 이상향은 어떤 것이었을까. 따져보면 그건 말짱 허상에 지나지 않는지도 몰랐다. 날로 가벼워지는 세태를 탓할 수도 없었다. 그래서 어디론가 멀리 떠난다는 것도 결국은 '마음속의 어떤 곳'으로 떠나는 행위가 되는 것이었다. 그날 나는 그야말로 인사불성이 되도록 퍼마셨다. 어디를, 몇 차나 돌았는지 알 수조차 없었다. 다만, 샹그리라를 무슨 후렴처럼 거듭 외치다가 그녀에게 기대어 여관방에 든 것만은 어렴풋이 뇌리에 남아 있었다. 그리고 얼마 뒤에 그녀가 지방의 한 도시로 떠남으로써 우리의 만남은 소원해졌다.

그러나 그녀가 그 지방 도시에서 보낸 편지가 있었다.

뻐꾸기 소리가 들려옵니다. 뻐꾸기가 그 알을 다른 새의 둥지에 낳아 새끼를 맡겨 키운다는 사실을 알고부터 왠지 그 소리는 예전과 달리 들렸습니다. 예전에 그 소리는 봄날의 정서를 그대로 전해주는 것이었습니다. 가는 봄이 아쉬워 정겹고도 애잔하게 울려오는 낭랑한 소리. 그 소리를 '서러운 서러운 옛날 말로 울음 우는' 것이라고 시인은 노래했었습니다. 뻐꾹뻐꾹…… 뻐꾸기 소리를 들으며 산길을 가면 그리움으로 아롱지는 마음이었습니다. 누구에겐가, 무언가 다 못한 말이 있어서 서글퍼지는 마음이었습니다. 그러면서 자연과 내가 합일되며 삶의 원초적 느낌에 젖게 되는 소리를 들었습니다. 그리고 어느새 봄이 기울고 벌써 여름 문턱에 이르렀구나 하면서도 앞으로 살아갈 날들이 싱그러운 녹음과 함께 펼쳐지는 걸 보곤 했습니다.

그러나 뻐꾸기는 언젠가부터 그런 뻐꾸기가 아니었습니다. 제 고향에서 그 고장 새로 뻐꾸기를 지정했을 때도 저는 고개를 갸우뚱했었지요. 그 많은 새 중에 하필이면 못된 뻐꾸기를 내세웠담. 다른 둥지에 낳아진 알에서 깨어난 뻐꾸기 병아리가 둥지의 주인 새 병아리를 밀어 떨어뜨리는 광경은 차마 못 볼 것이었습니다. 그런데도 자기보다 월등히 더 큰 뻐꾸기 병아리를 자기 새끼인 줄 알고 먹여 살리기 위해 그토록 열심히 먹이를 물어 오는 어미 지빠귀의 모습이라니!

올봄에도 어김없이 뻐꾸기는 울고 있습니다. 그러자 요전에 받은 선물 가운데 이 지역 산물이라며 다음과 같은 글이 곁들여 있었음이 웬일인지 다시금 생각되었습니다.

가난한 살림에 비 오는 날이 서러워
흰 구름 속에서만 울던 추억의 새
그 총각 뻐꾸기.
고향은 영동 땅 소백산 삼도봉에
지금도 살고 있는가
목쉰 울음의 그 처녀 뻐꾸기.

그리고 저는 하늘을 올려다보았습니다. 언젠가 뻐꾸기가 숙소 근처까지 내려와 우는 것을 보니 몸집이 생각보다 작은 새였습니다. 저렇게 작은 몸집의 어디서 그렇게 큰 뻐꾹 소리가 울려 퍼지는 것일까 놀라웠습니다. 뻐꾸기 소리는 왜 몸집에 비해 그리 큰 것일까, 나는 그 까닭을 유추했습니다. 다른 새집에 새끼를 맡긴 뻐꾸기는 그 소리로써 뻐꾸기 병아리가 뻐꾸기임을 잊지 않게 하려고 틈만 나면 크게 우짖는다는 것이었습니다. 그러니 소리가 크지 않으면 안 되었겠지요. 그것은 예사 소리가 아니었습니다. 삶을 이어 가게 하려는 처절한 소리였습니다.

물론 저는 그 선물 상자에 적혀 있는 '총각 뻐꾸기'와 '처녀 뻐꾸기'처럼 뻐꾸기가 암수를 불문하고 뻐꾹뻐꾹 우짖는지는 알지 못합니다. 아마도 아닐 것입니다. 하지만 그것은 여기서는 중요한 이야기가 아닙니다. 다만 한동안 뜨악해졌던 뻐꾸기라는 존재, 그 정서가 다시 제 마음속에 살아나고 있었다는 것을 말씀드리고 싶은 것입니다.

모든 생명은 어느 것 하나 그 존재 이유가 뚜렷하지 않은 것이 없습니다. 뻐꾸기가 그 알을 남의 둥지에 낳아 키우게 되는 생태학적 이유 또한 뚜렷할 것입니다. 아메리카의 초원에서 강한 육식동물이 약한 초식동물을 마구 잡아먹는 것을 불쌍히 여긴 사람들이 육식동물들을 인위적으로 제거했을 때 어떤 일이 일어났던가요. 마침내는 엄청나게 불어난 초식동물들은 먹이를 감당하지 못해 더 많이 죽어간 결과를 가져오지 않았던가요. 그러므로 뻐꾸기가 남의 둥지에 알을 낳는 생태에는 그 나름의 질서가 있음에 틀림없을 것입니다. 자연은 그런 위대한 질서 속에서 움직이고 있으며, 저 또한 예외는 아닐 것입니다.

'가난한 살림'을 탓하며 울던 '총각 뻐꾸기'와 '목쉰 울음의 처녀 뻐꾸기'는 드디어 맺어졌으나, 새끼를 남의 집에 맡길 수밖에 없어 오늘도 저렇게 뻐꾹뻐꾹 우짖고 있는 게 아닐까요.

봄날이 가면 뻐꾹 소리도 하늘 멀리 사라져갈 것입니다. 그소리 가을에도 들을 수 있을까 싶어, 뻐꾸기 이름을 닮고 늦가을까지 피어나는 뻐꾹나리 한 뿌리를 마당가에 심으며 다시 한 번 봄 하늘을 올려다봅니다.

샹그리라는 어디엔가 있다는 믿음을 키우려고 노력하고 있답니다. 부디 건강하십시오.

나는 그녀가 어려운 환경에서 태어나 다른 집에서 자라난 것을 알고는 있었으나, 그 밖의 사정은 잘 모르고 있었다. 그 편지를 받고 또 이어서 곧 편지가 오려나 했는데, 하루 이틀 세월이 흘러 이듬해에는 그녀가 드디어 꿈꾸던 프랑스 유학의 길에 올랐다는 소식을 들었다. 하지만 말했다시피 그녀는 학업을 채 마치지도 않고 돌아와 내 앞에 모습을 드러낸 것이었다. 프랑스에서 유학을 한다고 떠나서 공부는 포기한 채 갈팡질팡하는 많은 젊은이들이 있다는 걸 모르는 바 아니었다. 그럼에도 귀국을 못하고 엉거주춤 있는 사람들도 꽤 있다는 것이었다.

"환상은 끝났어요. 잘됐죠, 뭐."

내 사무실로 찾아온 그녀는 말했다. 얼굴이 자칫 쓸쓸해 보일까 봐 짐짓 바로 쳐다보지는 않고 있었는데, 그 분위기는 예상보다 밝았다. 나는 그녀에게 해줄 말이 딱히 없었다. 환상이 끝난 것은 사실일지 몰라도 그것이 잘된 것인지 나로서는 맞장구를 쳐줄 처지가 아니었다. 정확히 말해 그것은 좌절과 패배로 기록되어야 마땅했다. 나는 가까운 인사동 어디로 가서 식사도 하고 술도 한잔하자고 말했다.

"또 샹그리라 얘길 하자고요? 좋아요."

그녀의 말에 나는 예전의 그 밤이 아련하게 되살아났다. 그 일을 다시 정리해보면, 나는 그녀와 여행을 떠남으로써 의사의 '보랏빛 처방'을 실행하려 했으나, 인사동에 머무르고 말았다는 이야기가 된다. 하지만 티베트가 있었고, 총카파가 있었고, 샹 그리라가 있었다. 그리고 뒤이어 난데없는 뻐꾸기가 있었고, 뻐 꾹나리도 있었다. 그런 경로를 거쳐, 환상 속에서 빠져나왔다고 말하는 한 여자가 내 옆에 있는 것이었다. 그런데 알 수 없는 것은, 예전 그날 밤 그녀에 기대어 찾아들었던 여관방이 그전 어느 때보다 또렷이 머릿속에 그려진다는 것이었다.

오래전 내게 내려졌던 처방은 그녀와의 만남으로 더욱 뇌리에 새겨져 있었다. 그리고 나는 늦가을 연보랏빛 용담이 꽃을 피움과 함께 이제껏 보랏빛 꽃이 내 옆을 지켜왔던 날들을 되돌아보곤 했다. 그런데다가 용담꽃이 '가장 아름다운 꽃'이라고 선뜻 추켜올릴 수 있다면 얼마나 좋으랴. 그런데 그러지 못하고 의사의 처방으로만 바라본 측면이 없지 않았다. 이른 봄의 노란 복수초부터 늦가을의 보랏빛 용담꽃까지 한 해의 꽃차례를 정리하고 보니 '보랏빛 처방'이 마치 내 삶의 마지막을 장식하고 있다는 비장함까지 곁들여졌다.

올해도 결산의 때가 다가왔다고 말하지 않으면 안 되기 때문에 보랏빛 꽃은 새삼 뜻깊게 눈에 들어온다. 이제 꽃들의 한 차례는 끝났다. 들국화의 향차(香茶)와 용담의 쓴 뿌리 우린 물이 있을 뿐이다. 그러나 나는 아직 무언가를 찾고 있다. 내 과거에서도 찾고 있으며, 미래에서도 찾을 것이다. 왜 나는 '찾았다'고 안주하지 못하고 찾아서 헤매고만 있는가. 내 삶이란 워낙 이렇게 이정표가 세워져 있는 것인가.

한 해 동안 열심히 그린 꽃은 엉겅퀴였다. 엉겅퀴에도 보랏빛이 언뜻언뜻 내비치지 않은 바는 아니지만, 나는 보랏빛 물감을 사용하기가 꺼려졌다. 그림 언저리를 기웃거린 것은 거의 10년을 헤아린다. 그러다가 '어머니 전'이라는 전시회가 열려서 거기에 딱 한 점의 그림을 내놓은 결과, '화가'라고 소개되고 말았다. 어느 날 인사동에서 한 화가의 전시회를 보다가 인사를 나눈 것을 계기로 다짜고짜 그림을 배우겠다고 그의 집을 찾아간 게 시작이었다. 그림에 입문하는 길조차 모르고 이미 막다른 골목에서 발목을 접질린 꼴이었다. 좀 난감해하는 그를 뒤따라 나는 절뚝이며 붓과 물감을 샀다. 그림은 글과 달라서 이 입문 과정부터가 꽤 까다로웠다. 시작도 하지 않았는데 선택과 결정이 필요하다니. 그래서 이게 예술은 예술인가 보다 하며 긴장과 황홀로 우쭐대게 하는 헛똑똑이의 삶 맛을 느끼게 한다. 갓 출발을 앞둔 자에게 망상을 선사함으로써 몽혼 효과를 노리는 것이리라.

지난해 우연히 '티베트의 친구들'이라는 모임을 알게 되어 그들의 전시회에 그림을 내놓았다. 물론 예전에 그녀와 인사동에서 맞닥뜨린 티베트를 다시 떠올리며 참여한 것이기에 혼자 은

밀한 뜻을 되새기는 작업이기도 했다. 집에 쓰다 만 실리콘이 있기에 그걸 짜내서 먼 설산 아래 황야에 야크의 소뿔을 부각시켰다. 그런 재료로도 그림이 되나? 아무럼 어때. 망설일 틈도 없었다. 인생에는 본래 망설일 시간이 없으며, 지금의 나는 더욱 그랬다. 야크는 죽었는지 몸뚱이는 보이지 않고 뿔만 꿈틀거린다.

"이건 뭘 그린 거요?"

그림 앞에 선 K 시인이 물었다.

"야크 뿔."

내 대답을 듣고 난 그는 타이르듯 말해주었다.

"야크 뿔이라 하지 마시오. 저건 기도하는 모습이잖소. 그냥 기도요."

나는 한없이 감탄했다. 내가 꽃을 바치는 모습을 바라보던 어머니는 그 그림이 그려진 다음 달 세상을 떠났다. 나에게 '화가'의 이름을 달아준 그림으로 나는 어머니를 장송한 셈이었다. 이 사실에 나는 당혹하지 않을 수 없었다. 어머니가 의학적으로 선고를 받고 있었음에도 불구하고, 내가 먼저 서두른 결과가 되진 않았는지, 왠지 쓸쓸하여 갈피를 잡기 어려웠다. 다만 나는 내 길을 가려고 했을 뿐이건만, 이번에도 결과는 다르게 불거지는 형상이었다.

그렇다면 나는 화가가 되어 무얼 어쩌겠다는 것인가. 아니, 진정 화가가 되기는 되었는가. 요는 모르겠다는 것이다. 애초에 나는 꽃을 그렸으면, 했었다. 꽃 한 송이 제대로 그릴 수 있다면, 그것으로 완성이었다. 그러나 그것은 쉬운 일이 아니었다. 나는 새벽 어스름에 깨어, 옛 어른들이 어둠 속에서 곰방대를 두드리듯 꽃을 그렸다. 그러니까 그 꽃은 아직 담배를 피우는 내게 '토바코 로드'의 담배꽃을 찾아가는 나였다. 연마가 부족한 나는 여전히 몽혼 속을 헤매고 있었다. 그러니 꽃은 지도 속 이정표이기도 했다. 어쨌든 피하지는 말아야 해. 임전무퇴의 화랑이 되어야 해. 그리하여 내가 찾아간 곳에는 외로워서 고고한 한 칸 승원(僧院)이 있고, 나와 대상이 하나가 된 꽃이 피어 있을 것이었다. 술을 끊고 이제 명리의 멍에를 벗어던진 몸, 늘 경계하며 가다듬지 않으면 안 된다. 그리고 마침내 한 권의 책을 쓰리라. 세계는 한 권의 아름다운 책을 위해 존재한다는 매혹적인 말을 따라서 실천에 옮기기 위하여. '아름다운 책'이란 우리의 뿌리인 알타이의 영혼의 결이 느껴지는 글로 씌어져야 하며 그것은 물결, 바람결, 마음결처럼 '결'이 느껴지는 글이어야 한다는 믿음을 실천에 옮기기 위하여.

'알타이의 영혼의 결'이라는 말에서 나는 문득 숨을 모은다. 언젠가 알타이 산맥으로 가서 몇 날 며칠이고 헤매고 싶었다. 어느 날 바이칼 호수로 가는 길목에서도 그쪽으로 방향을 잡고 싶었다. 텔레비전에서 알타이의 샤먼이 하늘을 향해 기도하는 장면을 볼 때는 소름이 끼치면서도 벅찬 마음이었다.

그런 마음으로 나는 어머니에게 꽃을 바쳤다는 생각이 들었다. 내가 실제로 꽃을 가꾸고 그걸 쓰고 그리는 일은 몇 갈래로 나누어지는 일이 아니라 한 갈래의 일이었다. 나와 대상이 하나가 된 꽃! 그걸 찾아가는 길에 그림의 길과 글의 길이 같이 이어진다. 어떤 작품이든 나는 내 삶과 같이 가는 글이 아니면 그만 맥을 놓고 말았던 기억을 스스로 존중하는 사람이었다. 그렇다면 내 자존의 꽃을 그리는 일은 곧 내 글의 다른 법일진저, 이 가을 나는 용담 뿌리처럼 나에게 이른다. 소뿔의 길이 기도의 길에 닿기까지 정진하리라.

나는 이제 그녀에게 이메일을 부쳐야겠다고 마음먹었다. 그리고 그녀가 보내준 골르와즈 한 대를 피워 물었다. 마지막 몇 대 남은 것 가운데 하나였다. 내가 피우는 양을 알아서 그 일에 맞춰 보내준 것인지 모르겠다는 생각이 들었지만, 그것은 오히려 내가 꿰어 맞춘 셈법일 것이었다.

나는 담배 연기를 허공에 날려 보냈다. 담배 연기를 자연(紫煙)이라고도 했는데, 한 줄기의 보랏빛 연기가 허공에 머물 동안만이라도 기도의 내용에 골몰할 수 있으리라 기대하고 싶었다. 『보랏빛 소묘』의 책장을 넘기듯 용담의 보라 꽃에서 내 젊디젊은 꿈빛을 다시금 보며 이 세상 가장 아름다운 꽃에 대해 말할 수 있으리라 기대하고 싶었다. 가장 아름다운 꽃은 보랏빛 처방을 충실히 지키며 오늘날까지 살아온 길 어딘가에 피어 있다고 말할 수 있을 뿐임에도 불구하고.

봄

봄이 오는 기척이라도 들리면 먼저 매화 꽃망울이 부푼 것을 본다. 흰 매화는 흰빛이, 붉은 매화는 붉은빛이 완연하다. 이 꽃망울이 새록새록 밝아지는 태깔에 봄은 깃든다. 그리하여 마침내 다섯 장의 꽃잎이 맑게 피어난다. 옛 어른들이 몹시 아낀 뜻을 알 듯하다. 예전에 퇴계 이황 선생이 매화를 좋아하여 세상을 떠나는 날에 "매화 화분에 물을 주라"는 말을 남겼다는 일화가 떠오르기도 한다.

매화는 종류가 많아서 백여 가지도 넘는다고 하는데, 이 가운데 홑꽃잎의 흰 매화를 높이 친다. 봄이 채 오기 전에 눈이 분분히 날리는 속에 피어나는 이른바 설중매(雪中梅)에서 보는 푸른빛 감도는 옥설(玉雪)의 빛깔과 그윽한 향내(暗香)를 모르고서는 매화를 말하기는 어렵다 할 것이다.

해마다 며칠이라도 일찍 봄을 맞으러 남쪽 섬진강 가의 매화 축제로 달려가 들을 희게 물들이고 있는 매화를 본다. 암울한 겨울이 어느새 뒤로 물러가 있는 모습에서 삶을 새삼스레 확인한다.

희고 붉은 봄이 매화와 더불어 온다면 노란 봄은 산수유꽃과 함께 열린다. '산수유꽃 노랗게 흐느끼는 봄'(박목월 시인의 시 구절)이다. 산수유는 겨울 동안 하나의 딱딱한 깍지 속에 자디잔 꽃송이 여러 개를 간직하고 있다가 겨울이 지날 무렵 벌써 벌어지며 노랗게 내놓기 시작한다. 자세히 보아야 구별되는 이 여러 개의 꽃망울은 활짝 벌어지지 않아도 마치 꽃이 핀 것처럼 보인다.

지리산 기슭에서 산수유 축제가 열리면 사람들이 꽃 속에 묻혀버린다. '이 별난 세상은 인간의 것이 아니다(別有天地非人間)'라는 말은 이를 두고 한 말인 듯하다.

산수유보다 좀 앞서서 풍년화며 영춘화의 꽃잎이 노랗게 벌어진다 해도 그건 대세가 아니다. 산수유에서 다시 개나리로 이어지며 우리의 봄 땅은 온통 노랗게 물든다. 산수유는 가을에 빨갛게 익는 열매도 볼품이고, 차나 술로 만들어 먹을 수 있어 아낌을 받는다.

이들 나무꽃과 더불어 땅속에서 뾰족거리며 돋는 새싹들이 피워 올리는 풀꽃들도 봄의 전령이다. 우리 땅에 가장 먼저 피어나는 우리 꽃은 무엇일까. 복수초와 노루귀를 첫손에 꼽아야 한다. 해마다 복수초는 어김없이 우리 땅의 첫 봄꽃으로 제주도에서는 눈 속에서 피는 꽃이라고 소개된다. 깃털 모양 잎에 싸여 어느 날 손가락 굵기로 뭉툭 올라온 꽃망울이 터지면, 그냥 노란 게 아니라 샛노랗게 윤나는 다섯 장 꽃잎이 눈을 환하게 한다. 그리고 산기슭 풀밭에 무리지어 피어나는 노루귀를 본다. 가는 털이 덮인 잎사귀가 쫑긋쫑긋 펴지는 모습이 노루의 귀를 닮았다고 붙여진 이름도 귀엽다. 1cm 남짓 크기에 8~9장의 꽃잎(꽃받침 조각)이 종류에 따라 흰색, 분홍색, 연보라색 등으로 피어나 낮별처럼 빛난다.

이들이 피고 지는 동안 3월이 지나가고 있다. 그리고 제비꽃, 현호색, 돌단풍, 깽깽이풀, 할미꽃, 매발톱꽃, 미나리아재비, 며느리주머니, 민들레, 개불알꽃, 수선화, 초롱꽃 등등이 서로 뒤질세라 자태를 뽐낸다. 어느 것 하나 소중하지 않은 것이 없는 게 생명이다. 작아서 코딱지풀이라고도 불리는 광대나물의 붉은 루비 같은 꽃이나 흔히 밭에 밟히는 봄맞이꽃의 하얀 하늘거림이나 다 제각기 아름다움의 극치를 자랑하려는 것이 생명이다. 그 극치의 차이를 될 수 있는 대로 가장 잘 드러내려는 것이 자연이다. 이들 여러 꽃들은 생활에 부대껴 찌들은 우리를 봄 땅에 나아가 생명과 자연과 하나가 되어 숨 쉴 수 있게 한다. 나무꽃들도 한창이다.

진달래가 울긋불긋 봄 산을 물들여 가슴속이 울렁거린다. 꽃 멍울이 든다. 예전에 먹을 것이 없을 때 뜯어먹기도 했던 이 꽃은 우리네 오랜 정서 속에 봄의 대표적인 꽃으로 피어난다. 산당화의 주홍색 꽃이 짙고, 벚꽃이 흐드러지게 피었다가 바람에 온통 흩날린다. 살구꽃, 앵두꽃이 화사하게 피어 유난히 달콤한 향기를 뿜는다. 철쭉꽃, 황매화가 피고, 찔레꽃, 목련꽃이 있다. 어디 그뿐이랴. 그 밖에도 이루 헤아리기 힘든 꽃들의 천국이다. 우리 강산의 빼어남은 이들과 어우러져 영원한 고향으로 마음에 자리잡는다. 크고 탐스럽고 향기로운 목련꽃이 4월을 하얀 순결로 노래하더니, 산기슭 산딸나무가 하얀 꽃잎을 뽐내고, 어느덧 역시 크고 탐스럽고 향기로운 모란이 붉게 붉게 핀다. 모란에 향기가 없다고 잘못 아는 사람도 있지만, 전혀 그렇지 않다. 모란의 향기는 독할 정도로 짙다. '모란이 지고 말면 그뿐, 내 한 해는 다 가고 말아/삼백예순 날 하냥 섭섭해 우옵네다'(김영랑 시인의 시 구절) 하는 아쉬움으로 '뚝뚝' 지는 꽃잎을 바라보며 5월을 보낸다.

그리하여 어떤 노래 가사는 '꽃이 피면 같이 웃고 꽃이 지면 같이 울던 알뜰한 그 맹세에 봄날은 간다'고 LP 레코드판 속에서 흐느낀다.

여름

화려하게 '함박' 핀다고 하여 함박꽃이라는 이름이 붙은 작약은 봄에 뾰족뾰족 돋는 빨간 새싹부터 범상치 않다. 작약과 모란을 혼동하는 사람이 많으나, 작약은 여러해살이풀이고 모란은 나무다. 홑겹이든 겹꽃이든 빛깔도 다양한 데다 꽃송이가 크고 아름다워 예로부터 뜰에 가꾸는 꽃으로 빼놓을 수 없게 되었다. 봄과 여름을 이어주는 꽃으로 손꼽힌다. 이 가운데 산작약 혹은 백작약으로 불리는 것이 청아하고 고귀한 모습이어서 아는 이들이 남몰래 사랑을 보낸다.

여름에 피는 꽃으로는 먼저 주황색이 눈에 들어온다. 나무로는 능소화, 풀로는 원추리, 나리꽃, 동자꽃이다. 이들 꽃들은 태양이 활활 타오르는 여름에 그 기세를 닮아 주황빛으로 피어나는 것일까.

덩굴성인 능소화는 나무나 벽을 타고 올라 무성하게 자란다. 예전 조선 시대에는 너무 귀하게 여겨서 보통 사람들은 기르지도 못하게 했다고 전해진다. 덩굴 위에서 꽃줄기가 쭉쭉 벋어 나와 커다란 주황색 통꽃을 송이송이 매달고 눈길을 끈다. 나무 아래 무리 지어 떨어져 있는 낙화(落花)도 그저 지나칠 풍경이 아니다.

원추리는 근심을 없애준다는 꽃이다. 봄에 새싹을 살짝 데쳐 나물로 먹으면 아삭아삭 씹히는 소리에 향기가 감돈다. 볼품도 있고 생명력도 강해서 요즘은 도심의 가로변을 단장하기도 한다.

나리꽃이 피면 이미 여름은 무르익을 대로 무르익는다. 말나리, 털나리, 중나리, 하늘나리 등 여러 가지 나리꽃들이 다 특색이 있는데, 당당하게 서서 여름을 대변하는 것은 주황색 꽃잎에 주근깨처럼 점이 박힌 참나리라 하겠다. 우리 땅의 나리꽃들이 세계적이라는 사실은 널리 알려져 있다. 그래서 외국 사람들이 어느새 가져다가 개량한 것을 우리가 들여오고도 있는 실정이다. 주황색이 아니어도 우리의 흰 백합꽃은 나리꽃의 중요한 한 종류로 세계인들의 칭송을 듣는다. 백합은 희다는 뜻에서 붙여진 이름이 아니라 구근의 비늘이 백 개나 되도록 합쳐 있다는 데서 붙여진 이름이다. 흰나리꽃으로 해야 한다는 의견에 귀를 기울여봄 직하다.

동자꽃은 겨울에 절에 있던 어린 동자승이 배고픔과 추위를 견디지 못해서 그 죽은 넋이 피어났다는 전설을 간직한 꽃이다. 여름 숲 속에 무리 지은 동자꽃은 그래서 때 묻지 않은 모습이 해맑아 보인다.

절과 관련해서 상사화도 잊을 수 없는 꽃이다. 상사화는 이른 봄에 넓고 긴 잎이 가장 먼저 돋아 싱싱함을 자랑하다가 초여름에 그만 모두 시들어버린다. 그러고 나서 아무것도 없는 맨땅 위에 긴 꽃대만 쭈욱 뽑아 올려 5~8장의 자홍색 꽃을 피운다. 잎과 꽃은 서로 함께하지 못하고 그리워할 뿐이다. 그래서 서로 그리워한다(相思)는 뜻의 이름을 갖는다. 예전에 절에 많이 심은 것은 땅속에 있는 둥근 비늘줄기로 풀을 쑤어 경전을 만들었기 때문이라고 알려져 있다. 관상용으로 집에서도 많이 심어 가꾼다.

여름 꽃나무로는 자귀나무와 배롱나무를 손꼽아야 한다. 자귀나무는 아카시아 잎과 비슷한 양쪽 잎이 밤이면 서로 합치는 모양이 남녀가 합쳐지듯 금실이 좋다고 합환목(合歡木)이라고도 한다. 새의 깃 같은 꽃잎은 안쪽이 솜처럼 희고 바깥으로 갈수록 분홍빛이 짙어져 아름답다. 배롱나무는 매끈매끈한 줄기가 미끄러워 일본에서는 '원숭이도 미끄러지는 나무'라고 한다. 목백일홍이라는 다른 이름에서도 알 수 있듯이 꽃이 일 년에 '백일 동안' 세 번에 걸쳐 오랫동안 핀다. 그러고 나면 벼가 익는다는 말이 있다. 붉은보라와 흰 꽃도 있다.

노각나무 흰 꽃이 그윽함을 다하면, 여름 산길을 가다가 숲가에 호젓이 핀 도라지꽃을 만나 발걸음을 멈춘다. 꽃잎이 다섯 갈래로 갈라진 보랏빛 통꽃이다. 흰 꽃도 있다. 청초한 모습이 하늘의 어느 별에서 별 모양 선녀가 내려와 세파에 물든 사람의 마음을 위로해주는 듯하다.

그리고 옥잠화와 연꽃이 여름의 마지막을 장식한다. 옥으로 만든 비녀 같다는 옥잠화의 희고 큰 꽃은 목을 빼고 앉은 학을 연상케 하여 고고하고, 썩은 뻘 속에서 환하게 피어나는 상징으로 불교의 꽃이기도 한 연꽃은 아름답고 고귀한 모습이 화가들의 훌륭한 제재가 된다.

가을

매미가 울다 간 다음 풀벌레 소리가 높아진다.

가을은 뭐니뭐니 해도 국화의 계절이다. 그런데 국화를 포함하고 있는 국화과의 꽃은 너무나 많아 가지가지 다양하기만 하다. 먼저 취 종류가 있다. 봄나물이나 묵나물의 대표로 꼽히는 취나물인 참취를 비롯하여 여러 가지 개미취가 산기슭과 들녘을 수놓는다. 게다가 쑥부쟁이, 구절초, 고들빼기에 흔히 말하는 들국화도 피어난다. 이들 모두가 국화과에 들어 있는데, 일년초인 백일홍과 코스모스, 구근 식물인 달리아까지 국화과에 든다는 사실은 식물학자가 아니고선 이해하기 어렵다.

여러 쑥부쟁이는 가을빛처럼 소슬하게 꽃핀다. 감국과 산국도 어딘지 외로운 빛이다. 그래서 가을이 시작되었음을 알린다. 이들을 뭉뚱그려 들국화라고도 부르지만, 정식 이름은 아니다. 큰 키에 삐죽삐죽한 잎의 왕고들빼기가 미색의 꽃을 피우고, 구절초 크고 기품 있는 꽃이 한가위 달빛을 담아낸다. 다른 가을 꽃들이 가을을 보내는 꽃 같다면, 구절초는 가을을 맞이하는 꽃 같다. 어차피 가을은 마중과 배웅을 함께할 수밖에 없는 것일까. 그렇게 가을 어귀에서 우리를 기다리는 모습에서 가을이 자못 큰 의미로 다가온다.

가을에 꽃피는 나무는 아니어도 단풍의 계절에 잎이 붉게 물드는 단풍나무와 노랗게 물드는 은행나무는 가을의 정취를 듬뿍 느끼게 한다. 진달래와 화살나무와 붉나무와 담쟁이덩굴의 붉은 잎들도 마지막 인사를 드린다. 군데군데 멍이 든 느티나무 잎이 가을비에 스산하게 흩날린다.

이 가을에 가슴이 아파 잠 못 들고 있는 이 있음을 가을 잎들은 안다. 이별을 앞둔 자연이 인간을 감싸 안으려 해도 헤매는 인간에게는 더욱 깊은 외로움일 뿐이다. 그리하여 '빗속에 산 열매 떨어지고(雨中山果落), 등불 아래 풀벌레 운다(燈下草蟲鳴)(중국 왕유 시인의 시 구절)'는 평범한 시 구절이 가슴을 헤집고 깊이 스며든다. 그 가슴속으로 누군가 속삭이는 소리가 들려온다. '시몬, 너는 듣느냐. 낙엽 밟는 발자국 소리를(프랑스 구르몽 시인의 시 구절).'

그리하여 국화가 가을을 마감한다. '한 송이의 국화꽃을 피우기 위해/봄부터 소쩍새는/그렇게 울었나 보다(서정주 시인의 시 구절).' 예로부터 국화는 많은 시와 그림과 노래의 대상이 되어 왔다. 우리 땅에서도 신라 시대부터 가꾸었다는 기록이 엿보일 정도로 역사적인 꽃이다. 오래 가꾸어온 만큼 빛깔, 모양, 크기로 따져서 모두 그 종류가 가지각색이고 가을마다 열리는 전시회에는 새로운 종류가 줄을 잇는다. 그러니까 국화는 단순히 꽃이 아니라 하나의 문화라 하겠다.

아직도 한창 꽃이 피어 있다가도 서리를 맞으면 그만 시드는 꽃잎이 가련하여, 꽃 옆을 맴도는 가을날이 스스로의 연민을 자아낸다. 삶도 이토록 덧없는가. 그래서 옛 시인이 읊었듯이 '동쪽 울타리 밑의 국화를 꺾어 들고(採菊東籬下), 멍하니 남산을 바라본다(悠然見南山)(중국 도연명 시인의 시 구절)'는 뜻을 알 듯하다.

노란 국화의 뒤안길에 보랏빛 꽃이 숨어 있다. 가을 하늘의 청자빛을 모두 모아놓은 듯 가을꽃의 오묘함을 담은 용담이다. 연보랏빛에서 짙은 청람빛까지 세상 빛깔이 아닌 꽃빛이 바위틈에 숨어 있다니, 용의 쓸개(龍膽)처럼 쓰다는 뿌리로 꽃피워 한 해를 보내는 가을의 절규를 듣는다. '보랏빛 소묘'의 애잔한 모습에 가슴의 상처가 드러나며, 삶을 실어 보내는 마음이다.

꽃이 스러지고 가을이 스러진다.

겨울

우리 땅의 겨울은 혹독하다. 얼어붙은 땅에서 꽃을 보기는 어렵다. 제주에서는 수선화가 겨울에 핀다고는 해도 봄에 접어들어서야 한가득 피는 것이다. 활엽수들도 잎을 떨어뜨리고 헐벗은 나무로 견디며, 준비된 꽃망울들은 두터운 외피를 뒤집어쓰고 움츠리고 있다. 어떤 사람들은 겨울에 피는 꽃에 동백을 끼워 넣기도 하지만, 아무려나 어려운 노릇이다. 동백은 엄연히 봄에 꽃을 피우는 나무로 쳐야 한다.

이제야 추사(秋史) 선생이 '겨울 추위를 지나면서 소나무와 잣나무가 푸름을 안다'고 말한 뜻을 헤아린다. 만물이 죽어 있을 때 소나무와 잣나무는 진정 푸르름을 자랑하며 이 땅의 자연에 생명을 불어넣는다. 이때, 이들은 우리 땅의 모든 나무들을 아울러도 비견할 수 없는 나무로 우리 앞에 우뚝 선다. 특히 소나무는 척박한 땅에서 자랄수록 더욱 늠름하고 빼어난 모습이 된다는 말도 교훈이 된다.

추운 겨울에 침엽수는 자연의 깊이를 더해 준다. 주목이나 구상나무나 향나무도 보람이며 위안이다. 태백산맥의 주목이 고사목으로 군락을 이룬 모습을 보노라면 정신이 번쩍 든다. 살아서 몇백 년, 죽어서 몇백 년이라고 하는 이 나무를 새삼 우러러본다. 삶이란 이토록 준엄한 것이란 말인가!

그리고 대나무가 있다. 어느덧 기후의 변화 덕분에 서울에서도 겨울을 나는 대나무 청청한 잎을 보는 것은 축복이다. 매화, 난초, 국화와 더불어 사군자로 손꼽히며, 줄기가 곧게 자라고 잘 부러지지 않아 선비의 기개를 나타내는 나무였으니, 흠모할 지경인 것이다. 눈 덮인 소나무 가지가 툭툭 부러져 나가는 소

리가 들린다. 대나무 잎새에 이는 겨울바람이 선비처럼 옷깃을 여며 살라 한
다. 우리의 긴긴 겨울이 느리게 지나고 있다.

아아, 제주에서 복수초 피었다는 소식은 언제 전해지려는가. 수선화 짙은 향기
는 언제 전해지려는가.

꽃의 변신(變身)

1

나는 그 구절을 다시 들여다보았다. 너무나 뻔해서 새삼스럽게 들여다볼 거리도 없는 글자들이었다. 어디에도 무슨 비밀이라거나 마술 같은 구석은 없었다. 그런데도 나는 아주 오래전부터 그 구절에서 빠져나오지 못하고 있는 것이었다. 얼마나 오랜 시간, 오랜 세월이 흘렀는가. 따져보면 10년 정도의 세월이 아니었다. 도대체 알 수 없는 노릇이었다. 그러나 나는 또한 알고 있었다. 이제 나이를 먹어, 무심코 몇십 년 전의 일이 머리에 불쑥 떠오를 때 느끼는 시간의 얇음. 과거란 별게 아니라 현재의 다른 모습이라고, 또 미래도 그러하다고 누군가 말했었지. 그래, 그 시간의 뒤섞임. 뒤섞여 얇게 한 장으로 펼쳐지는 박막(薄膜)의 시간. 인생이란 박막의 시간 속에 한 장의 시디로 구워진다.

나는 지금 어디로 가고 있을까. 명분이야 없지 않았다. 나는 이름 모를 꽃을 찾아 남해의 섬으로 왔으며, 섬마을 길을 그저 돌아다니고 있을 뿐이었다. 그리고 내가 때때로 들여다보며 의지하고 있는 글 구절은 다음과 같은 것이었다.

노인이 그 여자를 하나의 꽃가지로 변하게 하니 품속에 간직하였다.

(老人以其女變作一枝花納之懷中)

나라로 돌아온 거타지는 꽃가지를 꺼내어 여자로 변하게 하여 함께 살았다.

(旣還國居阤出花枝變女同居焉)

이 무슨 뚱딴지 같은 소리냐고 할지 모른다. 그러나 앞에서 말했다시피 나는 오래전부터 이 구절을 잊을 수가 없었다. 『삼국유사(三國遺事)』에 나오는 것이었다. 그 앞뒤 이야기야 어찌되든 상관없었다. 단지, 꽃가지로 변한 여자와, 그걸 품속에 넣어 다니다가 다시 여자로 만든 남자가 있었다. 물론 우리나라를 비롯하여 동서양 어디에든 꽃으로 변한 사람의 이야기는 많다. 딸네 집에서 구박 받고 죽어서 할미꽃이 된 할머니라든가 눈에 갇혀 굶어 죽어서 동자꽃이 된 동자승이라든가 물속의 자기 모습에 반해 물가의 수선화가 된 나르키소스라든가 또…… 그렇지만 여자가 꽃가지로 변하고 그 꽃가지가 다시 여자로 변하는 기묘하고도 신비한 이야기는 없었다. 그래서 『삼국유사』에도 '기이(紀異)'라는 편명에 끼어 있을 것이다.

'여자＝꽃'의 비유는 너무 낡아서 어디에 써먹을 수도 없지만, 여기에는 뭔가 다른 점이 있었다. 일찍이 나는 이것이 어떤 종류의 사랑 이야기라고 받아들였다. 나는 비유로서의 꽃이 아닌 실제의 꽃을 위해 남 모를 시간의 노력을 기울여왔다. 일찍이 술꾼으로 우왕좌왕하면서도 늘 식물 쪽으로, 식물 쪽으로 가서 의탁했던 내 마음을 누가 알 것인가. 그러나 누가 알든 모르든 내게는 그것이 생명을 다스리는 일이었다. 내 부서진 삶을 추스르는 일이었다.

그러자 언제부터인가 사람들은 묻곤 했다. 가장 좋아하는 꽃은 무엇입니까. 가장 아름다운 꽃은 무엇입니까. 이런 물음들에 나는 대답할 말을 잊어버릴 수밖에 없다. 잊어버리는 게 아니라 할 말이 없다. 그러나 사람들은 물음을 멈추지 않는다. 책에 대해서 '한 권의 책'을 권해주길 원하는 것과 같은 맥락이다.

어느 날 나는 가장 아름다운 꽃 하나를 소개하고자 하는 마음에 책상 앞에 앉는다. 왜 그런 마음이 생겼는지는 나도 모른다. 게다가 나는 지금 그것이 무슨 꽃일까, 오래 오래 내 마음속에 넣어두었던 의문을 풀겠다는 뜻을 밝히면서, 누군가의 조력을 구하고도 있는 것이다.

이야기는 다소 진부하게 여길지도 모르는 옛날 책 『삼국유사』를 다시 펼치고 시작해야 한다. '진성여왕과 거타지'라는 항목에 내 눈길은 머문다. 거기에 도대체 알 길 없는 이야기가 있는데, 줄거리를 될 수 있는 대로 짧게 요약해본다.

신라 진성여왕 때 정치가 어지러워져서 곳곳에 도적들이 벌 떼처럼 일어났다. 아찬 벼슬의 양패는 사신으로 당나라로 향하며, 진도(津島)를 가로막고 있는 도적들 때문에 군사들을 데리고 갔다. 도중에 풍랑을 만나 이웃 섬 곡도(鵠島)에서 제사를 지냈더니 한 노인이 나타나 활 잘 쏘는 사람 하나를 남겨두고 가면 된다고 알려주었다. 그리하여 제비에 뽑힌 사람이 거타지라는 군사였다. 혼자 남은 거타지가 시름에 겨워 앉아 있을 때, 서해의 용이라는 노인이 나타나서 부탁하였다.

"늘 새벽 무렵에 중 모습을 한 사람이 나타나 주문을 외면서 다른 자손들을 다 잡아먹어서 지금은 우리 부부와 딸 하나만 남았을 뿐이오. 그놈을 활로 쏘아주시오."

거타지는 그러겠다고 대답하였다. 아닌 게 아니라 이튿날 새벽에 그자가 나타나 주문을 외며 용의 간을 빼내려고 하였다. 거타지는 즉시 활을 쏘았다. 활에 맞고 죽은 그자는 실은 늙은 여우였다. 그러자 노인이 나타나 청하였다.

"당신 덕분에 내 목숨을 보전하였으니, 부디 내 딸을 아내로 삼아주시오."

"그러겠습니다."

거타지는 두말없이 그 청에 따르겠다고 하였다. 그러자 노인은 그 딸을 꽃가지 하나로 만들어 거타지의 품속에 간직하도록 하고, 두 마리 용에게 그의 배를 호위시켜 당나라로 가게 해주었다. 당나라 황제는 사연을 듣고 신하들의 윗자리에 앉혀 연회를 차리며 금품과 비단으로 후하게 대접하였다. 이윽고 임무를 마치고 신라 본국으로 돌아온 거타지는 품속의 꽃가지를 꺼냈다. 마침내 꽃가지는 여자로 변했고, 거타지는 그녀와 함께 살았다.

내가 '때때로 들여다보고 의지하고 있는 글 구절'이 등장하는 이야기인 것이다. 거타지라는 사람이 품속에 넣어 온 꽃가지 여자. 세상에 이토록 신비하고 아름다운 이야기가 있을까. 품속에 넣은 그 꽃은 무슨 꽃이었을까. 그 꽃은 얼마나 아름다웠고, 그녀는 또 얼마나 아름다웠을까. 도무지 황당했던 이야기는 내 머릿속에 영롱하게 어린다. 딸을 꽃가지로 만든 노인, 그 꽃가지를 품속에 넣어 온 남자, 꽃가지에서 다시 태어난 여인.

풍랑 많은 어느 계절에 신라와 당나라 뱃길이었던 남쪽 바다의 섬에 가면 그 꽃을 볼 수 있으리라 믿는다. 이름 없는 꽃은 없으며, 이렇게 확실한 꽃에 이름이 더욱 없을 수 없으니, 이름도 알 수 있으리라 믿는다. 그 꽃을 찾아 남쪽 바다의 섬으로 가고 싶다.

지금 사랑이 없는 사람일지라도 그곳에 가면 필경 사랑의 꽃가지 하나를 품속에 넣어 올 수 있을 것이다. 아니, 생활에 얽

매여 가기 어려운 사람은 그 섬을 꿈꾸는 것만으로도 가능할 것
이다. 가장 아름다운 꽃은 마음의 꽃이기도 하기에…… 그 이
름 가르쳐줄 인연을 기다리는 동안 품속에 사랑의 꽃가지 하나
를 소중하게 품을 수 있으리니.

이와 같이 마음먹기는 했어도 내가 막상 그 꽃을 찾아 서울을
떠나기까지는 다시 세월이 꽤 흘렀다. 앞에서 보았듯이 거타지
가 꽃가지를 얻은 섬은 진도로 향하던 길목의 곡도였다. 그러나
그 곡도라는 섬을 알 길은 없었다. 그 대신 진돗개와 삼별초와
「진도아리랑」과 홍주로 잘 알려진 저 진도(珍島)가 머리에 와
닿았다. 하기야 '나루 진(津)'과 '보배 진(珍)'으로, 한자는 엄
연히 달랐다. '나루 진'을 이름으로 가진 섬은 남해안에 없었다.
어쩌면 고유명사가 아니라 보통명사일까. 이런저런 망설임은
나로 하여금 선뜻 집을 나서지 못하게 했다.
하지만 나는 결국 진도(珍島)로 향했다. 『삼국유사』를 펼치
거나 식물에 대해 알아본다거나 할 때마다 그 이야기가 떠올랐
고, 자꾸만 마음에 걸리는 무엇이 커지면 커졌지 사그라들지 않
았다. 매듭을 지어야 한다. 그 꽃을 알아내야 한다. 그러나 한
편 그러지 못하리라는 것도 충분히 짐작이 되었다. 섬의 표기가
다른 것은 그렇다 하더라도, 도무지 그 꽃을 알아내겠다는 뜻부
터가 엉뚱하다고 탓함을 받을 만했다. 결과가 헛되든 말든 상관
이 없었다. 매듭을 지어야, 결판을 내야 했다. 못 찾으면 그것

으로 그만이었다. 내가 할 일에만 최선을 다하면 임무는 완성되는 것이었다.

거제도, 남해도, 완도 등의 제법 큰 섬이 있기는 했으나, 역시 발음만이라도 같은 섬을 먼저 찾는 게 순서가 아닐까 여겨졌다. 인용문에서 보듯이 그 섬에 후백제의 도적 떼가 출몰하기에 거타지가 따라가게 된 섬이므로, 아무래도 전라도의 남서쪽에 자리 잡은 진도를 손꼽을 수밖에 없었다.

진도에 처음 가보는 것은 아니었다. 첫번째는 친구 아버지의 칠순 잔치에 참석하기 위해서였고, 두번째는 「진도아리랑」에 대해 뭔가 보고서를 작성하기 위해서였다. 첫번째는 술이 억병으로 취해 뭐가 뭔지 그만 필름이 끊어져버려서 되돌아볼 근거조차 잊은 여행이었다. 그러나 두번째는 좀 달랐다. 어쩌다가 한 여자와 포장마차에서 스쳐 지나는 만남이 있었다. 어쨌든 두 번 모두 꽃이라는 건 아예 근처에도 얼씬거리지 않은 여행이었다. 그때도 그 꽃은 분명 뇌리에 맴돌고 있었을 텐데 알 수 없는 일이었다. 아니, 뇌리에 맴돌고 있었음에도 일부러 회피했을 가능성이 컸다. 넘기지 못할 먹이를 덥석 물 수는 없을 터였다.

때마침 '풍랑의 계절' 가을이었다. 그런데 진도로 향하면서 문득 두번째 여행에서 만난 여자의 모습이 새삼 또렷이 되살아났다. 떠올리려 해봐도 점점 어슴푸레 흐려지던 모습, 실상 잊어버려도 그만인 얼굴이었다. 꽃과는 더더구나 아무런 관계도 없었다. 그런데 꽃을 찾아가는 여행에 여자가 나타난 까닭은 무엇일까. '꽃＝여자'의 등식 때문은 결코 아닐 것이다. 나는 여자와 만난 지난날을 더듬기 시작했다.

2

　그것은 두번째 진도에 도착한 다음 날 새벽의 일이었다. 이른 잠이 깬 나는 바닷가를 어슬렁거리며 하루를 맞이했다. 오른쪽으로 산모롱이를 낀 길이 눈에 들어온 것은 그런 어느 순간이었다. 특별히 보려고 해야 보이는 길이 아니라 훤히 열린 해안도로였다. 그때까지 눈에 들어오지 않았다는 사실이 오히려 믿기지 않았다. 그 길을 비로소 눈여겨보게 된 것은 누군가가 산모롱이를 돌아 사라지는 모습이 보인 때문인 것도 같았다. 나는 새삼 눈을 부볐다.

　산모롱이를 돌아가는 길은 내게는 늘 그리움을 안겨주었다. 그 길은 모습을 감추며 어디로 가는가. 내가 모를 곳으로 가는 길이 있기에 나는 살아 있음을 안타까이 여길 수 있다고 생각되었다. 삶이란 안타까운 것이었다. 안타깝기 때문에 그리움의 길을 걸으며 가슴에 아득함을 쌓는 것이었다. 그래서 나는 「진도아리랑」을 '산모롱이를 돌아가는 그리움, 삶의 안타까움'에 맞추려는 구상을 머릿속에 굴리고 있었다. 그리고 거기에 알맞춤한 현장을 찾아내 구체성을 띤 리포트를 제출하겠다고 마음먹었다. 바로 그 현장이 눈앞에 나타났다는 느낌이었다. 마을 구비마다 여러 산모롱이들이 있기는 했다. 하지만 바다와 동떨어져 있어서, 섬이라는 환경을 아우르지 못하는 아쉬움이 있었다. 그런데 바닷가 산모롱이를 돌아가는 길이 내 앞에 열려 있었다. 그리고 누군가가 그리로 가고 있었다.

나는 산모롱이를 돌아 사라진 사람의 뒤를 쫓아가기라도 하듯이 부지런히 걸었다. 왼쪽의 바다는 여전히 흐리게 울렁거리고, 오른쪽의 산기슭은 여기저기 노란 각시원추리꽃을 보듬고 길을 에둘러 있었다. 그리고 어느새 산모롱이를 돌았는가 싶자, 뜻밖에 포장집이 몇 채 나란히 서 있었다. 반가움이 밀려들었다. 어떤 사람들은 포장마차라고도 하겠지만, 도심에서 바퀴를 굴려 옮겨다니는 그것과는 달리 제법 버젓한 붙박이 구조가 아무래도 '집'이었다. 좀더 정확하게는 천막이라고 해야 할 것이었다. 아무려나 상관없는 일이었다. 다만 그런 곳이 있다는 것만으로도 행복했다. 숙소에서는 눈에 들어오지 않아, 그런 곳에 무엇이 있으리라곤 생각조차 할 수 없었기에 더했다.

아까 그 사람도 그중 어느 집을 찾아들었으리라. 게다가 아침 식사 시간이 되려면 아직 꽤 기다려야 할 것이므로 무언가 간단한 걸 먹을 수도 있었다. 내 지난 삶에서 포장집들은 빼놓을 수 없는 공간이었다. 특히 경기도 안산에서는 하루도 거르지 않고 그곳을 들락거리는 내가 있었다. 밤에 들어가 새벽 포장을 걷을 때야 일어선 날도 많았다. 그 안에서 내가 누리고 있었던 여유가 몽골 초원의 천막집 게르에 불을 피우고 들어앉은 안온함 같은 것임은 나중에 알았다. 유목민은 천막을 택한다. 그런 까닭에, 나는 어쩔 수 없이 몽골 유목민의 후예였다.

누군가가 탁자에 앉아 있는 집은 한 군데뿐이었다. 여자였다. 산모롱이를 돌아가는 사람을 본 것 같다고 했는데, 그때는 남자인지 여자인지도 단정하지 못했다. 포장집 안에 앉아 있는 여자가 그 사람이라는 확신이 들었다. 아무려나 달리 갈 데도 마땅히 없었다. 아직 새벽이었고, 길에는 아무도 오가지 않았다. 그쪽으로는 마을이 한참 멀었다.

"뭐 좀 없을까요?"

안으로 들어간 나는 기웃거렸다.

"뭐매운탕은 있어도 그냥 뭐는 없어."

냉장고와 수족관에 가려진 구석에 허리를 굽히고 있던 아낙네가 얼굴을 들었다.

"뭐…… 매운탕……"

잠깐, 무슨 말인가 하다가, 그럼 있는 걸로 달라는 대꾸로 맞받았다. 그와 함께 나는 뭐라는 이름의 물고기가 헤엄치는 앞바다를 그려보았다. 일컬어 뭐의 바다였다. 뭐의 바다에 이르러 나는 어떤 여자를 만났다.

예전에 온 섬이어서 분명히 낯설다고는 할 수 없는 곳이었다. 그런데도 떠돌이니 나그네니 하는 말을 떨쳐버릴 수 없었다. 따지고 보면, 이 문제는 첫번째 왔을 때부터 내게 달라붙어 있는 것이었다. 단순히 섬의 풍광 때문만은 아닐 것이었다. 풍광이야, 고려 시대의 유적이 있다곤 해도, 다도해의 다른 섬들과 굳이 구별할 것이 별로 없었다. 그러나 그런 것 때문에 내가 떠돌이가 되고 나그네가 되는 건 아니었다. 문제는, 나 자신에게도 내가 낯선 존재로 여겨진다는 것이었다.

새벽에 눈을 뜬 나는 이곳이 어디일까, 내가 왜 이곳에 와 있을까, 하고 창문부터 열었다. 이곳이 어디인지, 내가 왜 이곳에 와 있는지, 하는 따위는 사실 부질없는 질문이었다. 세상 여러 곳을 돌아다녔지만, 외딴곳에서 늘 겪는 감정이었다. 창문을 여는 순간의 짧은 기다림이 망설임과 함께 빛그늘을 던졌다. 나는 무엇인가 늘 기다려온 것임에 틀림없었다. 무엇을? 모를 일이었다. 하지만 나는 머릿속으로 한마디 깨달음을 정리해두고 싶었다. 삶이란 기다림이다. 지금 창문이 내게 준 말이라고 생각되었다. 여기 있는 동안, 창문을 열 때마다 한마디씩 정리해 둔다면 제법 무슨 명상록이 못 될 것도 없겠지, 하며 쿡쿡 웃음이 나왔다.

삶이란 기다림이다.

그럴듯했다. 그런데, 과연 그렇다면, 내가 기다려온 그것은 무엇이었을까. 알 수 없었다. 기다리고, 기다리고, 기다려온 나머지 나는 나이 들어 엉뚱하게 국토의 남쪽 끝 섬에 와서 아침 창문을 열고 있지 않은가. 엉뚱하게, 라니? 정확하게 말해, 나는 「진도아리랑」에 대한 리포트를 써서 한 문화재 보호 단체에 제출하는 일을 하려고 온 것이었다. 리포트는 '시간-현재'의, '공간-현장'의 생동감을 살려야 한다는 단서가 붙어 있었다. 그러니 '어디'나 '왜'는 도무지 어울리지 않았다. 「진도아리랑」은 가사도 그때그때 즉흥적으로 붙여서 종류가 많은 데다가 지나치게 현실적인 내용을 담고 있었고, 또 의외로 생겨난 역사가 짧았다.

　　전복아, 해삼아, 나를 따라오너라.
　　내 새끼덜 핵교 보낼 엽전하고 바꾸자.
　　아리아리랑 서리서리랑 아라리가 났네.
　　아리랑 응응응 아라리가 났네.

　　나는 「진도아리랑」 가운데 하나를 흥얼거리며, 쓸데없는 망상에 쏠려 있는 나 자신에게서 벗어나려고 멀리 창밖을 내다보았다. 흐린 바다가 저쪽에 밀려들어와 있었다. 지나온 삶의 순간들이 떠올랐다가 사라져갔다. 구체적으로 어떤 순간들인지 곰곰 들여다볼 여유도 없이 사라져가는 얼굴들, 집들, 거리들, 산과 강과 바다…… 나는 여전히 그런 가운데 그림자처럼 서성거리고 있었다.
　　황량한 바닷가였다. 상당히 길게 펼쳐진 백사장으로 보아 한여름에는 해수욕장이 됨 직했다. 그러나 아직 철이 이른 바닷가는 아무것도 없이, 양식장에서 쓰던 것인 듯한 플라스틱 부표가 한둘 나뒹굴 뿐이어서 더욱 을씨년스럽기만 했다. 나는 바닷가를 잠깐 거닐다가 왠지 맥이 빠져 뒤돌아섰다. 흔히 산책을 한다고 말하는 사람들을 만나면, 그 말뜻이 어렵게 여겨졌었다. 아무 생각 없이 거닌다? 아니면 무슨 생각에 골똘히 빠져서 거닌다? 두 가지 다 나로서는 알 수 없는 세계였다.

바닷가 둔덕 위에 바람개비가 돌아가고 있었다. 여섯 개의 반구(半球)가 긴 쇠막대 끝에 달려 있는, 쇠로 만든 바람개비였다. 창문을 열고 내다볼 때는 눈에 띄지 않은 게 이상했다. 어디선가, 전력을 생산하려고 삐죽삐죽한 모습의 바람개비들이 길게 늘어서서 돌고 있는 광경을 본 적이 있는데, 그런 종류 같았다. 나는 둔덕 위로 올라가 안내판을 들여다보았다.

구성: 동력전달장치-회전축-중속기-발전기-변전시스템-
　　　DC에서 AC로 변환-220V 전원 사용
구조: 높이 21M, 회전축 6.5M
제원: DC12V 0KW 15A

자세히 풀이하진 못해도, 전력을 생산하는 바람개비임을 알려주고 있었다. 그렇다고 실제 생활에 요긴하게 쓰이고 있다고는 보이지 않았다. 21m 위에서 6.5m 길이의 바람개비는 느릿느릿 돌아가고 있었다. 특별히 갈 곳이 없는 나는 바람개비처럼 느리게 발걸음을 옮겼다. 저쪽 오른쪽으로 산모롱이를 낀 바닷가 옆길이 눈에 들어온 것은 그 어느 순간이었다. 그리하여 부라부라 발걸음을 빨리했던 것이다.

다른 탁자가 구석에 모여 있는 통에 여자와 비스듬하게 자리를 잡고 마주 앉았다시피 한 나는 그제서야 '뽕할머니집'이라고 검은 페인트로 쓰여 있는 상호를 읽었다. 입구의 걷어올린 천막 자락에 가려 있어서 얼른 눈에 띄지 않았던 것이다. 예전에 왔을 때 이미 '뽕할머니'에 대해 들은 적이 있기는 했지만, 기억은 흐렸다. '뭐매운탕'이 끓여지는 동안 나는 천막 바깥으로 나와 주위를 훑어보았다. 멀지 않은 곳에 바다를 바라보며 호랑이와 노파의 돌 조각상이 서 있었다. 그리고 돌 조각상 밑에 붙여놓은 설명서에서 그곳이 '뽕할머니'의 전설이 어려 있는 바닷가라는 사실을 알았다. 게다가 해마다 음력 2월 말에서 3월 초에 걸쳐 바다가 갈라져 건너편 앞 섬까지 길이 열리는 바로 그 지점이었다. 밀물과 썰물의 드나듦 차이로 길이 열리는 현상을 두고 '모세의 기적'을 갖다 붙인 신문 기사를 본 적도 있었다. 나는 돌 조각상 밑의 설명을 읽었다.

먼 옛날 회동마을에 호랑이의 피해가 심해서 마을 사람들이 모도라는 섬으로 피하면서 뽕할머니 한 분을 남겨놓고 말았다. 헤어진 가족을 만나고 싶은 뽕할머니는 매일 용왕님께 기원하였고, 용왕님의 꿈을 꾼 다음 날 바닷길이 열려 가족들과 만날 수 있었다.

내가 서 있는 곳이 회동이고, 오른쪽 건너편 섬이 모도였다. 바다가 갈라져 생긴 길로 많은 사람들이 오가는 사진도 커다랗게 붙어 있었다. 그 장면은 텔레비전에서도 본 적이 있었다. 길이 드러나기를 기다리고 있던 사람들이 이때다 하고 모여들어 인산인해를 이룬다. 사람들의 손에 손에 조개며 소라며 낙지 들이 잡혀 나오고, 긴 길은 북새통을 이룬다. 진도뿐만 아니라 충청도의 어디에서도, 경기도의 어디에서도 같은 현상이 일어나고 있었다. 프랑스의 몽생미셸도 그랬던 것 같았다. 모세가 홍해를 갈랐다는 게 그런 현상을 이용했다는 설도 나는 알고 있었다. 또한 고구려의 시조 주몽이 부여에서 도망쳐 나올 때 군사들에 쫓기자 앞에 가로막힌 강에 물고기와 자라들이 떠올라 다리를 놓아주었다는 이야기와도 이어지는 것일까, 나는 상상력을 동원했다. 신화란 자연 현상과 인간의 교감을 나타낸다는 소박한 생각 때문이었다. 그런데 막상 뽕할머니가 왜 뽕할머니인지는 알 길이 없었다.

뭐매운탕은 낙지와 조개, 새우를 넣고 끓인 탕이었다. 혼자 먹기에는 너무 많은 양이었다. 아직 아침 식사 전인데, 이걸로 때우겠구나 싶었다. 나는 자연스럽게 그녀에게 권했고, 그녀의 그릇에도 몇 국자 나누어졌다.

"어디서 오셨나요?"

이 시간에 바닷가 포장집에 홀로 앉아 있는 여자란 어떤 여자일까, 궁금했다. 나는 눈에 띄지 않게 그녀의 반응을 관찰했다. 내 물음에 그녀는 육지에서 왔다고만 대답하고, 희미하게 웃음을 지었다. 다행인 것은, 내 접근을 귀찮게 여기지는 않는 듯한 태도였다.

"아까 이쪽 길로 해서 오는 걸 봤는데, 맞지요?"

나는 멀리 바람개비 아래서 본 모습을 떠올렸다. 앞에서 산모롱이를 들먹였지만, 그 모습을 못 보았다면 나는 그냥 발길을 돌려 숙소로 돌아갔을 것이었다.

"아뇨."

전혀 뜻밖의 대답이었다. 그녀는 그 길이 아니라 반대쪽으로 왔다고 덧붙였다. 그녀가 허깨비가 아닌 다음에야 혹시 다른 사람을 잘못 보았을 수도 있는 노릇이었다. 그러나 보라에 가까운 남색 블라우스 빛깔은 그 모습이 입고 있던 옷 빛깔이 틀림없다는 생각이 들었다. 나는 머리를 갸우뚱했다. 하지만 굳이 따질 일은 아니었다. 그녀가 어느 쪽 길로 왔든, 바다가 갈라져 왔든 물고기가 다리를 놓아 왔든 아무 문제가 되지 않았다. 그녀가 현재 내 앞에 앉아 있는 사실만 받아들이면 그만이었다. 그녀가 '아뇨'라고 부인하고 있어도, 나는 받아들이지 않는 마음이었다. 내가 멀리 바람개비 밑에서 본 그 사람은 어김없는 그녀였다. 또한 그래야만 내 행동은 스스로에게 설득력을 갖는 것이었다.

대화는 끊어질 듯, 그러나 끊어지지 않고 이어졌다. 나는 「진도아리랑」은 입에서 꺼내지도 않은 채, 섬에 대해 무엇인가 쓸

요량으로 왔다고 신분을 밝혔다. 그녀는 그저 바람이나 쐴까 해서 왔다고 대답하고 있었다. 대화는 그곳의 아름다운 해안선과 섬들을 거쳐 진돗개로 옮겨 가고 있었다. 당연하고 평범한 순서였다. 우리나라의 꽤 많은 사람들에게 그렇듯이 내게도 진돗개에 얽힌 사연은 있었다. 진도대교를 건너와서 진돗개 전시용 철망 막사를 보았을 때도 떠오른 사연이었다. 봉천동으로 이사하면서 모래내의 아는 집에서 진돗개를 데려왔는데, 어느 날 감쪽같이 사라져 그 먼 곳까지 다시 돌아가 있었던 것이다. 복잡한 도심을 가로지르는 몇십 리의 거리였다. 게다가 혹시 무슨 일이 생길까 봐 통 속에 넣어 꼭꼭 싸매다시피 데려온 터라 그야말로 귀신이 곡할 노릇이었다. 개가, 진돗개가 그 길을 기억해둔 능력은 과연 초능력이라고 해야 했다. 그 뒤로 나는 '진'이라 이름 붙인 녀석에게 결코 정을 주지 않았다. 녀석도 마찬가지인지 나를 보는 눈초리에 냉기가 어려 있음을 나는 놓치지 않았다. 그리고 다른 이야기로, 무슨 사연 축에는 들진 않아도, 진돗개의 혈통을 지키기 위해 섬의 잡종개들을 모조리 잡아먹은 시기가 있었다는 끔찍한 삽화도 있었다.

"하여튼 고려 시대에 삼별초 군대가 몽골과 싸운 섬다워요."

나는 화제를 진돗개에서 돌리고 싶었다. 삼별초의 항쟁과는 떼려야 뗄 수 없는 섬이었다. 그렇지만 도대체 무엇이 그런 섬답다는 것인지, 말을 한 나로서도 자세히 설명할 길은 없었다.

"삼별초……"

그녀는 눈을 깜박이며 귀를 기울였다. 삼별초는 고려의 특수 군대로서, 고려가 몽골의 침략에 대항하기 위해 강화도로 조정을 옮겨 버티다가 못 견디고 항복하게 되자, 끝까지 싸움을 결의하고 새로운 왕을 받들어 세워 진도에 들어온 집단이었다. 하지만 그들도 끝내 몽골군의 공격에 견디지 못하여 섬멸당하고야 말았다.

"어디던가, 고갯길에 그 새로운 왕의 무덤을 알려주는 팻말이 있는 걸 보셨나요?"

"못 보았어요."

그녀는 머리를 저었다. 나는, 왕의 무덤과 그가 탔던 무덤은 있으나 함께 죽은 왕자의 무덤은 어디에 있는지 알지 못한다고, 아는 대로 들려주었다.

"그렇담, 왕자는 어디로 갔을까요?"

"글쎄, 몽골로 잡혀갔는지도."

나는 막연하게 상상했다. 붙잡힌 왕자가 몽골군에 이끌려 어느 산모롱이를 돌아가는 뒷모습이 눈에 어렸다.

"삼별초, 슬픈 역사예요."

그녀의 말소리가 먼 곳에서인 듯 들려왔다. 애초에 나는 역사니 전통이니 하는 딱딱한 이야기는 꺼내고 싶지 않았었다. 그런데 이야기를 하는 동안, 나는 「진도아리랑」의 어떤 요소가 삼별초에 닿아 있음을 궁구해보아야겠다는 생각이 들었다. 아니, 이야기를 하는 동안이 아니라 그녀가 '슬픈 역사'라고 말한 데

238

서 빌미를 얻은 것도 같았다. 빌미는 문득 강렬한 욕구가 되었다. '산모롱이를 돌아가는 그리움, 삶의 안타까움'에 뿌리 깊은 근거를 둘 수 있다고 여겨졌다.

뭐매운탕의 만남은 오래지 않아 끝났다. 포장집을 나온 우리는 각각 반대쪽으로 향하고 헤어졌다. 그녀가 바람개비 쪽으로 난 길을 걸어오지 않은 건 틀림없는 사실인 듯했다. 그뿐이었다. 언제까지 그녀가 섬에 머물지는 모르는 일이었다. 나 역시 그랬다. 나는 「진도아리랑」에 대한 나름대로의 결론만 얻으면 떠나리라는 계획이었다. 말하자면 결론이 마음속에 진도 특산의 홍주처럼 발갛게 무르녹기를 기다리는 날들이었다. 새벽에 황량한 바닷가 바람개비 아래 섰을 때도 그 결론이란 건 오리무중이었다. 그러나 순식간에 나는 달라져 있었다. 결론이 선뜻 다가와 있다는 느낌에 나는 놀랐다. 그렇다고 해서 삼별초의 '슬픈 역사'와 연결된 결론이라고 단정지을 자신은 없었다. 다만, 무엇인지 확연하진 않아도 느낌은 가까이 다가와 있었다.

우리는 아무런 다른 약속 없이 헤어졌다. 그럼에도 불구하고, 불과 몇 걸음도 못 가서, 다시 만나자는 약속을 못 한 것을 나는 후회했다. 이야기를 나누는 도중에 그녀가 어제도 왔었다는 말을 들은 때문이었을 것이다. 나는 아마도, 어제도 왔었고 오늘도 왔으니 당연히 내일도…… 하고 지레짐작을 했는지 모른다. 만나자는 약속을 할 만한 계제가 아니긴 했다. 내일 또 만나게 되면 만나는 거지요, 하고 자연스러움을 연출하려 했던 듯

싶었다. 지나치게 이리저리 재보는 게 내 병폐였다. 섣부른 짓이었다. 매사에 맺고 끊지 못하는 성격 탓이었다. 그렇게 미적거려서 이도저도 안 된 일이 한두 가지가 아니었다.

약속은 없었을지언정 나는 그녀를 만나게 되리라고 믿고 싶었다. '가까이 다가와 있는 느낌'을 놓치지 않으려면 그녀를 만나야 했다. 그녀가 내게 제시할 것은 아무것도 없으리라는 사실을 모르지 않았다. 그것은 온전히 내 몫이었다.

밤새 자는 둥 마는 둥 뒤척거리던 나는 다시 새벽과 함께 문밖으로 나갔다. 내 발걸음은 나도 모르게 바람개비 아래로 향했다. 정해진 길이 있는 건 아니었다. 마침내는 포장집으로 가야 할 발걸음이었다. 나는 그 길을 바람개비 아래서부터 시작하고 싶었다. 바람개비는 여전히 느릿느릿 돌아가고 있었다. 모든 것이 그대로였다. 안심이었다. 나는 어제와 똑같이 시작하고 있는 것이다. 그러므로 아직은 흐릿하기만 한 '결론'의 정체를 확연히 붙잡을 기회를 마련하고 있는 것이다.

나는 바람개비를 올려다보고 나서 산모롱이로 눈길을 돌렸다. 아무도 없는 길만이 산모롱이를 돌아가고 있었다. 바람개비를 스치는 바람 소리가 들려왔다. 아무도 없는 길은 고즈넉하기만 했다. 그런데 이상한 일은, 아무도 없는 줄 알건만 내 눈은 어제의 그녀를 보고 있다는 것이었다. 그녀가 산모롱이를 돌아가고 있었다. 남색 블라우스 차림이었다. 나는 어제와 똑같이 그 뒤를 쫓아 벌걸음을 옮겼다. 자칫 늦으면 놓칠지도 모른다는 조바심이 일었다. 각시원추리꽃도 그대로 노랗게 피어 있었다. 곧이어 호랑이와 뽕할머니의 조각상이 나타났다. 방금 그녀가 사라진 산모롱잇길이었다. 그런데, 웬일일까. 포장집은 앙상한 뼈대만 드러내놓고 있었다.

"무슨, 무슨 일이라도 있나요?"

나는 뭐매운탕을 끓여주던 아낙네에게 물었다. 아낙네는 의자들을 포개놓는다, 술병들을 모아놓는다, 바삐 움직이고 있었다.

"태풍이 온다니까."

아낙네는 별다른 반응을 보이지 않았다. 태풍의 기운은 어디에도 없었다. 그러고 보니 남지나해 어디선가 태풍이 발생해 올라오고 있다는 기상예보를 들은 기억이 어렴풋이 되살아났다. 하지만 내 눈은 아까부터 그녀의 모습을 찾고 있었다. 산모롱이를 돌아 사라진 그녀는 거기 어디에서도 눈에 띄지 않았다.

"지금, 아무도 지나간 사람이 없나요?"

나는 그녀라고는 밝히지 않았다.

"없지, 누가 있어. 여기도 곧 정리하고 들어가야 하는데."

아낙네는 영문을 모르겠다는 얼굴이었다. 믿을 수 없는 일이었다. 그녀는 어디에도 없었다. 그렇다면 내가 본 것은 허상에 지나지 않는 것일까. 나는 어제 그녀를 만난 사실조차 현실의 일이 아닐지 모른다는 엉뚱한 생각이 들었다. 그럴 리는 없었다. 무엇보다도 내 마음속에 홍주처럼 발갛게 녹아 있는 느낌의 용액이 흐르고 있는 것이었다. 삼별초의 '슬픈 역사'가 아니라도 좋았다. 그리움과 안타까움의 모습을 구체적으로 보여준 것은 그녀라는 사실, 그것만이 중요했다.

"그 여자, 저쪽 바다에 약혼자 뼛가루를 뿌렸단 얘길 하던가? 어제 저녁에 또 왔었어. 태풍이 오기 전에 가야겠다고."

나는 아낙네의 말을 한쪽 귀로 흘려버렸다고 생각했다. 그녀와 내가 앉아 있던 포장집이 앙상한 뼈대로만 남아 있는 꼴을 더 이상 보기가 싫었다. 나는 뒤돌아서서 걷기 시작했다. 나 역시 떠날 때가 되었다고, 누군가 내 속에서 외치는 소리가 들려왔다. 그녀가 떠나고 난 다음 산모롱잇길에 남은 그녀의 그림자가 외치는 소리라고 나는 받아들였다.

멀리서 다가오는 태풍을 감지한 듯 바람개비가 어느덧 긴장한 채 돌아가고 있었다.

3

나는 처음에 여자를 만났을 때의 말을 머리에 떠올렸다. 아뇨. 분명히 그렇게 대답했다. 나는 누군가 산모롱이를 돌아가는 사람을 쫓아온 것이었다. 포장집을 지나쳐 앞쪽으로 가는 사람은 없었다. 내가 쫓아온 사람은 여자여야 마땅했다. 그러나 본인이 아니라는 데야 할 말이 없었다. 그럼 좀 전에 산모롱이를 돌아간 사람은 어디로 간 것일까. 나는 그 사람을 뒤따라오지 않았던가.

그리고 마치 허깨비를 본 듯 포장집에 이르렀던 그 이튿날의 일. 여자는 애초에 있지도 않았다는 결론 아닌가. 모든 게 뒤죽박죽이었다. 그러니 하루 전에 여자를 만나 이러쿵저러쿵 대화를 나눈 사실도 환상의 일종일지 몰랐다. 아닌 게 아니라 나는, 나이 들어간다는 것이 환상도 현실임을 깨달아가는 과정이라고 느낀 적이 많았다. 특히 사랑 문제에서 그랬다.

사랑은 환상을 먹고 자란다.

환상이라는 숙주가 있어야만 살아갈 수 있는 기생물인 것이다. 따라서 죽음이란, 소멸이란 환상 속에서 이루어진다. 세상에 어떻게 죽음, 소멸이 있을 수 있단 말인가. 한때 '삶은 뜬구름 하나 일어남(浮雲起)이요, 죽음이란 뜬구름 하나 사라짐(浮雲滅)이라'고 옛날 말씀을 읊조리기도 했지만, 그래도 해석되지 않는 게 '멸(滅)'의 세계였다. 그러니 환상만이 우리를 구제한다…… 나는 여자와의 만남도 그렇게 치부하여 해결하려 했다.

나는 섬의 곳곳을 훑다시피 헤매고 다녔다. 여자와 만났던 바닷가 산모롱잇길 옆에는 여전히 각시원추리가 노랗게 피어 있었다. 당연히 포장집도 그대로였다. 그렇지, 각시원추리! 여자와의 만남에 그 꽃이 피어 있었더랬지. 나는 비로소 환상의 실체를 보는 듯했다. 각시원추리가 피어 있는 한 여자도 존재하는 것이었다. 환상만을 보았다 해도 존재하는 것이었다.

그러나 각시원추리가 내가 찾는 꽃은 아니었다. 각시원추리든 원추리든 섬의 곳곳에서 발견되었는데, 그것은 품속에 넣어 다닐 만한 식물이 못 되었다. 요컨대 풀이 아니라 나무여야 한다는 전제가 따르지 않겠는가. 그래야 품속에 넣고 중국에 갔다가 신라로 돌아오지 않겠는가. 내가 너무 고지식하게 그 꽃가지를 해석하고 있는 것일까. 그것은 실제의 꽃가지가 아니라 하나의 상징에 지나지 않는 것일까. 실은 그런 생각 때문에 나는 오랜 시간 서울을 떠나오지 못했던 것이다. 하지만 상징이라 할지라도 어떤 실마리는 있을 것이라는 강한 유추 혹은 유혹이 나를 자꾸만 들쑤셔대는 걸 나는 견딜 수 없었다.

사랑은 환상을 먹고 살며, 그 환상의 근거는 어디엔가 있을 수밖에 없다.

거타지의 꽃가지는 속삭이고 있었다. 그렇다면 내가 그 꽃을 못 만난다 해도, 찾아 헤매는 공력만으로도 사랑과 환상의 근거를 내 안에 마련할 수 있지 않을까, 나는 점점 믿음을 굳혔다. 한 이름난 산악인이 티베트 야생화를 좋아한 나머지 5년 동안 하나의 꽃만 찾아다닌 일화도 나를 부추겼다. 김춘수 시인의 유명한 시에서 '내가 그의 이름을 불러주기 전에는/그는 다만/하나의 몸짓에 지나지 않았다' 하는 구절도 새삼스러웠다.

그 꽃을 찾아 그 이름을 불러주지 않으면 안 된다.

나는 남쪽 지방에 꽃피는 여러 나무들의 이름과 생태를 기록했다. 서향, 목서, 태산목, 비파, 유자, 비자, 치자, 후박, 동백, 남천, 후피향, 차, 사스래피, 굴거리…… 많은 나무들이 있었다. 기후의 온난화로 어느새 서울 가까이까지 올라온 것들도 꽤 여럿이었다. 이 꽃들 가운데 어느 하나가 거타지의 꽃, 거타지의 여자일까. 아니면 내가 모르는 어떤 종류의 새로운 꽃일까. 아니, 뜻밖에도 나무가 아니라 풀의 한 종류일지도 모른다. 나는 찾아 헤매지 않으면 안 된다. 이미 찾았는데도 미처 그것인 줄 모르고 있다면 더더욱 큰일이 아닐 수 없다. 사랑을 사랑인 줄 모르는 그 어둠 속에 나는 있는 것일까. 답답한 나머지 한 편의 시를 쓰기도 했다. 제목조차 단도직입으로 「꽃」이었다. 누군가 김춘수 시인의 제목이라고 지적해도, 상관없는 일이었다.

사랑을 알고 나서
꽃과 함께 피어난 너의 모습
언제나 그대로
남아 있다
꽃이 졌는데도 그대로
남아 있다
사랑이
꽃 피고 지는 사이를 오가며
있음과 없음 사이를 오간 것이다
그리하여
우리는 하나가 되어

있음과 없음도 하나가 되어

　꽃 하나 받드는 마음이 된다

　언제까지 내가 그 꽃을 찾아 헤맬지는 나로서도 알 길이 없었다. 아마도 '있음과 없음 사이'를 찾아 헤맨다 해도 하는 수 없는 일이다. 다만 그러는 동안 내가 그 이야기를 사실로서 믿게 되었다는 것은 큰 소득이 아닐 수 없는 것이다. 그것은 즉, 거타지의 꽃을 내 꽃으로 받아들이는 과정이었다. 그리고 누구나 그런 꽃 한 가지 가슴속에 넣어 가지고 있다는 것도 새로운 믿음이었다. 그 꽃은 어디엔가 분명히 있다. '꽃 하나 받드는 마음'이 있는 한…… 그렇지 않다면 이 세상에 사랑이란 존재할 수 없다……

　바람개비를 날릴 듯 풍랑이 몹시 이는 날, 그 시를 읽으며 마음속에 꽃가지 하나를 품는 사람으로서 섬을 헤매리라. 그리하여 스스로 거타지가 되어 소중하게 그 꽃가지를 꺼내게 될 때…… 그때를 위해.

꽃의 말을 듣다

1. 티베트의 무지개

행사에 참여하지 않겠느냐는 말을 듣고 가장 먼저 떠오른 것은 한 소녀였다. 나는 그곳에서의 어느 날을 또렷이 기억하고 있었다. 아마도 지독한 고산증으로 시달림을 받아서 더욱 기억에 남았는지도 모른다. 그렇다고 고산증과 소녀가 어떤 관계가 있다는 애기는 아니다. 머리가 어질거리고 속이 메슥거리는 가운데 나는 소녀를 처음 만났고, 며칠 뒤 다시 만났던 것이다.

궁전은 사원이기도 했다. 안쪽으로 들어갈수록 통로는 복잡해졌다. 어둑어둑 비쳐 오는 빛 가운데 세월의 때 혹은 켜를 입은 칙칙한 형상들이 눈에 익으면서 알 수 없는 세계를 열어주고 있었다. 무엇인가 나타나고 사라진다. 통로라고 해야 할지 실내

라고 해야 할지 서로 연결된 내부는 하나의 긴밀한 공간을 이루
며 나누어졌다가 합쳤다가를 거듭했다. 우리의 오방색, 색동저
고리의 색깔이 파랑, 하양, 빨강, 노랑, 초록으로 표현된 게 여
기의 오방색일까. 그러나 내부의 모든 형상들은 암갈색 속에 휩
싸여 있다. 나는 층계를 오르내리며 방방이 그득한 신성(神聖)
을 거치고 또 거쳤다. 파드마삼바바, 총카파, 송첸 캄포 대왕,
그리고 많은 링포체들과 달라이 라마들. 여행에 앞서서 대충 읽
어둔 이름들의 실체가 다가왔다.

　어디쯤일까. 이쪽 방에서 저쪽 방으로 가기 위해서 실내를
나온 나는 어김없이 담배 생각이 났다. 그러나 이곳은 사원의
경내. 나는 이러지도 못하고 저러지도 못하고 머뭇거렸다. 누군
가가 담배를 피우는 사람은 고산병 증세가 없다는 말을 들려주
었었다. 담배를 피운 탓에 희박한 산소에 익숙해져 있기 때문이
라는 그럴듯한 이유도 곁들였다. 그것도 남아메리카의 마추픽
추에 올라서 터득한 사실이라는 것이었다. 나는 그 말에 기대를
걸었다. 티베트 여행은 3천 미터를 넘는 라싸에서부터 고도를
높여가는 행로였다. 시가체, 장체를 지나자 고도는 4천 미터를
오르내렸다. 담배와 고산병은 아무 상관이 없었다. 나는 몸과
머리가 함께 희미해진다고 느꼈다.

　며칠 동안 허청거리며 돌아보고 라싸로 돌아와 마지막으로
포탈라 궁전을 보는 일정에 따라 움직이는 도중이었다. 실내를
나왔다곤 해도 그곳은 아래쪽 방의 지붕에 해당되었다. 아무래

도 담배는 안 되리라 싶었다. 그런 어느 순간, 나는 소녀를 다시 보았다. 누구일까. 얼굴이 어딘가 익다는 생각이 든 순간, 소녀 쪽에서도 나를 바라보았다. 아, 너로구나…… 내가 아는 체를 하자 소녀도 마주 미소를 띠었다. 강변의 길가에 좌판을 벌여놓고 여행객들을 기다리던 소녀였다. 나는 미국 담배 말보로와 중국 담배 중난하이(中南海)를 한 갑씩 샀다. 티베트 담배는 없었다. 가져온 담배에 여유가 있었지만, 다른 물건이라곤 음료수와 껌, 과자뿐이어서 더 확보해놓자 싶었다.

소녀는 며칠 전처럼 청바지 차림이었다. 그래서 내 눈에 쉽게 들어왔음 직했다. 그곳에서 청바지라니 뜻밖이기도 했다. 사실 그리 흔치 않은 차림이었다. 나는 무슨 말인가 건네려고 머뭇거렸으나, 입이 떨어지지 않았다. 말이 우선 짧았다. 저번에 버스를 타며 던진 말은 '짜이지엔'이었다. 나는 그저 미소를 짓는 수밖에 없었다. 무슨 말인가 아주 특별한, 간곡한 말을 하고 싶었다. 그러나 생각뿐이었다. 마음속에 간절한 말이 있음에도 불구하고 내놓지 못하는 상황의 안타까움. 나는 한숨지었다. 그리고 한국으로 돌아왔다.

행사에 참여하기로 마음먹고 나는 한 편의 시부터 썼다. 소녀를 만났을 때 못 한 말을 할 기회라는 생각이 들었다. 내 간절함을 표현하고 싶었다. 소녀에게 전달되고 안 되고는 다음 문제였다. 나 자신을 위해 말하지 않으면 안 된다. 상대방이 응하든 어떻든 나는 마음을 전달해야 한다는 신조를 지녀왔다. 그것

으로 나는 최선을 다한 것이다. 산다는 게 무엇이건대, 이승이
무엇이건대, 못 다 한 말을 가슴에 품고 떠날 수는 없는 노릇이
었다. 그러나 처음 쓴 시는 소녀와는 전혀 동떨어진, 자못 이념
적인 것이 되고 말았다.

> 한국의 새
> 한국말을 하고
> 티베트의 새
> 티베트말을 한다
> 그래도 우리 서로 알아듣느니
> 이 말쏘미 듕귁과 다르니

　겨우 이렇게 써놓고 나는 망연히 앉아 있었다. 시의 앞 다섯
줄에서는, 한국의 새와 티베트의 새가 서로 말을 알아듣는다는
비유를 통하여 우리와 티베트의 만남과 동질성을 이야기했으며,
마지막 한 줄에서는, 한글을 만든 뜻을 밝힌 '훈민정음'에서 따
온 구절을 써서 중국과의 이질성을 강조했다. 요컨대 중국과는
뜻을 나누는 게 다르다는 것이었다.
　어쨌든 소녀는 이념에 묻혀 모습이 감춰지고 말았다. 게다가
어딘가 단순하게 읽히기도 하여, 이래저래 마음이 놓이지를 않
았다. 애초에 행사에 참여하게 된 것부터가 잘못인 듯싶기도 했
다. 어쩔 수 없었다. 이제 와서 그만두겠다고 뒤로 물러날 수는

없었다.

나는 『티베트 사진집』을 뒤적였다. 행사에 참여하기로 결정하고 나서, 어떤 단서라도 발견할 수 있을까, 대뜸 찾아낸 사진집이었다. 행사의 정식 명칭은 '티베트의 길, 자유의 길'이라고 했다. 사진집은 1880년에서 1950년 사이의 티베트 풍경을 찍은 것으로, 영어 제목은 『TIBET-The Sacred Realm』이며, 13대 달라이 라마가 머리말을 썼음이 표지에 밝혀져 있었다. 지금의 달라이 라마는 14대였다. 사진집은 아마도 M이 책방을 열었다가 말아먹고 남은 흔적의 일부이리라. 여러 해 전에 본 적이 있지만, 펼쳐볼 계기가 없어서 '있다'는 것만 잊어버리지 않겠다고 마음먹고 있던 터였다. 달라이 라마의 머리말이라는 페이지를 열어보니, 직접 쓴 필체의 꾸불꾸불한 글이 찍혀 있고 그 밑으로 영어 번역이 곁들여 있었다. 티베트 문장이 영어보다 짧은 것으로 보아 티베트 문자는 함축적일 거라는 생각이 들었다.

사진들은 티베트 풍경과 사원들을 비롯하여 승려들, 관리들, 군인들, 백성들의 모습을 보여주고 있었다. 사진을 찍은 사람들은 당연히 사진작가이자 탐험가였다. 페이지들을 넘기며 클로드 화이트, 다비드 넬, 앨버트 셸턴, 조지 테일러, 일랴 톨스토이…… 등등의 이름과 사진을 보아가던 나는 한 사진에 눈길이 머물렀다. 호숫가에 천막이 세워져 있고 말 두 마리가 땅에 주둥이를 대고 있는 흑백 사진이었다. 1901년, 북쪽 티베트, 스벤 헤딘Sven Hedin. 그리고 그가 쓴 글도 소개되어 있었다.

길! 야생의 야크, 당나귀, 영양들이 헤집고 지나간 길 말고 거기에 다른 길은 없었다. 우리는 만들었다, 문자 그대로 우리의 길을 만들었다. 그 사이에 나는 지방의 길을 지도로 만들고 정상이 눈으로 뒤덮인 거대한 산맥과 굽이치는 미궁 같은 계곡의 면면을 가능한 한 많이 시야에 담아서 내 스케치북 곳곳에 붙잡아두었다.

우리는 미지의 세계로 점점 더 깊이 꿰뚫고 들어갔다. 하나의 산맥을 넘으면 또 다른 산맥이 우리 앞에 서 있다. 지나갈 때마다 새롭고도 신비로운 지평선이, 눈 덮인 정상의 완만하고 또 뾰족한 윤곽선이 길게 이어진 쓸쓸한 풍경이 펼쳐진다.

스벤 헤딘? 내가 알고 있던 그 이름이 이 이름일까. 같은 사람일까. 그렇다 하더라도 확인해보지 않으면 안 된다. 다행히 책 뒤쪽에 약력이 붙어 있었다. 다비드 넬이 프랑스 여자라는 사실과, 일랴 톨스토이가 그 유명한 소설가 톨스토이의 손자라는 사실을 건성건성 읽으며, 나는 스벤 헤딘에 가서 멎었다. 스웨덴의 탐험가(1865~1952). 그렇다면 어김없이 그였다. 20세 때 카프카즈, 페르시아, 메소포타미아를 탐험, 이어 중앙아시아와 타림 분지, 고비 사막, 히말라야, 로브 호수 등지를 탐험. 스웨덴과 프랑스의 과학원 회원. 75권이나 되는 여행기를 남겼다고 했다.

"카프카즈와 로브……"

여행의 자유화와 함께 여러 곳을 가보았어도, 내게 특별한 지명들이어서 새삼스러웠다. 카프카즈는 산맥 이름이었고, 로브는 호수 이름이었다. 전혀 동떨어져 있는 두 곳이었다. 내게도, 그 두 곳 언저리를 지나가던 어느 날들이 있었다. 그러나 무엇보다도 그는 오래전에 이미 내게 실크로드의 로울란〔樓蘭〕 고대 유적을 발견한 사람으로 머릿속 깊이 각인되어 있었다. 나는 책꽂이에서 『김춘수 시전집』을 꺼내 기억을 더듬었다. 그리고 일찍이 내가 읽은 시의 한 구절을 확인했다.

스웬 헤딘이 로브 호의 사구에서 본 것은 귀인의 무덤이 아니라 늑대 뒷다리 부분의 화석이다. 동체(胴體)와 두부(頭部)는 서북쪽을 바라고 구름처럼 뭉개지고 있었다. 타림 분지 머나먼 하늘은 달과 밤뿐이다.

이 역시 제목이 「누란(樓蘭)」이었다. 시인은 같은 제목으로 두 편의 시를 썼다. 나는 다른 한 편을 내 소설에 인용하기도 했다. 그리고 다시 그 언저리를 여행하며 누란의 현지 발음을 로우란으로 할까 로울란으로 할까 망설였었다. 그곳에서 산 포도주병에는 'LOU LAN'이라고 표기되어 있었다. 한 글자씩 떼어 적어놓은 것이었다. 또한 시인은 스벤이 아니라 스웬으로 썼다. 예전에는 그쪽 언어의 'V' 자를 ㅂ이 아니라 ㅇ으로 적는

법도 있었다. 가령 블라디보스톡이 아니라 울라지보스톡으로.

"티베트에 가보셨나요?"

행사에 참여하자고 권유하는 청년은 물었다. 나는 고개를 끄덕거렸다.

"내가 고산증 환자인 줄 처음 알게 됐죠."

도무지 무기력해서 한 걸음 한 걸음 떼어놓는 것도 싫던 기억이 났다. 담배를 피우는 사람은 산소 결핍을 일상으로 삼아서 고산병에 강하다던 그 누군가의 말이 원망스럽게 기억된 것은 그때였다. 하지만 그에게 잘못을 탓해서는 안 되었다. 산소고 뭐고 아예 체질의 문제인 듯했다. 미운 사람 있으면 티베트에 보내라는 말은 결코 우스개가 아니었다.

티베트를 향한 내 관심은 꽤 오랫동안 끈끈하게 이어져온 것이었다. '티베트에서의 7년간'이라는 책이나 영화를 비롯하여 여러 매체에서 본 풍경은 신비로웠다. 그러나 막상 그곳에 대해서 아는 것은 별로 없었다. 라싸의 드높은 포탈라 궁전과 사원들은 실제 어떤 모습이며, 사람들은 어떻게 살아가고 있을까.

그래서 몇 해 전 티베트로 가는 여행 상품이 나오자마자 집을 나섰다. 그런데 중국 청두에서 비행기를 갈아타다가 그만 카메라를 잃어버리고 말았다. 꽉 찬 좌석 맨 뒤칸에 쑤셔박혀 있다가 착륙과 함께 훅훅 숨을 몰아쉬며 탈출하듯 빠져나와 활주로를 걷다가 뭔가 허전함을 느낀 순간, 카메라를 놓고 내린 사실을 알았다. 하지만 이미 때가 늦어 있었다. 카메라는 어디에도 없었다. 이 무슨 변일까. 하는 수 없었다. 여행에서 사진을 찍는 걸 어느덧 소홀히 하여 겨우 한두 장 챙겨 오는 게 고작이었던 터라 그냥 눈으로만 찍어 오자고 마음먹을 수밖에. 여기에는, 내 기억 속에 남아 있지 않은 것은 내 것이 아니다, 그러므로 잊어도 그만이다, 하는 평소의 생각이 작용하고 있기도 했다. 젊을 적의 나는 기록을 소홀히 하여 나중에 글로 옮기는 데 애를 먹으면서, 그 또한 내 아이덴티티라고 스스로 우기지 않았던가.

티베트는 실로 오지였고, 그 풍경은 상상하던 대로였다. 나는 실제의 포탈라 궁전과 조캉 사원을 비롯한 여러 사원들과 스님들, 순례자들, 만년설 덮인 산, 소똥과 야크똥 줍는 사람들, 강과 호수 등을 신비롭게 바라보았다. 타실룽포 사원도 물론 여행 코스였다. 스벤 헤딘이 와서 사진을 남긴 곳이었음을 알았다면 구석구석 더 뜻깊게 살폈을 텐데, 그냥 돌아보았을 뿐이었다. 게다가 나는 사진 한 장 찍지 못하는 처지였다. 그러나 평소의 생각대로, 나중에 기억 속에 남아 있지 않다면 내 것이 아닐 것이므로 그저 열심히 눈에 찍어두는 수밖에 없었다. 유채꽃 노랗게 핀 드넓은 밭은 반갑고도 놀라웠다. 그리고 그곳의 큰 강 이름을 비로소 배웠다. 얄룽창포. 히말라야의 눈 녹은 물이 흐름이 된 강. 인도로 흘러가서 브라마푸트라 강이 된다. 그러다가 잠깐 쉬는 강변에서 미제 깡통이나 담배, 과자, 음료수 따위를 좌판에 벌여놓고 지키고 있는 소녀를 본 것이다. 청바지 차림이 도드라졌다. 사진에서 본 만년설 아랫동네 아이들은 영어가 씌어진 모자들을 쓰고 있지 않았던가. 열 살 남짓 되어 보이는 청바지 소녀는 그러면서 향을 만들기 위해 돌아가는 작은 물레방아도 돌보고 있었다. 향나무를 갈아 앙금을 만들어 벽돌처럼 빚어내는 것이었다. 쓰임새에 따라 잘게 나눠 쓰도록 된 향 덩어리라고 했다. 그런데 이상한 것은, 소녀에게 담배를 사고 좌판을 훑어보는 동안 한국으로 돌아가면 티베트 공부를 좀더 해봐야지 하는 마음이 강하게 일었다는 사실이었다. 파드마삼바바, 총카파의 삶은 어떠했는가. 달라이 라마와 판첸 라마는? 티베트는 러시아와 영국과 중국 사이에서 어떻게 대처했는가. 시인 L이 내게 보내준 『티베트 사자(死者)의 서(書)』에 씌어 있는 삶과 죽음의 정체는?

돌아와서 돌이켜 보면 카메라에 담아 오지 못한 풍경들이 역시 아쉬웠다. 그것들이 내 기억 속에 남아 있는가. 어떤 무엇이 머릿속 가득한데, 어느 경전의 표현대로 '본심미묘'하다고나 할까. 티베트의 어려운 상황을 들으며, 다만 이 같은 기억만을 더듬고 있어야 하는 처지가 안타까울 뿐이었다. 물론 티베트 공부는 여전히 뒤로 미뤄놓은 채였다.

"전 아직 못 가봤어요. 이번 행사는 티베트를 위하자는 건데, 사실 티베트 독립을 돕자는 것까지는 곤란하다고 생각해요."

언젠가 인사동 모퉁이를 지나다가 티베트를 위해 모금한다는 사람들과 마주친 적이 있었다. 현지 사람인 듯 누군가는 노래를 부르고도 있었다. 그 가수가 이번 행사에도 와서 티베트 마두금을 켜며 노래한다고 했다. 몽골에서 연주되던 마두금은 몽골만의 전용 악기가 아닌 모양이었다.

"어쨌든 티베트에서 많은 사람들이 곤경을 겪는다니까……"

"기본적으로 시는 써주셔야지요."

"시?"

시를 써서 행사장에 걸어놓는 것은 도식적이고 낡은 발상이라고 나는 제쳐놓고 있었다. 더군다나 무언가 외치는 데는 서투르게 살아온 나로서는 선뜻 나서기가 망설여졌다. 그러나 어차피 행사는 외치는 쪽의 행사였다. 어정쩡하게 반응하는 동안 나는 어느새 참여 쪽으로 빠져든 셈이었다.

그곳에서 독립을 요구하는 운동이 확산하며 매스컴에 크게 소개된 것이 얼마 전이었다. 중국 군인들이 시위대를 폭력으로 진압하여 많은 사람들이 죽고 다쳤다는 보도였다. 오래전에도 똑같은 일이 벌어졌었고, 위기는 언제나 잠복되어 있었다. 나는 난생처음 고산증이라는 걸 직접 몸으로 겪은 티베트에서의 며칠이 몽환처럼 되살아났다. 결코 쉬운 며칠이 아니었다. 몇 걸음을 걷는 데도 그저 아득하여 모든 것을 그만두고 서울로 돌아가고만 싶었다. 속절없이 쓰러져서 곧장 돌아간 사람도 있다는 말이었다. 그 사람보다는 낫다고 자족하는 게 속편했다. 그런 가운데, 험한 산비탈을 양 몇 마리 몰고 어디론가 가고 있는 사람이나, 어느 골짜기에 아늑하게 자리 잡고 있는 마을을 만나면 마음이 가라앉곤 했었다. 그리고 낯익은 풀 한 포기에 그냥 지나치지 못하고 반가움이 솟아 힘을 얻게 되기도 했다.

얄룽창포 강의 협곡이 내려다보이는 길모퉁이에 밭뙈기가 일구어져 있어서 도대체 무얼 심었을까 살펴보니 반하였다. 천남성과의 여러해살이풀. 큰천남성이며 두루미천남성이며 앉은부채까지 이 동아리에 속하는 식물들을 길러보고자 몇 번 심곤 했으나 잘 되지 않아 속이 상했던 경험이 새로웠다. 반하도 그중의 하나였다. 갸름하고 기다란 꽃덮개가 두루미천남성의 것과도 닮았다. 거담제로 쓰이는 알뿌리를 얻기 위해 재배하는 모양이었다. 티베트의 시장에는 우리 채소들과 같은 채소들이 많았다. 그러나 시장에서와는 또 다른 감회로 나는 반하의 갸름한 꽃대를 바라보았다. 어딜 가나 꽃들을 기억하려는 것은 내 인생이기도 했다.

그리고 라싸로 돌아와 기념품 상점에서 그림 한 점을 샀는데, 많은 티베트 식물들이 그려져 있는 것이었다. 무슨 식물들일까. 한 포기는 물론 잎 하나, 꽃술 하나가 정교했다. 정교하다기보다 어떤 움직임마저 표현되어 있는 듯했다. 그림의 가운데에 늠연한 모습의 부처, 약사여래. 그러니까 내가 이름을 모를 뿐, 티베트 문자로 일일이 이름이 적혀 있는 식물들은 약초가 분명했다. 약사여래의 온몸은 푸르다. 그 푸른빛이 우리들 중생의 아픔에 물들어 그렇다고 누구에겐가 들었다. 그 푸른 몸은 우리들 몸과 마음의 병이 말끔히 낫기까지 언제까지나 그럴 것이다.

일찍이 어떤 식물이 독이 되고 약이 되는지 알아낸 인물은 중국의 신농씨라고 읽은 적이 있지만, 어느 한 사람이라고 꼭 집어 말할 수는 없을 것이다. 티베트의 그림에서 나는 약사여래라고 대답해도 좋다고 생각해보았다. 인류의 병을 낫게 할 신비한 식물의 세계가 그곳에 있다고 믿고 싶었다. 몸과 마음이 병들어가는 만큼 나는 식물의 세계에 의존하는 나를 발견한다. 주목이나 은행잎에서 유명한 암 치료제가 나오고 그 밖에 많은 식물에서 갖가지 신약들이 나온다는 사실은 쉬운 상식이 되어 있었다. 실제로 나 또한 가시엉겅퀴에서 추출했다는 카르두스마리아누스엑스가 든 간장약을 복용하지 않는가. 그러니 약사여래의 푸른 몸을 맑게 하기 위해서라도 우리는 건강해지지 않으면 안 된다고 그림의 약초들은 내게 말하는 것 같았다. 이상한 모습의 그들이 영혼을 내게 불어넣으려고 약사여래를 에워싸고 있는 듯이 보이기도 했다. 그러자 티베트의 불우한 현실을 치유하게 할 명약을 약초들과 약사여래는 알고 있으리라는 생각에, 나는 먼 그곳 하늘 쪽을 쳐다보았다. 그리고 나는 무슨 글인가 적기 시작했다.

　티베트를 위하여 우리가 무엇을 할 것인가,
　티베트를 위하여 우리가 무엇을 할 수 있을 것인가.
　아득하기만 합니다.
　우리의 힘은 아무 데도 미치기 어렵습니다.

외쳐도 메아리마저 들려오지 않습니다.

그러나 주저앉아 있을 수만은 없습니다.

그러기에 우리는 기도합니다.

티베트를 위하여 기도합니다.

그것이 우리를 위한 길이기도 하기에 말입니다.

티베트를 위하여 오늘 우리는 기도합니다.

적어놓고 읽어보니 구체적인 내용은 어디에도 없이 뜬구름 잡는 글에 지나지 않다고 판단되었다. 나는 다시 『티베트 사진집』을 뒤적거리며 행사에 어떤 방식으로 참여할까 생각을 좁혀가고 싶었다. 말마따나 기본적으로 시는 한 편이라도 써내야 할 것 같았다. 하지만 스벤 헤딘이 머리에서 떠나지를 않았다. 사진집에 실린 그의 사진은 여러 장이었다. 황량한 바위산과 강변의 풍경과 타실룽포 사원, 관리들, 군인들, 백성들. 사진들은 하나같이 그의 탐험에 걸맞은 어떤 무엇으로 행사에 갈음하라고 부탁하는 듯싶었다. 지금의 여행과 그때의 탐험에는 엄청난 차이가 있을 것이었다. 나는 그의 어려운 길을 걷는 심정이 되고 싶었다. 그래야만 조금이나마 티베트의 현실에 동병상련으로 동참하는 격이 되리라 싶었다.

"카프카즈와 로브 호수⋯⋯"

나는 그곳으로의 탐험을 행사 어디에 담고 싶었다. 로브 호수가 있던 지역은 그래도 가까운 편이긴 해도 카프카즈는 먼 곳이었다. 티베트하고 아무런 직접적인 연관이 없었다. 다만, 내가 들여다보고 있는 티베트 사진을 찍은 스벤 헤딘이 처음 탐험한 곳일 뿐이었다. 그럼에도 그곳이 뇌리에서 떠나지를 않았다. 러시아의 대표적인 시인 푸슈킨이 마지막 살다 간 집의 서재에 걸려 있던 긴 칼이 떠올랐다. 그곳에서 가져온 것이라 했었다. 나는 흑해로 가기 위해 카프카즈를 지날 때 그것과 똑같지는 않더라도 비슷한 칼을 사려고 상점을 기웃거렸었다. 너무 비싸지는 않을까 걱정이었다. 그러나 그런 걱정은 쓸데없었다. 진열대에는 진짜 칼은 없고 기념품으로 만든 조잡한 것들만 늘어놓여 있었다.

카프카즈는 유배지이기도 했다. 귀족이었던 푸슈킨이 자유주의 장교들의 개혁 운동에 끼어들었다가 그곳으로 유배를 갔던 사연은 여기서는 자세히 다룰 시간과 공간이 없다. 다만, 푸슈킨의 서재에 걸려 있는 긴 칼이 그냥 가져온 게 아니라 그 유배의 소산이라는 사실은 알아둘 필요가 있을 것이다. 훨씬 뒤에 소설가 톨스토이도 그곳에 갔다가 「카프카즈의 포로」라는 소설을 썼는데, 이 제목은 푸슈킨이 이미 쓴 것을 따온 것이라는 사실과 함께.

칼은 사지 못하고 나머지 무료한 시간을 보내기만 한 그곳의 카페가 한가하게 눈앞에 어렸다. 상점에서 나온 나는 어둑어둑한 거리를 걸어가고 있었다. 아침에 무얼 먹었던가, 나는 겨우 커피 한 잔을 마신 것뿐이었다.

모든 한 잔의 커피는 러시안룰렛처럼 6분의 1 확률의 무슨 운명을 띠고 있다고 느끼는 순간이었다.

카프카즈에 관한 연상이 지나치게 감상적으로 흘렀지만, 사진집을 보면 볼수록 나는 스벤 헤딘이 왜 내 뇌리에서 떠나지 않는지 알 듯했다. 그의 고난에 찬 탐험의 저편에서 그가, 푸슈킨의 칼을 뽑아들고 나를 응시하고 있다고 한다면 과장일까. 어쨌든 나는 탐험, 독립, 자유 등등 지고지선의 모든 것을 뭉뚱그려 나타내려 하고 있는 것이었다. 내가 티베트를 위하여 도움을 줄 방법이나 역할이 무엇일까. 별달리 떠오르지도 않았다. 그러므로 여기 가만히 앉아서 할 수 있는 만큼만은 충실해야 한다. 그것을 스벤 헤딘의 사진이 말하고 있었다. 나 자신 오래전부터 다져온 뜻일 수 있었다. 생각할수록 막막한 작업이었다. 행사 담당자는 전화에 대고 어느덧 지난 마감 일자를 거듭 밝혔다. 내 욕심이 지나친 것일까. 그러나 이러쿵저러쿵 더 이상 머뭇거리고 있을 겨를이 없었다. 시를 써야 했다. 소녀를 향한 간절함을 말해야 했다. 그리하여 서둘러 적은 제목, 「티베트의 야크똥 줍는 소녀」.

얄룽창포 강변에서 소녀는
겨울 땔감 야크똥을 줍는다
돌흙길 비탈길 멀리 하늘 너머
천장(天葬) 터 새들이 발라먹은 뼈다귀빛

하얀 눈이 내릴 때
야크똥 연기는 향(香)이 된다
봄부터 가을까지
순례자를 태운 트럭이 기우뚱거려
카일라스로 가는 길은 먼지로 자욱하고
수미산, 수미산,
웅얼거리며 두 손 모으며
옴 마니 밧메 훔, 오체투지하는 사람들
강변 머나먼 길은 하늘로 향한다
그 길 바라 소녀는 야크똥을 줍는다
히말라야를 넘다가 죽은 사람들
어디론가 사라진 사람들
바람 소리가 사랑하는 소녀의 정강이뼈 피릿소리라고
빈 밥그릇이 사랑하는 소년의 해골바가지라고
기도하며 사라진 모습들
소녀는 야크똥 땔감을 향으로 줍는다
땔감이 향이 되는 얄룽창포 강변의
소녀의 손길
그것이 소녀의 오체투지
사라진 사람들을 위하여
겨울 야크똥 연기의 향을 피우기 위하여
높은 산과 긴 강이 하나 된 소녀의 오체투지

소녀는 야크똥을 줍는다
말없이 야크똥을 줍는다

나는 소녀가 야크똥을 줍는 모습을 목격하지 못했다. 야크는 히말라야 고산지대에 살고 있는 짐승이었다. 티베트에서는 겨울 땔감으로 쓰기 위해 어디에서든 쇠똥, 야크똥을 널어 말리는 광경을 볼 수 있었다. 그러니까 소녀는 쇠똥, 야크똥을 땔감으로 줍는 여자가 시화(詩化)된 모습이었다. 그리하여 소녀가 돌보던 물레방아에서 만들어지던 향이 야크똥 태우는 연기의 향으로 살아나는 과정과, 티베트에서 흔히 볼 수 있는 오체투지의 사람들이 어울린 세계를 담으려고 애썼다고 해야 했다. 천장이란 조장의 일종이었다. 사람이 죽으면 산에 올려놓고 새가 먹기 좋게 갈가리 찢어놓는다. 그 역할을 맡은 사람은 따로 있었다. 일찌감치 독수리들이 빙빙 돌며 기다리다가 주검의 살점이며 내장이며 골수까지 말끔히 발라먹는 것이었다. 이런 천장 터 풍경까지 곁들여 소녀를 중심인물로 들여앉힌 시였다.

나는 먼저 쓴 시에서처럼 다시 망연해졌다. 고산증이 되살아났다고 해도 될 법했다. 게다가 이제껏 그토록 나를 짓누르던 스벤 헤딘의 세계는 그대로 미해결이었다. 해결이라는 낱말 대신에 화해라거나 극복이라는 낱말을 써도 결과는 마찬가지일 것이었다. 나는 도리어 외면하고 있었다.

더 나아가지 않으면 헛일이었다. 다시 사진집에 의존해야겠다는 마음이 일었다. 군인들이 있었다. 군인들은 긴 총의 총신을 받침대에 올려놓고 '엎드려쏴' 자세를 하고 있었다. 뒤에 서 있는 지휘관인 듯한 군인은 뾰족한 패랭이 같은 군모를 쓰고 칼을 뽑아 앞쪽을 가리키고 있었다.

여기서 다시 '그렇다면' 하는 말을 쓰지 않으면 안 된다. 이렇게 시를 쓰고 나자 좀더 적극적으로 참여해야겠다는 의욕이 부추겨지는 것도 사실이었다. 나는 골똘히 생각했다. '그렇다면, 그림'이란 말인가.

언제부터인가 그림에 빠져들어 틈틈이 붓을 들어왔다. 처음에는 동아센터와 화가 Y의 집에도 드나들었다. 데생이며 스케치며 기본이 아예 없는 내가 갈 수 있는 길은 어디일까를 궁구한 과정이었다. 그림이란? 나는 알려고 헤맸다. 그러다가 그림이란 그리면서 터득해야 한다는 평범한 교과서에 눈을 돌렸다. 예술이란 그것이 무엇인지 알아가는 과정 자체였다. 모든 것은 인생과 같다는 것. 뜻대로 되든 안 되든 상관없었다. 핵심이 확연히 있는 게 아니었다. 그러므로 핵심을 얻기 위해서, 다만 그린다는 것. 꽃도 그리고 산도 그리고 새도 그렸다. 염전도 그리고 협궤열차의 기찻길도 그렸다. 인도 녹야원의 초전법륜탑도 그렸다. 어림해보니, 예닐곱 해는 헤아리는 세월이었다.

행사가 행사니만치 뭔가 강렬한 메시지를 생각하지 않으면 안 되었다. 행사의 취지대로, 중국이 보다 철저하게 티베트를 지배하려는 정책에 항의하는 내용이 담겨야 했다. 나는 마음을 가다듬었다. 때마침 집에서 쓰던 실리콘에 눈이 간 나는 그것으로 무엇인가 그리자고 마음먹었다. 빗물이 새는 창문틀을 메꾸고 남은 것이었다. 실리콘으로? 가능하다고 생각했다. 그리고 티베트의 대표적인 동물인 야크가 떠올랐다. 시에는 직접 등장도 못 하고 겨우 똥을 내세워 등장하는 짐승. 그래서는 안 된다. 야크라는 갸륵한 동물의 기도를 그려야 한다. 내친걸음이었다. 그림을 그리기로 작정하기까지가 어려운 과정이었다. 티베트의 새가 나를 이끌었을까, 하는 생각과 더불어 새는 소녀의 모습으로 날고 있기도 했다. 새는, 야크똥 줍는 소녀에게 야크의 길을 가르쳐주고 있었다.

실리콘은 거칠게 뿜어졌다. 숙련된 손이 아닌 탓이었다. 그래도 하는 수 없었다. 구도는 설산과 평원과 강이 있는 풍경이었다. 그런데 막상 야크는 커다란 뿔로만 한가운데 덩그렇게 그려졌다. 어쩌면 하늘에 기도를 올리는 두 손을 형상화한 것 같기도 했다. 야크는 뿔로만 남아 있는가. 그러나 그 뿔은 살아 있는 뿔이라고 나는 나름대로 의미를 붙였다. 야크는 대지 속에, 산과 강 속에 살아서 뿔을 드러내고 있으며, 따라서 언제까지나 죽지 않는 생명을 상징한다.

야크의 뿔을 그리고 난 나는 격앙된 심정을 쉽게 달랠 수가 없었다. 앞에서 내친걸음이라고 했지만, 직설적인 메시지로 더 나아가 붓을 움직이고 싶었다. 마침 인사동 홍백화랑에서 가져온 캔버스도 나를 기다리고 있었다. 언젠가는…… 하고 준비해

둔 것이었다. 그 언젠가가 닥쳤으니, 숨을 고를 틈도 없었다. 제14대 달라이 라마가 말을 타고 히말라야를 넘어 인도로 망명할 때의 흐릿한 사진을 넣은 사진틀이 한가운데 배치되었다. 그는 중국의 압제를 피해 인도의 다람살라로 가서 망명정부를 세웠다. 여전히 산과 들과 강이 있는데, 달라이 라마로부터 비쳐 나온 무지개를 그린 것이다. 여기에 대해서는 티베트 신화가 작용했다. 티베트 신화에서는, 관세음보살인 첸리시 보살이 무지개를 수컷 원숭이에게 보내 인간으로 진화하게 했다고 한다. 달라이 라마는 이 무지개를 '에너지' 또는 '좋은 인연'이라 불렀다. 7세기에 티베트를 통일한 송첸 캄포는 첸리시 보살과 인연이 있었고, 죽어서 무지개로 변해 첸리시 보살의 목상(木像) 속으로 들어갔다고 전해지고 있었다.

그러니까 달라이 라마에게서 비롯된 무지개가 설산 너머 하늘로 떠서 전 세계, 온 우주로 뻗쳐 나간다는 메시지를 신화적으로 그리고 싶었던 것이다. 모든 것이 순간적인 충동에 따른 과정이었다. '티베트를 위하여 오늘 우리는 기도합니다'라는 글의 '기도'의 내용을 무지개로 채우고 싶은 마음이 그렇게 움직이게 했다고밖에는 말할 수 없었다. 그러지 않고서는 '기도'는 허공에 맴돌기만 했을 것이었다.

마지막으로 무지개의 보라색을 길게 뻗쳐 그린 나는 캔버스 옆에 쓰러지듯 벌렁 드러누웠다. 내가 그림을? 뜻밖이라든가, 뿌듯하다든가 사족을 달 필요는 없었다. 이미 그려진 것이었다.

다만, 스벤 헤딘은 이제 극복되었는가 하는 문제는 아직 미지수였다. 모를 일이었다. 그것은 내가 판단할 문제가 아니었다. 더 이상 어쩌는 수도 없었다. 그것으로 행사에 참여하면 그만이었다. 나는 할 수 있는 능력껏 한 것이었다. 소녀에게 내 마음을 전달하는 길은 어디 달리 있을 것 같지 않았다. 소녀는 오늘도 아무 일 없이 안전하게 좌판 앞에서 담배와 음료수를 팔며, 향 만드는 물레방아를 돌보고 있을까. 위험이 닥치지 않기를 바랐다. 그리하여 나의 또 다른 '짜이지엔'이 전달될 수 있기를. 포탈라 궁전에서 소녀에게 던진 마지막 말도 겨우 그것이었다. 뭔가 미진하고 안타까웠다. 간절한 마음을 담은 말은 허공을 맴돌 뿐이었다.

그런데 그림을 그려놓고 나자 내 머리를 치는 깨우침에 나는 퍼뜩 몸을 일으켰다. 소녀에게 무심코 던진 '짜이지엔' 때문이었다. 또 만나자는 그 말만큼 간절한 말은 없었다. 헤어진 뒤에 또 볼 수 없는 수많은 만남이 있었다. 이 세상 어디에서도 또 만날 기약이란 없는 수많은 아픈 이별이 있었다. 그 만남들에게 만사 제쳐놓고 가장 절실한 것이 다시 만날 약속인 것이다. 그것은 단순히 지나가는 인사가 아니었다. 이승에서 진정 할 말이라곤 그것밖에 없었다.

그런데, 그런데, 소녀를 향한 그 말은 '짜이지엔'이라는 중국 말이어서는 안 된다는 사실을 나는 비로소 깨우친 것이었다. 티베트말, 티베트말이어야 한다. 그랬었군. 나는 저절로 탄식이 새어나왔다. 티베트 사람들이 중국의 정책에 맞서서 자기 말을 지키려고 안간힘을 쓰고 있다는, 다람살라 르포를 본 기억이 드디어 생생하게 떠올랐다. 그렇지만 나는 티베트말은 인사말 한마디 배워 오지 못했다. 아니, 배울 마음조차 없었다. 부끄러웠다. 아, 소녀를 만나 티베트 인사말 한마디만 해줄 수 있다면.

그때 어디선가 티베트 무지개의 빛깔이 스쳐 지나간다고 느꼈다. 그것은 이제야 안 것만 해도 축복이라고 알려주려는 빛으로, 얄룽창포 강변과 포탈라 궁전의 청바지 소녀의 머리 위를 지나온 것이라는 생각이 들었다. 나는 몸을 바로 하고 멀리 있는 소녀를 향해 기도하듯 말했다.

안녕, 또 만나.

우리말이었다. 그와 함께, 맨 처음에 쓴 시를 다시 들여다보았다. '한국의 새/한국말을 하고/티베트의 새/티베트말을 한다/그래도 우리 서로 알아듣느니/이 말쏘미 듕귁과 다르니'. 서로의 말을 알아듣는다는 구절이, 새들의 울음소리로 하늘에서 울려오기라도 하듯 나는 귀를 기울였다. 그리하여 누군가가 내 행동에 대해 묻는다면, 티베트의 무지개가 이어주는 만남의 길을 바라보는 중이라고 대답해주어야지, 하고 나는 먼 하늘을 우러렀다.

2. 꽃의 말을 듣다

무인구(無人區)란 무슨 뜻일까. 그런 곳이 세상에 있다는 상상만으로도 내 흥미를 끌기에 충분했다. 더군다나 그곳은 단순히 사람이 살지 않는 구역이라는 뜻으로만 쓰이는 것이 아니었다. 티베트의 오지에 속하는 그곳은 날아가던 총알도 멈추게 되며 나침반이 방향을 가리키지도 못하는 곳이라고 했다. 정말 믿거나 말거나였다. 나는 순간 프레데릭 브라운이라는 소설가의 단편소설이 머리를 스쳤다.

마지막 원자전쟁 뒤, 지구는 죽었다. 아무것도 자라지 않고, 아무것도 살지 않았다. 마지막 사람이 방 안에 앉아 있었다. 그때 누가 방문을 두드렸다.

물론 이 단편소설은 무인구와는 아무런 관련이 없었다. 나는 이것이 소설 한 편의 전부인 '가장 짧은 소설'이라는 사실로서 알게 되었을 뿐이었다. 그런데 난데없이 무인구라는 말이 덧씌워지게 된 것이었다. 그리고 잊어버렸던 어느 날 새벽녘의 풍경이 되살아나기 시작했다. 하지만 그 풍경이 더욱 또렷해지자면 나는 몇몇 산기슭을 더 헤매지 않으면 안 된다는 생각이었다. 도대체 무인구란 어떤 곳일까.

그것은 얼마 전 산악인들의 모임에 갔다가 한 권의 책을 소개받음으로써 내게 다가온 말이었다. 그 책은 국가금구(國家禁區) 지역으로 지도에서조차 지명을 찾을 수 없는 미지의 세계를 탐험한 책이라고 했다. 티베트, 무인구, 국가금구, 모두 생소하기 이를 데 없는 말이었다. 나는 귀를 기울였다.

"여러 차례 시도한 끝에 티베트 측으로부터 공동 탐험 제의를 받아 세계 최초로 무인구를 횡단하게 된 것이지요."

그 책은 저자가 무인구를 탐험한 기록을 사진으로 담아 펴낸 것이었다. 수억 년의 세월이 묻혀 있는 심오한 땅, 돌 하나도 태초 그대로의 것인 무인구를 느낌 그대로 카메라 필름에 담았다고 했다. 이 책을 통해 인간의 손이 전혀 닿지 않은 자연의 장엄함과 태고의 신비함을 느낄 수 있으며, 미지의 세계를 탐험하는 탐험가의 열정과 정신에 감화되리라는 선전문이 곁들여져 있었다.

'수억 년의 세월이 묻혀 있는' 그 땅에서 내가 원자전쟁 뒤의 죽은 지구를 본 것은 옳은 일이었을까. 나는 누구에겐가 지구의 재앙을 쓴 글들이 숱하게 인류의 고전으로 남아 있다고 말했던 기억을 되살려보았다. 지금 우리가 살고 있는 시대야말로 재앙의 시대라고 걱정될 때, 이 짧은 과학소설은 많은 생각을 머금게 한다고도.

방문을 두드린 것은 누구였을까. 사람이 아닐지도 모른다. 아니, 마지막 그 사람 스스로인지도 모른다. 그러나 그가 어떤 존재든지 상관없이, 작가로서의 또 다른 모습이리라고 나는 상상한다. 그러므로 우리는 쓰지 않을 수 없다고, 방 안에 남아 있는 마지막 한 사람일망정 참다운 삶을 일깨우려면 쓰지 않을 수 없다고, 그것이야말로 삶의 본령이라고 나는 깨달았던 것이다.

그러나 실상 위의 '가장 짧은 소설'은 우연히 내 눈에 띈 것이었다. 내가 일찍이 '가장 짧은 소설'이라고 기억하고 있었던 작품은 다른 것이었다. 어디서 보았더라? 나는 이 책 저 책을 뒤적거려서 찾아내기에 이르렀다. 하마드 렐리호라는 소설가가 쓴 「독일군의 선물」이었다.

전쟁이 끝났다. 그는 독일군에서 되찾은 고국으로 돌아왔다. 불이 침침한 길을 그는 급히 걷고 있었다. 어떤 여인이 술 취한 듯한 목소리로 말을 건넸다.

"어디 가시나요? 우리 집에 가는군요. 그렇죠?"

그는 웃었다.

"아니요. 난 내 색시를 찾아가고 있소."

그는 여인을 돌아보았다. 두 사람은 가로등 옆으로 왔다. 그러자 여인이 갑자기 소리쳤다.

"앗."

그가 여인의 어깨를 잡아 불 밑으로 끌어당겼다.

그의 손가락이 여인의 살 속으로 파고들었다. 눈이 빛났다.

"요안!"

그는 여인을 포옹했다.

과연 짧은 소설이었다. 대학생 때 이 소설을 읽은 나는 전쟁의 비극을 간단명료하게 그린 사실에 놀랐었다. 나아가서 전쟁의 비극을 넘어 사랑의 의미를 부각시키고 있는 점이 마음을 움직였다 할 것이었다. 그런데 그다음에 이보다 더 짧은 소설이라고 소개되어 있는 작품이 있었다. 이번에는 전쟁이라고 할지라도 더욱 근본적인 파국을 다루고 있었다. 그것은 국지적인 승패가 아니라 지구의 종말을 다루고 있었다. 무인구와 종말. 불과 네 개의 문장 어디에도 무인구를 말하는 부분은 없었지만, 나는 티베트의 황량한 풍토를 머리에 떠올렸다. 산악인들과의 모임에 참석한 여파 때문인지도 몰랐다. 몇 해 전에 티베트로 가서 고산병에 시달린 경험도 되살아났다. 나는 '새들만이 오갈 수 있는 금단의 나라 티베트'라는 책의 안내문을 들여다보았다.

티베트 무인구 대탐험 | ISBN 978-89-8222-353-2 | 타블로이드 변형 | 양장 | 164쪽 | 값 100,000원

저자는 티베트의 라싸 대학을 방문했을 때 총장으로부터 신기하고 호기심에 찬 이야기를 들을 수 있었다고 했다. 창탕(羌塘)의 북부 고원에 사람이 살지 않는 무인 지역이 있다는 것이었다. 그곳은 현재 사람이 살 수 없음은 물론 미래에도 범접하지 못할, 베일에 싸인 신기한 세계이며, 국가금구 지역으로 출

입이 불가능한 곳이라는 것이었다.

"이 책에서 다루는 티베트의 '정복되지 않은 대지'는 마치 이 세상 풍경이 아닌 듯 아름답고 평화로운 티베트의 자연을 있는 그대로 전해줍니다. 1억 년 전 바다 밑이 솟아올라 수천 년 전 기억을 간직한 소금호수, 형형색색의 고원 등이 끝없이 펼쳐집니다. 사람 흔적이 없는 무인구에서 뛰노는 야생 당나귀 떼, 야생 야크와 티베트 영양 치루 등 희귀 동물의 모습은 '거대한 자연 동물원'으로 티베트의 대자연을 느끼기에 부족함이 없습니다."

사회자는 안내문을 충실히 소개하고 있었다.

티베트의 총면적은 122만km²이며, 6개 행정 자치구로 구분되어 있다고 했다. 그중 나취〔那曲〕지구 일부와 아리〔阿里〕지구 일부가 창탕 고원으로 들어 있다. 창탕은 북방의 하늘이라는 뜻으로, 창탕 고원의 북쪽으로는 쿤룬〔崑崙〕 산맥과 커커시리〔可可西里〕 산맥, 동쪽으로는 녠칭탕구라〔念靑唐古拉〕 산맥과 헝뚜안〔橫斷〕 산맥, 서남쪽으로는 히말라야 산맥과 깡디스〔崗底斯〕 산맥으로 둘러싸여 있어 밖에서 안으로 들어갈 수 없는 폐쇄된 지역이다. 북부에 있는 쿤룬 산맥과 커커시리 산맥 밑으로 지세가 높고 생태 환경이 특수한 지역이 있는데, 이곳을 무인구라고 부른다. 무인구는 지도에서는 지명을 찾을 수 없다.

창탕 고원의 면적은 60만km²이며 그중 20만km²는 무인구 지역으로 평균 해발고도는 5천m다. 1년 중 8개월은 매우 추우며 특수한 자연환경 덕분에 무인구의 신비스러운 면모를 간직하고 있다. 끝없이 펼쳐진 설원과 황막한 고원, 신비스러운 소금호수와 민물호수, 그리고 그곳에만 서식하는 야생동물과 조류, 고산식물, 이 모든 것들이 태초의 심오한 모습으로 펼쳐져 있다.

저자는 1962년 한국 최초 히말라야 진출, 1971년 최초의 8천m급 로체샤르 원정, 그리고 1977년 한국 에베레스트 초등에 성공하였다. '무인구'라는 말을 한국에 처음으로 소개한 탐험가로 세계 최초로 티베트 무인구 횡단에 성공한다. 무인구의 생태계 연구자료를 수집한 공로를 인정받아 티베트과학조직위원회로부터 '장북고원 무인구를 세계 최초로 탐험한 과학자'임을 증명하는 인증을 받기도 하였다. 이렇게 약력을 살펴면 알 만한 사람은 다 알겠기에 그의 실명은 생략해도 되리라 여겨진다. 어쨌든 나는 그가 여러 산악회에 관여하고 산행 기록을 남긴 사실을 읽어나가다가 특히 티베트의 꽃에 대해 책을 쓴 부분에 눈길이 쏠렸다. 그리고 책의 어떤 페이지에 들꽃들이 와그르르 쏟아져 피어 있는 골짜기 사진.

내가 티베트를 여행하게 된 것은 루이[如意]가 고향으로 돌아가고 나서였다. 그녀는 한국에 와서 한국어를 공부하며 특이하게도 티베트 문화에 심취해 있었다. 대학의 경영이 어려워지자 중국에서 학생들을 모집해 와서 학생 수를 메꾸는 일이 흔해진 마당에 그녀도 그저 그런 여학생이려니 했던 나는 그녀를 눈

여겨보았다. 그녀는 내게 한국어를 배우는 학생이라기보다 중국으로 틔어 있는 창구로서 더 중요한 역할이었다고 해야 할 것이다. 다 알다시피 티베트는 달라이 라마가 히말라야를 넘어 인도로 망명하고 정세가 어지러웠다. 루이는 자기 할 일이 없음을 한탄하고 있었다. 몇 해 사이에 문을 연 티베트 찻집에 자원봉사자로 나가서 티베트 전통차나 소품들을 팔거나 가끔 광화문 거리에 나가 티베트 티셔츠를 팔며 소극적인 시위를 하는 정도였다. 하기야 그녀가 아니더라도 나는 티베트에 언젠가 한 번은 가보리라 했었다.

　'별을 보고 꿈꾸지 않는 나―죽은 재의 빛.'

　루이는 내게 한 줄의 글을 써 보이기도 했다. 중국에 돌아가서 한국어를 가르치며 사는 게 꿈이라는 말 끝이었다. 그리고 무슨 뜻인지 알겠느냐고 그녀는 자문인지 자답인지 말을 던졌다. 그녀가 말하는 '별'이 티베트에서 보는 별 자체를 뜻하는지 어떤 이상을 뜻하는지 나는 알 수 없었다. 그녀의 마음속에서 말이 별이 된다는 것일까. '꿈보다 해몽'이어서는 곤란했다. 아직 그녀와 나는 작은 느낌에도 맞장구를 칠 만큼 언어 소통이 자유롭지는 않다는 게 내 판단이었다. 그렇지만 내 마음은 나도 모르게 어느새 점점 티베트로 향하고 있었다.

　그녀가 고향인 청두〔成都〕로 돌아간 그해 가을 서울에서 직항로가 연결되었고, 그에 따라 티베트로 가는 길도 쉽게 열렸다. 예전에는 네팔의 카트만두로 돌아가는 반대편 길이 겨우 열려 있는 형편이었다. 다녀온 사람의 말만 들어도 숨이 찼다. 게다가 청두는 티베트와 가까워서 그녀가 왜 티베트 문화에 심취했는지 알 것 같았다.

"청두에 오시기를 기다려요."

"언제 가게 되겠지."

"티베트로 가는 길이니까요."

그녀는 기다리겠다고 몇 번이나 말했다. 그곳은 예전에 유비가 세운 촉한의 도읍이라고도 했다. 촉한의 도읍이든 뭐든 티베트로의 길목이 내게는 관심거리였다. 나는 그녀가 남긴 청두의 주소를 챙겼지만, 막상 그곳에서 그녀를 찾는다는 것은 불가능했다. 워낙 빠듯한 일정 탓도 있었다. 하지만 그곳 어느 거리에 한국어를 말할 수 있는 그녀가 살고 있을 것이었다. 그러자 나는 비로소 '별을 보고 꿈꾸지 않는 나'를 떠나 '별을 보고 꿈꾸'는 나를 꿈꾸었다고 해도 좋다는 생각이 들었다. 한국에서 무슨 천문대에 찾아가 별을 관측하기는 했어도 그건 건성의 일일 뿐이었다. 티베트로 가는 길은 별을 향해 가는 길이었다.

별을 향해 가는 길에 길잡이가 있다면 티베트와 우리의 언어가 같은 범주에 든다는 사실이었다. 한글은 내게는 신앙보다 더 큰 의미였다. 물론, 내가 한글을 만든 '과학적 원리'에 대해서 자세히 살펴본 바는 없었다. 고등학교 문법 선생님이 혀를 꼬부리며 알려주었어도 알려고 하지 않았다. 그러나, 그러나 글을 쓰며 살아온 지 수십 년이 흐르는 동안 '아!' 하고 한글의 훌륭

함, 위대함에 감탄을 거듭하지 않을 수 없었다. 한국에서 글을 쓰며 살아간다는 것은 한글의 위대함을 확인하는 길일 뿐이었다.

어떤 선생님이 '한글로 글을 쓰며 사는 행복'을 일생의 보람으로 꼽았듯이 나 역시 그랬다. 단순히 문인이 되어 글을 쓰며 사는 행복에서 한 걸음 더 나아가 한글로 글을 쓰며 산다는 것! 한글로 내 뜻을 헤아리며 내 넋을 노래할 수 있다는 것! 이 사실은 내가 나 자신에게 아무리 강조한다 한들 모자랄 뿐이었다. 한글만큼 쉽고 아름다운 글은 지구상 어디에도 없다는 믿음. '어 해서 다르고 아 해서 다른', 알뜰살뜰 마음을 달래고 녹이고 높일 수 있는 글이 어디에도 있을 수 없다는 믿음. 내게 '푸른, 푸르른, 파란, 새파란, 파르스름한, 퍼런, 시퍼런, 푸르뎅뎅한……' 저 하늘을 글로 나타낼 수 있게 해준 한글. 그러니 내 넋은 한글로써 노래하는 대상이 아니라 일찍이 한글로써 만들어진 그 자체임을 나는 깨닫곤 했다.

언젠가 인도네시아의 어느 부족이 그들의 말을 표기하는 데에 한글을 채용하기로 한 사실을 보도를 통해 알고 기쁜 마음이었다. 그 일을 위해 발벗고 나선 학자들과 기업에도 감사하는 마음이 컸다. 그러다가 신문에서 또 하나의 기사를 읽기에 이르렀다.

남미 볼리비아의 원주민 아이마라Aymara 부족에게 본격적으로 한글을 보급하기 위한 프로젝트가 추진된다는 것이었다. 아이마라족은 210여만 명에 달해 2009년 한글을 공식 표기 문자로 정한 첫 사례인 인도네시아 원주민 찌아찌아족(6만 명)보다 34배나 많다. 볼리비아 인구의 55%(508만여 명)를 차지하는 36개 원주민 인디언 부족들은 고유문자가 없어 스페인어로 발음을 표기하지만 정확한 발음을 표기하는 데 어려움을 겪고 있다. 이번 한글 표기 사업 대상이 되는 아이마라족은 페루 남부와 티티카카 호수 주변 등에 거주하며, 께추어 부족(250여만 명)에 이어 둘째로 큰 부족이다. 현 대통령인 에보 모랄레스 대통령과 다비드 초케완카 외교부 장관도 이 부족 출신이다.

그리고 이르면 내년부터 현지 언어 전문가를 초청, 한글을 배우도록 하는 사업도 추진할 예정이다. 현지에 한국문화원을 설치하는 계획도 추진키로 했다. "볼리비아 정부가 원주민들에게 한글을 보급하는 사업에 호의적"이라며 "앞으로 문자가 없는 여러 남미 원주민에게도 한글을 보급하는 게 목표"라고 말했다.

기사를 읽으며 나는 여간 기쁘지 않았다. 물론 그들이 한글의 표기법을 채택한다고 해서 한글로 뜻까지 펼 수 있게 되는 것은 아니다. 하지만 형식이 내용을 만들어낸다는 말도 있는 것이다. 그러면서 한편으로 우리의 친척 몽골에서 러시아 문자가 사용되고 있음을 알았을 때의 쓸쓸함이 살아나기도 했다.

루이가 한글 교실에 처음 왔을 무렵 우리는 광화문광장에 세워진 세종대왕 동상에도 갔었다. 많은 사람들이 모여 설명도 듣고 사진도 찍고 있었다. 그 며칠 전 몇몇이서 그곳을 걸어가다가 누군가가 '우리나라의 발전의 원동력은 세종대왕, 즉 한글'이라고 명쾌하게 진단하는 말을 들은 기억이 새로웠다. 그는 글과는 거리가 있는 사람이어서 나는 놀랐다. 그런데 그는 내 뜻을 그의 말로 나타내고 있었다. 나는 루이에게 그 사실을 자랑스럽게 들려주었다. 그리고 내친김에 세종대왕의 흔적을 찾아 발길을 옮겼다.

"세종대왕이 태어난 곳이 있어. 한글을 만드신……"

"정말요?"

나도 그런 곳이 있는 줄은 몰랐다. 서울의 서촌이라는 이름이 왠지 마음에 들었는데, 이곳에 사는 사람들이 세종마을이라고 부르자고 결정한 지 그리 오래되지 않아서였다. 세종대왕이 태어난 동네. 우연히 그 동네 한 귀퉁이에 작업실을 마련한 나로서는 줄곧 관심을 기울이고 기회가 있을 때마다 의견을 내보이곤 했다. 그러나 아직 세종마을은 그리 친숙한 이름은 아니었다. 나 역시 서촌을 마음에 두고 있기도 했다. 서촌에 대해 반대하는 사람들은, 서쪽이 기울어가는 저녁녘을 일컫는 데다가 예로부터 서촌이라고 부르지 않았다는 근거까지 들고 있었다. 이미 북촌은 여전히 북촌으로 굳어져 있는데 그 이웃의 서촌은 왜 그렇게 되면 안 되는가.

그들은 말했다. 서촌과 북촌을 같은 선상에서 놓고 볼 수 없다고. 왜냐하면 북촌은 예로부터 그렇게 불러온 뿌리를 가지고 있는 반면 서촌은 얼마 전에 새로 갖다 붙인 이름에 불과하다는 것이었다. 그렇다면 왜 세종마을인가. 어디선가 밝힌 대로, 세종마을이라면 더 이상 비교할 대상이 없는 이름이기는 했다. 우리 역사상 세종대왕을 따를 인물은 없었다. 글을 써서 살아가는 나로서는 한글에 대해 아무리 자랑해도 모자라다는 사실을 늘 말해왔다. 한글이야말로 우리의 뜻, 마음 그 자체라고.

처음에는 세종대왕의 동상만 가 보려고 했었다. 그러다가 언젠가 마을길인 자하문로를 걷다가 발견한 표지석에서 본 내용이 새롭게 되살아난 것이었다. 세종대왕이 탄생한 마을. 그녀에게 꼭 보여줘야겠다는 생각이 들었다. 마을 이름을 서촌에서 세종마을로 부르자는 결정적인 단서가 틀림없는 그 표지석을 루이에게 보여줄 겸 나 자신 다시 한 번 확인하지 않을 수 없었다. 나는 그녀를 이끌고 지하철 경복궁역을 지났다. 막상 쉽게 눈에 띄지가 않았다.

"여기 어딘가…… 있었는데……"

나는 혹시나 하여 얼버무렸다. 잘못 기억하고 있는지도 몰랐다. 만약의 경우 발뺌할 일이 생길지도 몰랐다. 아니, 그녀로 하여금 직접 발견하도록 하고 싶기도 했다. 나는 길가를 두리번거렸다.

"아, 여기요, 여기."

그때 그녀가 발걸음을 멈추었다. 그녀가 가리키는 곳에 아닌 게 아니라 '세종대왕 나신 곳'이라고 쓴 표지석이 나지막하게 붙박여 있었다.

"음, 그래 맞어. 서울 북부 준수방(이 근처)에서 겨레의 성군 이신 세종대왕이 태조 6년(1397) 태종의 셋째 아드님으로 태어 나셨다……"

나는 괄호 속의 글자까지 소리 내어 읽었다. 그렇다면 이곳 을 세종마을로 부르자는 사람들의 주장도 설득력이 충분하다고 새삼 깨달았다. 다만 '이 근처'라고 하는 '준수방'이 무엇인지는 알 길이 없었다. 경복궁의 서쪽에서 인왕산 사이에 자리 잡은 이 마을은 본래 높은 지위의 사람들이 살던 곳은 아니라고 했 다. 이른바 중인들이 터전을 닦고 나름대로의 문화를 이룩한 곳 이었다. 그런 가운데 화가 겸재 정선이나 서예가 추사 김정희 같은 우뚝한 예술인들이 나왔고, 근래에는 문학인 이상도 나왔 다. 한때 시인 윤동주가 살았었다고 얼마 전 자하문 고개에 '윤 동주 시인의 언덕'을 조성하고 시비도 세웠다.

하여튼 나로서는 모두가 고마운 일이었다. 세종대왕이 태어 난 곳이라는 표지석을 다시 확인한 것이었다.

"자, 악수해야지."

나는 손을 내밀었다. 우리는 그렇게 손을 맞잡고 표지석 앞 에 서 있었다. 지나놓고 보니 이 순간 또한 한 장의 사진이 필 요한 장면이었다.

한국어를 배우며 티베트를 바라보는 루이가 KBS 다큐멘터리

「차마고도(茶馬古道)」를 좋아한 것은 결코 우연이 아니었다. 중국인이라 해도 티베트의 혹독한 환경과 특이한 생활이 어떠한지는 채 상상하지 못했노라고 했다. 특히 오지 마을에서 소금을 채취하여 차나 생필품으로 바꾸기 위해 머나먼 마을로 향하는 그들에게서 삶을 배운다는 자세였다. 주로 차와 말을 바꾸곤 하던 옛날에는 차와 말이라는 뜻의 '차마'고도가 맞았겠지만, 이제는 차와 소금이라는 뜻의 '차염(茶鹽)'고도라고 이름 붙이는 게 좋겠다고도 말했다. 나 역시 같은 생각이었다. 생명을 이어가기 위한 필수품인 차와 소금을 바꾸는 무역에 말은 동원되는 수단일 뿐이었다.

"오체투지, 알아요?"

그녀는 내게 물었다. 다큐멘터리에 나오는 오체투지는 내가 알던 정도의 것이 아니었다. 그들은 몇백 리, 몇천 리를 '삼보일배'로 땅에 온몸을 던지며 순례를 하고 있었다. 도무지 알 길 없는 순례의 길이었다.

"몰라."

나는 모른다고밖에 대답할 수 없었다. 일생에 한 번은 라싸를 다녀와야 한다고 차마고도를 가는 사람들이 오체투지 고행을 하고 있었다. 말들이라고 해서 다르다고 할 수는 없었다. 우리 모두는 실상 형태가 다르다 하더라도 오체투지의 고행을 하고 있지 않은가. 그녀와 함께 그 다큐멘터리를 보는 동안은 우리도 오체투지의 순례객들이었다. 그리고 그녀는 혼자서 더 머나면 순례를 떠나듯 중국으로 돌아간 것이었다. 그녀가 가고 난 다음 그녀의 한국어 공부 또한 다른 종류의 오체투지 순례라는 생각을 지울 수 없었다.

티베트로 가게 되었을 때, 나는 다시 한 번 「차마고도」를 볼 기회가 있었다. 인기 다큐멘터리들을 판매한다는 광고에서 보고 일부러 구해 본 것이었다. 그녀 말대로 '차마고도'는 분명히 '차엽고도'가 되어야 할 터인데 어쨌든 사람들은 말들을 끌고 위태위태한 절벽 길을 계속 가고 있었다. 울긋불긋 말장식이 산모퉁이를 돌고 돌았다. 쇠줄에 매달려 강물을 가로질러 건너기도 했다. 자칫 잘못 걸음을 헛디뎠다가는 낭떠러지를 굴러떨어지기도 한다는 것이었다.

그런 어느 순간이었다. 산간지대의 그들이 소금이 아닌 동충하초며 패모(貝母)를 채취하는 장면이 비춰져 지나갔다. 그것들도 마을의 시장에 가져가서 생필품과 바꿀 수 있었다. 동충하초는 애벌레나 번데기에 기생한 식물이 자란 것이었다. 식물이 숙주가 되는 동물의 영양분을 빨아먹고 자라면 동물은 죽을 수밖에 없었다. 살아 있다고 하더라도 결국 식물의 먹이가 되고 만다. 이 관계 때문에 동충하초는 귀한 약재로 취급되었다. 그러면 패모란? 어느 해 봄에 길거리에서 본 그 꽃의 이름이 패모였다. 흑갈색 바탕에 흰 반점이 박힌 꽃은 밑쪽이 아니라 위쪽을 향해 피었다면 영락없는 튤립 형태였다. 그 패모가 티베트의 패모일까. 나는 티베트의 꽃에 대한 책을 기억해냈다. 티베트에도 여러 가지 꽃들은 필 만큼 피었고, 역시 국화과의 꽃들이 주종을 이루고 있었다.

패모는 아이를 못 갖는 여자가 먹고 아이를 가졌다고 해서 붙여진 이름이라고 했다. '패'는 '보패'에서, '모'는 '어미 모'에서 따온 이름이었다. 그러나 그것으로는 미심쩍기 그지없었다. 나는 이리저리 뒤져보았다.

백합과의 여러해살이풀로서, 높이는 30~60cm이며, 잎은 돌려나고 선 모양이다. 5월에 자주색의 종 모양 꽃이 줄기 끝에 피고 열매는 삭과(蒴果)로 6개의 날개가 있다. 관상용이고 약용한다. 중국이 원산지로 한국의 함경도와 중국 등지에 분포한다.
맛은 맵고 쓰며 성질은 약간 차갑고, 폐와 심장에 작용한다. 폐의 열을 내리고 담을 삭이며 기침을 멈추고 가래를 없애는 약. 마른기침에 가래를 뱉거나 가래에 피가 약간 끼는 증상 등을 개선시킨다.

첫 부분은 평범한 내용이었으나 그다음에 적혀 있는 내용은 쓸모가 있었다. 그러니까 폐와 심장에 약재로 쓰는 식물이었다. 어려서 폐를 앓았던 나로서는 다시 한 번 눈길이 가는 내용이었다. 한때 시골에 가서 살아볼까 약초 재배를 계획했을 때에도 나는 폐에 좋은 약을 끼워 넣었었다. 그러나 그런 것들로 생계를 꾸리기에는 아무래도 자신이 없었다. 허브 농장도 허황된 사치에 지나지 않았다. 나는 하릴없는 백면서생일 뿐이었다. 그런데 티베트의 골짜기에 패모의 비늘줄기를 캐며 살아가는 사람들이 있었다. 아무도 눈여겨보지 않는 산골은 여전히 나를 유혹하고 있었다. 루이도 그런 말을 한 적이 있었다. 아무도 없는 산골에서 기도하며 외롭게 사는 인생. 별을 보고 꿈꾸는 인생.

그녀가 옆에 있었다면, 하마터면 나는 고백할 뻔했다. 저 골짜기에서 약초를 캐며 사는 것도 괜찮을 것 같군. 괜찮을 것 같다는 건 무슨 뜻일까. 그녀에게 같이 살자는 프러포즈란 말인가. 때때로 상대방의 의사와는 상관없이 내 주관만으로 고백을 늘어놓곤 하는 버릇 탓일 것이었다. 상대방이 어떻게 받아들이든 나는 고백하곤 했다. 그것은 꼭히 그 상대방에게 하는 말이 아니었다. 그래야만 숨이 틜 것 같았다.

"저 골짜기에서 약초를 캐며 살기로 해요. 루이."

하지만 그녀는 고향으로 돌아가 있었다. 그럼에도 불구하고 나는 봄이면 뻐꾸기 울음소리와 함께 깨어난다는 것의 행복을 그녀에게 들려주고 싶었다. 그리고 파릇파릇 새로 돋아나는 새싹들을 그녀에게 가르치고 싶었다.

비자나무—잎이 '非' 자처럼 생겨서 붙은 이름. 떨어진 가지가 닭 뼈를 닮았으며 잎의 수명이 6, 7년에서 때론 10년 넘어.

머귀나무—울퉁불퉁한 수피는 가시가 퇴화한 것. 늙은 어머니 젖가슴에서 비롯되어 젖 '먹이'가 머귀로.

무환자나무—중국 무당이 나뭇가지로 귀신 몰아냄. 껍질 가지에 계면활성제가 있어 인도에서는 비누로 사용.

붉은대극— 꽃게 다리 같은 새순. 유독성 하얀 액 몹시 써.

앉은부채— 앉은 부처. 열로 눈 녹여 핌. 살이삭꽃차례가 부처 머리 닮아. 따뜻한 속은 벌레 안식처.

등등, 나는 여러 메모들을 가지고 있었다.

"구게 왕국 알아요? 그런 데서 뻐꾸기 소리를 듣는 봄날처럼……"

나는 느닷없이 고백하고 있는 것이다. '구게 왕국'이란 지금은 사라진 작은 나라였다. 후배가 대학을 졸업하고도 취직이 어렵다며 차린 포장마차의 이름을 지어달라고 조르는 통에 무심코 갖다 붙인 이름이었다. 예전에 또 한 번 '카타르시스'라는 포장마차 이름도 지었었다. '카타르시스'에서 '구게 왕국'까지는 아무런 연결 고리도 없었다. 술에 취해 퍼마시던 무렵 밤늦게 홀로 포장마차에 앉아 있을라치면 잃어버린 왕국들의 이름이 가물거렸다. 이어서 술집, 찻집, 꽃집도 다 마찬가지라는 느낌. 구게 왕국은 인도 어디에 있다가 사라진 흙집에 벽화들이 남아 다큐멘터리에 나오고 있었다. 나는 그림을 배운답시고 술김에 달걀노른자든 간장이든 닥치는 대로 찍어 수선화나 새를 그리다가 그 벽화를 흉내 내기도 했다. 어떤 학생이 '낮에는 소동파를 배우고 밤에는 댄스를 배운다'고 적어냈을 때처럼 나는 나자신이 놀라웠다. '카타르시스'와 '구게 왕국'의 연결이 그렇듯이 도무지 걸맞지 않은 세계가 내 안 어디에 있었던가. 뻐꾸기 소리 들리는 아련한 봄날, 그런 외딴 흙집에서 밖으로 나와 외로운 세계를 홀로 맞이하고 싶었다. 그런데 그 옆에 그림자처럼 서 있는 그녀를 상상하는 것은 무슨 까닭인지 모를 노릇이었다.

곰곰 돌이켜 보면 나는 루이와 꽤 어울려 다녔다. 중국 그림과는 다른 한국 그림들을 보여주겠다는 욕심 때문에 구본웅과 나혜석도 찾아다녔다. 구본웅의 그림 「장미」라든가 나혜석의 「풍경」은 나로서도 발견에 꼽혔다. 둘 다 강한 붓질로 존재를 외치고 있었다. 나혜석의 「풍경」 속 집들 사이로 바다의 배가 놓여 있다. 흰색의 벽이 외롭고 강렬하다. 그리고 한 번은 홍천의 수타사라는 절에도 간 적이 있었는데, 『월인석보』를 전시한다 해서였다. '예올'이라는 문화단체에서 『훈민정음』의 글자로 집자를 하려 해도 '올'자가 나오지를 않는다고 했다. 그것이 『월인석보』에는 나온다는 것이었다. 한국어를 배우러 온 외국인에 대한 배려치고는 내 마음은 깊었다.

그런 한편 내가 그녀에게서 본 것은 무엇이었을까. 광장에는 티베트 바라가 부딪치고 고둥피리가 울리는데 밀전병 한 장과 야크 버터 차 한 잔. 이국인을 외롭고 깊게 한다. 무릎을 접고 쉬는 야크는 코를 쿵쿵거려 먼 얼음 냄새를 맡고 옥수수밭을 돌아오는 그녀의 눈망울에 비치는 투명한 별빛. 그녀의 고향이 그토록 멂에도 불구하고, 다시 그녀의 말을 돌이켜서, '별을 보고 꿈꾸'는 나.

평소에도 나는 누구든 헤어질 때의 어긋나는 틈새에 언뜻언뜻

눈매를 내보이는 영원한 이별에 걸음을 삐긋거렸다. 이것이……
진정 마지막이라는 것도 이런 것에 지나지 않겠지…… 각자 집
으로 향해 '또 보자'며 헤어질 때마다 도사리고 있는 마지막. 왜
각자 헤어져 가야만 하는가. 버스를 타고 차창 밖으로 손을 흔
들 때 더욱 빤히 보이는 이별. 비행기를 타려고 면세구역으로
들어갈 때야말로 이별은 가차 없었다. 얼굴을 바꾼다는 말은 따
로 있는 게 아니었다. 더더욱 침대에 누워 손을 흔들며 병원 수
술실로 들어가던 때의 참담함이 겨우 의지하고 있는 것이 마지
막임은 설명조차 되지 않는 일이었다.

고향으로 돌아가는 그녀를 배웅하고 돌아오면서 나는 이야기
를 잃어버렸다는 생각이 들었다. 이럴 경우에도 '이야기의 소멸
은 거대한 희망'이라는 말이 위안이 될 수 있는가. 나는 김정환
시인이 어디선가 쓴 구절에 밑줄을 치던 나 자신이 미웠다. 그러
므로 시인은 애증의 대상일 수밖에 없었다. 그의 나라에서 시인
을 추방하고 싶었던 어느 철인의 태도는 이해가 되고도 남았다.

"다시 볼 때까지 건강해. 공부 열심히 하고."

아니, 내가 무슨 말을 하고 있는 거지? 그녀를 다시 만난다
는 보장은 어디에도 없었다. 그런데도 기껏 평소보다도 더 같잖
은 말로 나는 마지막을 맞고 있지 않은가. 그녀는 촉한의 사라
진 나라로 가서 티베트 바라 소리처럼 바람결이 내 귓바퀴를 스
치듯 살아갈 것이다. 그리하여 우리는 인생을 지나고 촉루의 흰
빛으로 어느 언덕 위 타르초의 깃발처럼 나부낄 뿐일 것이다.

촉루조차도 믿을 바 못 되었다. 모든 건 그저 바람 소리 같은 것일 뿐이었다.

"티베트에 같이 가요. 연락주세요."

그녀도 잠깐 헤어지는 것처럼 일상의 말을 하고 떠났다. 나는 기껏 인사동 포장마차로 돌아와 이제는 술도 끊어야지 하며 늦게까지 퍼마시며 이별을 받아들이고 말았다. 술을 늦게까지 퍼마신 정도야 일상이기도 했다. 저 골짜기에서 약초를 캐며 살아가고자 한 덧없음도 한때의 꿈이었을까. 구게 왕국의 뻐꾸기 소리를 함께 들으며 허물어진 벽화를 더듬어 살고자 한 아득함도? 그러나 모든 것은 떠남 앞에 남아 있는 헛됨뿐이었다.

조캉 사원 앞에는 많은 순례자들이 오체투지를 하고 있었다. 문을 열 시간이 안 되었다기에 나는 사슴 두 마리가 마주 보고 있는 광장에서 뒤편 기념품 시장을 한 바퀴 돌고 다시 순례자들 틈에 섰다. 나는 건너편 포탈라궁을 바라보며 그녀도 나처럼 이곳에 서 있었으리라 스스로 위안했다. 위안이란 이루어지지 않음에 대한 예의였다. 그리고 타시룬포 사원의 거대한 탕카를 보기 위해 얄룽창포 강을 따라 달렸다.

어두운 새벽녘 잠에서 깨어난 나는 창밖의 희부윰한 산기슭을 마주보고 앉았다. 아침이 시작되려면 한참을 기다려야 했다. 나는 방 안의 불빛도 밝히지 않은 채 침대 모서리에 걸터앉아 무엇이라도 생각하려고 정신을 모았다. 이것이 고산병 증세일까. 몽롱하게 어둠이 내 바깥과 내 안에 들이차왔다. 그럴 리 없건만 무인구가 이곳이 아닐까 싶었다. 나는 아무 생각도 할 수 없었다. 중국식 원호(圓弧)의 벽기둥 장식 안으로 먼 하늘 이 회갈색의 산기슭을 몰고 들어왔다. 오래전부터 나는 아무도 만나지 못하리라는 막연한 절망을 해오고 있었다. 그녀 탓만이 아니었다. 지구상의 나는 이미 너무 많은 길을 걸어온 것이었 다. 아무 기대도 할 수 없이 먼 길이 내 발뒤축에 묻어 있었다. 다만 어두운 저 산기슭에 내가 바라는 것이 있다면 한 마디 뻐 꾸기 울음소리 같은 것이리라 싶었다. 나는 더욱 몽롱하게 고개 를 숙이고 있었다.

지구는 죽었다……아무것도 자라지 않고, 아무것도 살지 않 았다……마지막 사람이 방 안에 앉아 있었다……그때 누가 방 문을 두드렸다……

나는 짧은 소설의 구절을 겨우겨우 기억해냈다. 누구세요? 나는 응답을 했는지도 모른다. 나는 간신히 걸음을 옮겨 방문을 열었다. 이곳은 구게 왕국의 허물어진 벽화 흔적만이 있을 뿐이 라오. 나는 벽 속의 벽화에 그려진 흐린 사람일 뿐이라오. 나는 어둠 속에 다가오는 발자국 소리를 들었다. 영원히 이별한 그대 는 누구란 말이오? 그러자 낯익은 얼굴이 이별 속에서 윤곽을 드러내며 손을 뻗쳐왔다. 무슨 말을 하려는 것일까. '차염'고도의 모퉁이를 방금 돌아온 순례의 꽃. 나는 낯익은 얼굴이 말을 건넨다고 여겨졌다. 그와 함께 한 줄기 꽃대의 얼굴이 내 폐부의 흉터 속에 피어올랐다. 나는 비늘줄기 위에 피어난 꽃을 받아들여 가슴에 품었다.

패모였다.

소설, 또는 '의미의 완성'에 이르는 고행

황광수

"공허한 도시/겨울날 새벽 갈색 안개 속으로,/군중이 런던 다리 위로 넘칠 듯 흘러간다./나는 죽음이 저렇게 많은 사람들을 몰락시켰다고는 생각지 못했다." 엘리엇의 「황무지」에서 뽑아낸 이 인용문에서 핵심적인 두 단어는 '도시'와 '죽음'이다. 시인이 이 두 낱말을 연관 짓고 있는 까닭은 도시로 흘러드는 사람들이 맞이하게 되는 것은 진정한 삶이 아니라는 의미를 함축하기 위해서이다. 그리고 '도시' 앞에 놓여 있는 '공허한'의 원어는 'unreal'이니, 이 낱말에는 그 도시가 비실재로서의 허상이라는 의미도 함축하고 있을 것이다. 그런데 윤후명의 화자들은 이 군중과는 달리 늘 혼자 걷고 있다. 이들은 '의미의 완성' 또는 또다른 '나'를 향해 끊임없이 걷고 있다. 윤후명은 이것을 '수행' 또는 "아무도 모르게 홀로 가는 고행"(「작가의 말」)이라 말한다.

글쓰기를 '고행'에 빗댄 이는 드물지 않았지만, 실제로 그렇게 살았던 이는 거의 없었다. 「작가의 말」을 읽기 전, 나는 해설 제목에 '고행'이란 낱말을 써넣으면서 잠시 주저했다. 수많은 오용들로 얼룩져 있는 그 낱말을 그만 놓아주고 싶었기 때문이다.

'고행'은 실제의 삶 또는 문학작품에서 본래의 의미로 떠오를 때에만 제값을 할 것이다. 윤후명의 소설들을 읽다 보면 그런 느낌이 들 때가 많다. 그의 화자들은 훼손된 세계의 본래 모습을 복원하려는 불가능한 열정에 사로잡혀 있기 때문이다. 라캉에 따르면, 현실의 상징체계와 '날것의 현실'(실재) 사이에는 '자유의 심연'이 존재하며, 그것을 건너는 것은 불가능에 가까울 만큼 어렵다. 언어 자체가 심하게 오염되어 있기 때문이다. 이를테면, 결혼서약을 하면서 어쩔 수 없이 '위반'을 의식하며 심한 죄책감에 빠지지만, 그것을 남(대타자) 모르게 하는 것이다. 그것을 겉으로 드러내면 그의 인생은 파탄에 직면할 수밖에 없으니까. 그러나 이 절대적 구속에의 저항(감)은 단순한 심리적 현상이 아니라 "(자기)반성성의 모습으로" 언어의 핵심에 기입되어 있는 것이다. '메타-언어는 없다'는 라캉의 말은 언표 행위의 "반성적 기입에 의해 오염되지 않은 언어란 없다는 것을 뜻한다."[1] 그러니까 이 인용문에서 '반성'은 거짓말 뒤에 남는 가책 또는 심리적 그늘 같은 것이다. 그런데도 어떤 이들은 '자유의 심연'에

---

1) 슬라보예 지젝, 『그들은 자기가 하는 일을 알지 못하나이다』, 박정수 옮김, 인간사랑, 2004, pp. 13~14.

뛰어들어 서사 주체가 된다. 그들은 '나'를 선언하며 언어 구조에 "돌이킬 수 없는 공백"을 열어놓는 작가가 된다.[2] '공백'이란 우리가 지금까지 경험한 적이 없었던 것의 이름이다.

『꽃의 말을 듣다』의 화자로 등장하는 '나'는 늘 '의미의 완성'이나 또 다른 '나'에 이르는 길을 찾아 헤매고 있다. 화자인 '나'와 또 다른 '나'로 인해 어쩔 수 없이 드러나는 간극이야말로 '자유의 심연'이라 불러도 좋을 것이다. 이 소설집에서 우리는 그러한 장면을 심심치 않게 발견할 수 있다. 이를테면, 첫 작품의 첫 줄에서도 그런 예는 발견된다. 「강릉/모래의 시(詩)」의 화자 '나'는 "끝났다,"고 써놓고, 그 낱말 뒤에 마침표가 아닌 쉼표를 찍어놓은 자신의 무의식적 행위를 날카롭고 집요하게 파고든다. 쉼표와 마침표 사이에는 어머니의 죽음을 '끝'으로 받아들이기를 주저하는 마음과 사실의 층위에서 '끝'으로 받아들일 수밖에 없는 마음의 단층이 가로놓여 있다. 그러나 쉼표를 찍을 수밖에 없는 화자의 마음은 애도가 절실하게 요구되는 심리 상태이다. 프로이트에 따르면, 애도란 이미 사라져버린 존재를 마음속에서 놓아주는 것이며, 그렇게 하지 못할 때 발생하는 것이 우울증이다. 그러니 이 소설의 화자는 쉼표와 마침표 사이의 간극을 답파해야만 한다. 그것은 어머니의 생애와 화자 자신의 유년이 뿌리내렸던 강릉의 고향집, 그리고 어머니의 유골 가루가 뿌려진 그

---

2) 알렌카 주판치치, 『실재의 윤리』, 이성민 옮김, 도서출판 b, 2004, pp. 58~59 참조.

바닷가에서 이루어질 수밖에 없다. 거기에서 화자는 주체와 대상 사이의 거리두기에서 발생하는 심미적 효과를 통해 자신만의 애도에 이르는 놀라운 길을 발견한다. 그것은 대상을 지워버리는 것이 아니라 거리두기를 통해 다른 방식으로 품어 안는 것이다. 화자는 그것을 '등대'에 대한 자신의 경험과 변주를 통해 절묘하게 표현한다. "방파제의 등대는 아무리 가까이 옆으로 다가가도 실체를 보여주지 않고 멀리 비켜나 있곤 하는 듯했다. 멀리서 보면 따뜻하게 내게 손짓하는 모습이다가도 가까이 가면 싸늘하게 식은 구조물이 되고 마는"(pp. 12~13). 바라보는 거리에 따라 대상의 느낌이 달라지는 경험을 통해 화자는 대상을 '따뜻하게' 마음에 품어 안으려면 멀리서 바라보아야 한다는 것을 알게 된다. 거리의 단축은 이미 내면화되어 있는 상(像)과 느낌을 즉물적 감각들로 분해하는 결과를 빚어낼 수도 있기 때문이다. 그는 다른 사람들에게서 "그냥 방파제와 등대일 뿐이야"라는 대답을 듣게 될까 봐 그것들에 대한 질문을 유보한다. 그런 대답을 듣게 되면, 그의 의식 속에서 그것들에 대한 느낌은 말할 것도 없고 그 이름들조차 소리 이전의 기호들—"ㅂ, ㅏ, ㅇ, ㅍ, ㅏ, ㅈ, ㅔ, ㄷ, ㅡ, ㅇ, ㄷ, ㅐ"(p. 13)—로 분해되어버릴 것이다. 거리두기의 이러한 심미적 효과를 통해 등대는 하나의 '신호체계'에서 벗어나 다양한 의미들을 띠게 된다. "그에게 등대란 어두운 바닷길에 뱃길을 알려주는 신호체계로서만 서 있는 게 아니다. 이를테면 방파제에 서 있는 빨간 등대는 우체통과 같다. 어느 미지의 세계로 보내는 엽서를 넣으려고 그는, 그녀는, 우리는 그곳으로 간다. 서커스나 모임의 탁자에 놓여 있는 빨간 주스 깡통도 등대/우체통이 되어 안부를 묻는다. 어떤 그림에서 그것은 휴대전화가 되기도 한다. 그래서 주스 깡통/등대/우체통/휴대전화를 통해, 방파제의 다른 모습인 교각 위에 외로움을 반추하는 남자와 여자가 서로 뒷모습이지만 같은 시선으로 안부를 묻는다. 우리는 왜 여기 와 있지요?"(p. 15) 이처럼 '등대'는 이제 하나의 지시적 기능에서 벗어나 다양한 소통의 통로들을 열어가며 '나'의 의식에 풍요롭게 전유된다. 기표 아래로 끊임없이 미끄러지는 기의의 성질을 눈부시게 활용함으로써 윤후명은 언어 자체의 한계를 끊임없이 돌파해간다.

작가의 경험과 밀착되어 있는 사물들도 소설화 과정에서 일정한 변화를 겪게 된다. 그런 현상을 작가는 '비밀'이란 말로써 설명한다. "소설가가 되려고 했을 때, 나는 그 집을 무대로 이야기를 꾸미고자 했다. '가장 잘 아는 이야기를 쓰라'는 명제에 따르려고 한 것이었다. 전쟁이 배경이었다. 물론 그 집과 어머니는 소설로 만들어지느라고 각색된 탓에 본래 모습 그대로는 드러나지 않지만, 어디가 어떻게 변형되었는지 나는 나만의 비밀로서 잘 알고 있는 것이다. 소설은 소설로서 성립하기 위해 현실의 집을 작품의 무대로 다시 조립하지 않으면 안 되는 것이다. 그런 점에서 그 집은 내게는 '비밀의 집'이 된다"(p. 29). 이렇게 그의 소설에 소환되는 사물들은 '비밀의 집' '비밀의 달' '비밀의 대야' 들이 된다. 이처럼 그는 변용 과정을 거쳐 작품 속에서 재탄생하는 사물들 앞에 '비밀의'라는 관형어를 붙여 실제의 사물들과 구별한다. 이러한 변화 또는 변용은 객관화될 수 없기에 '비밀'이라는 말로 표현되고 있지만, 외적 사물이 예술작품에 전유되는 과정에서 겪게 되는 변용에도 '자유의 심연'을 건넌 의식적·무의식적 고투의 흔적들이 내재해 있다. "나는 어머니를 그리면서 보름달을 그리는 게 마땅했다. 보름날 가까운 나의 탄생을 어머니 옆에 놓아야 했기 때문이다. 그렇건만 막상 그려놓은 것은 커다란 초생달. 아무런 저항감 없이 나는 그렸다. 그럼 이것도 현실의 달이 작품의 달이 되기 위해 둔갑한 결과, '비밀의 달'이 되었단 말인가. 게다가 어머니도 열아홉의 어여쁜 모습이 아니다. [……] 보름달 아래 태어난 어떤 존재는 초생달 아래 꽃을 들고 동앗줄을 타고 내려와 어머니에게 바친다. 모든 존재의 탄생은 역사적인 탄생이며, 그 역사를 만든 환경의 한 표상으로서 나타난다. 이 존재는 '나'로서 그려질 수밖에 없다. 따라서 어머니는 열아홉의 어여쁜 얼굴이 여든 넘은 얼굴을 하고 이른바 전존재를 표상한다. 초생달 역시 보름달에서 그믐달로 변해가는 모든 달의 전존재이다"(pp. 29~31). 이 인용문은 작품에 표현된 사물들은 개별적 특수성에 머물지 않고 그와 관련된 '전존재'의 보편성을 드러내기 위해 일정한 방법적 변용을 거칠 수밖에 없다는 사실을 명징하게 드러내고 있다. 이런 과정을 거쳐 어머니의 상은 '전존재'로서 완성되고, 그의 애도는 정점에 이른다. 이것이 윤후명이 추구하는 '의미의 완성'이다. 개별적 특수성과 전존재의 보편성을 매개하는 존재라는 점에서 '나'는 단순한 개별자가 아니라 소설적 의미가 발생하는 중심에 자리잡고 있다. 그래서 '나'는 대상화되지 않을뿐더러 변용도 불가능하다. 그런 까닭에 작가는 '나'는 누구인가를 끊임없이 되물을 수밖에 없다. 여기에서 '나'는 주체로서의 '나'와 가능태로서의 '나'로 어쩔 수 없이 분리되는 현상이 나타난다. 앞의 '나'는 수행의 주체이고, 뒤의 '나'는 전자의 의식에 계시처럼 어른거리며 그의 수행을 이어가게 하는 모티프로 작용한다. 그러나 모티프로서의 '나'는 하나의 가능태 또는 주체의 미래상이라는 점에서 수행의 목표가 되기도 한다.

'나'를 찾아가는 의식은 먼저 과거로 뻗어간다. 화자가 『금강경』의 '환지본처(還地本處)' 즉 "모든 일은 시작할 때 원점으로 돌아가서 행하지 않으면 안 된다"(p. 24)는 말을 떠올리는 것도 그 때문이다. 개별적 특수성에서 출발하여 전존재의 보편성에 이르려는 욕망에 지펴 있는 작가는 감각, 의식, 연상, 상상, 기억, 회상, 사유 등 다양한 정신현상들을 복합적으로 활용하면서도 자신의 단선적인 의식의 회로에 절망하기도 한다. 이를테면, 「회로(回路) 찾기」의 화자는 백남준의 '회로'를 보며 이렇게 생각한다. "13대의 텔레비전들에 여러 방향의 회로를 설치할 수 있었다. 그 움직임을 동시에 인식하려는 것이었다. 〔……〕 그가 피아노를 부숴버린 행위는 한 대의 피아노의 답답한 회로에 갇혀 있는 13대의 피아노의 목숨을 살려내는 일이기도 했다"
(pp. 114~15). 이런 것에 견주어 화자는 자신의 의식 회로를
'절망에의 회로'라고 생각한다. 그러면서도 그는 북경의 거리를
걷고 있는 동안 환각 상태에 빠져들어 기어코 동시다발적인 현상
을 보고야 만다. "낙타들이 줄지어 가고 사막여우가 뾰족한 주둥
이를 쑤시는 땅, 오랜 무덤 속에서 사람 몸에 닭 대가리 형상이
사막가시풀을 뒤집어쓰고 걸어 나오는 땅, 지층 속 해골에 지네
발 화석이 오글거리는 땅, 사슴이 해금을 켜고 잔나비가 공후를
켜는 땅. 그리하여 마침내 과거와 현재가 함께하며 모든 회로를
동시에 보는 순간, 모양이 모양 아님을 보게 되리라"(p. 116).
사막의 폭풍처럼 소용돌이치는 의식을 통해 온갖 환상적인 광경
을 동시에 떠올리며 화자는 시각적 선입관에서 벗어나 '색즉시
공 공즉시색'의 경지를 실감하고 있다. 이것은 인간의 경험은 언
제나 잔여를 남길 수밖에 없다는 사실조차 받아들일 수 없는 '앎
에의 열정'에 맞닿아 있다. 그러나 인식의 한계를 인정할 수밖에
없기에 그에게도 시차(時差, 視差)적 인식들의 통합이 필요하
다. 백남준이 여러 개의 회로들을 동시다발적으로 작동시키는
방법을 고안했듯이, 작가는 경험적 잔여들을 시차를 두고 다각
적으로 되살려내는 소설을 쓸 수밖에 없다. 물론, 백남준이 고
안해낸 회로들과 윤후명이 회로들의 시차적 집적을 통해 빚어내
는 소설 공간이 동일한 차원에 놓일 수는 없다. 여러 가지 사물
들을 한 순간에 보는 것은 하나의 사물에 집중할 때보다 감각과

인식의 밀도가 떨어질 수밖에 없다. 그것은 질적인 차원에서 실제의 경험을 대체할 수 있는 것이 아니다. 하나의 회로에 갇히는 일의 위험성은 즉자적 감각으로 인해 하나의 관념이나 가치관에 고착될 가능성을 내재할 수 있다는 데 있다.

그래서 윤후명은 현재 시점의 경험적 한계를 보완하거나 풍부화하는 쪽으로 끊임없이 나아간다. 그는 「「오감도」로 가는 길」에서 지리적 격차를 관통하여 두 개의 공간을 동시에 경험한다. 그의 작업실에 걸어놓은 그림 '아바나의 방파제'는 지난날 가보았던 아바나에 이르는 통로가 된다. 그러나 화자가 실제로 걷고 있는 것은 경복궁 옆길이기에 그는 어느 순간 돌담에 비친 자신의 그림자를 보게 된다. "세상에서 가장 외로운 길을 찾고 싶어서 헤매 다닌 내가 모습을 나타낸다. 나는 나를 보고 싶었다. 돌담에 내 그림자가 구불구불 우줄거린다. 단지 불빛의 얼비침일지라도 내 그림자가 그 속에서 숨을 쉰다. 홀로 가고 있는 시간만이 나의 시간이다"(p. 140). "나는 나를 보고 싶었다"에서 주어 '나'와 목적어 '나' 사이의 관계는 단순히 실체와 그림자 사이의 관계가 아니다. "구불구불 우줄거린다"와 "그 속에서 숨을 쉰다"는 말이 암시하듯이 실체로서의 화자에게는 불가능했던 모습과 생명감이 그림자를 통해 나타나고 있기 때문이다. 이러한 감성 작용은 혼자 걷고 있을 때에만 가능한 것이기에, 화자는 "홀로 가고 있는 시간만이 나의 시간이다"라고 단언한다. 그러나 이 외로운 산책자는 불심검문에 걸려들어 권총을 떠올릴 만큼 분노

한다. '나'는 엉뚱하게도 "이상을 살려내"라고 소리치면서 "있지도 않고 필요도 없는 권총을 찾는" 자신이 "가련해서 견딜 수 없"(p. 142)게 된다. 이상이 떠오른 것은 화자가 이상의 탄생 100주년이 되는 해에 이상이 살았던 동네를 걷고 있었기 때문이다. 그 무렵 윤후명은 100년이라는 시차를 무화시킬 만큼 이상에 깊이 빠져 있었다. 그래서 이상을 기념하는 그림을 그리고 거기에 「오감도—시 제64호」를 써서 붙이기도 했다. 이상이 오래 살아남았다면 썼음 직할 만큼 이상의 문체를 빼닮은 그 시는 요절한 시인의 미래상까지 상상하는 간절한 마음에서 잉태된 것이다.

윤후명의 소설 공간은 언제나 '나'로 매개되지만 그것은 단순한 '내적 현실'이 아니다. 소설 속 현실을 구성하는 요소들은 그의 기억이나 연상에 의해 이끌려 들어온 외부세계의 구성요소들이거나 그것들에 대한 상상을 통해 확장된 이미지들이기 때문이다. 이런 점에서, '나'라는 언표 주체는 근원적으로 '탈중심성'의 존재다. 이 말은 '나'는 처음부터 '나 자신의 바깥'에 있는 "외적 구성성분들의 브리콜라주bricolage"이며, "내 존재의 정신적 실체, 내가 나의 정신적 자양분을 빨아들이는 뿌리는 나의 바깥에 있으며, 탈중심화된 상징적 질서에 묻혀"[3] 있다는 것을 의미한다. 그러니까 화자인 '나'가 또다른 '나'를 찾아간다는 것은 '나'가 현실과 부정적으로 관계 맺는 방식을 거부하며 그것을 새로

---

3) 알렌카 주판치치, 앞의 책, pp. 8~9.

운 의미체계로 재전유하는 것이다. 주체로서의 '나'는 망각 속에 묻혀버린 기억들을 되짚어 복원하거나 자기 경험의 잔여들을 상상적 이미지들로 되살려내며 현재의 삶과 의식을 끊임없이 갱신해간다. 달리 말하면, 주체인 '나'는 언제나 상징계의 촘촘한 그물망을 뚫고 실재계에 접근하려는 욕망에 지펴 있는 것이다. 우리의 상징계는 수많은 이분법들로 교직되어 있다. 『꽃의 말을 듣다』에도 다섯 가지 정도의 이분법적인 쌍들—끝/시작, 구상/추상, 실체/이미지, 진상/허상, 과거/현재 등—이 수시로 출몰하지만, 화자들은 그것들을 해체하거나 통합하여 의미의 완성을 향해 줄기차게 나아간다. 이를테면, 「「오감도」로 가는 길」의 화자는 이렇게 말한다. "언젠가 지구의 끝까지 가보고 싶다는 젊은 날의 욕망은, 그런 다음에는 뭔가 새로운 발자국을 뗄 수 있으리라는 기대 때문이었을 것이다. 끝까지 가서 다시 내딛고 싶었던 세계는 어디였을까. 〔……〕 나는 인간이 스쳐간 흔적의 끝을 찾고 싶었다. 그 흔적의 희미한 그림자를, 그림자조차 사라진 뒤안길 어디를 초점 없는 눈동자로 더듬어볼 수 있다면 최상이었다. 흐린 눈동자에 얼핏 스쳐 보이는 어떤 잔상에서 내 뒷모습을 볼 수도 있지 않을까, 나는 사라짐을 그런 식으로 보고자 했던 듯싶었다"(p. 130). '흔적의 끝'은 한때 존재했던 것이 사라지고 없다는 것을 의미하기에 그것은 부재증명과 같은 것이지만, 화자가 정작 바라고 있는 것은 사라짐의 잔상에서 자신의 뒷모습을 보는 것이다. 그러니 이것은 시작 속에 스며들어 소멸해

버린 끝이다. 그런 경험을 할 수 있는 곳은 인도 '고대 잔스크 왕국의 유적'일 수도 있고, 협궤열차가 "달리지 않는, 멈춘 공간"(p. 145)일 수도 있다.

「희망」에서 협궤열차의 흔적을 찾아가는 모임에 참석한 화자의 의식은 협궤열차, 오이도, '갯벌 황소', 조개, 소금창고, 기시감, '제물포구락부', 옛 여자/지금 여자, 그 시절에 쓴 시 두 편 등으로 흘러간다. 끊임없이 작동하는 회상은 특히 시간이 온축된 공간들, 이를테면 '구락부'나 '소금창고' 등에 오래 머물며 그것들에 생명감을 불어넣는다. 그는 열차가 없는 협궤열차에 대한 그림도 그렸었다. "은색의 염전과 울트라마린 블루의 바다는 실제와는 다른 색깔이겠지만, 또한 그렇게 칠해져야만 했다. 그리하여 나는 현실과 과거의 공간 속에 숨을 쉴 수가 있을 것 같았다"(p. 145). 미학적 변용을 거쳐 숨을 쉴 수 있게 되는 공간은 현재/과거로 분리된 공간이 아니라 과거와 현재의 느낌이 무르녹아 새로운 느낌으로 승화되는 공간이다. 작가는 '소금창고'를 통해 그러한 공간을 빼어나게 그려내고 있다. "높다란 지붕 아래, 세월에 찌든 낡은 목조 건물은 소금을 저장하기 위한 게 아니라 시간을 저장하기 위한 곳간 같았다. 시간을 어떻게, 왜? 어쨌든 순간이 마지막 휘발되기 전에 갈피지어 채곡채곡 쟁여둠으로써 추억을 발효시킨다. 소금창고에는, 기억을 갈무리하듯 시간을 갈무리하는 곡두라도 살고 있다고 믿고 싶었다. 그래서 그 옆을 지나갈 때면 어둠 속에서 지난 일들을 들려주는 두런거림이 들려오는 것만 같았다. 남에게는 들리지 않는 말을 자기만 듣는 것이 사랑이었다. 내 사랑은 소금창고 속 소금처럼 어둡고 숨겨진 장소에 깃들어 새로운 숨결을 기다리고 있어야 했다" (p. 156). 소금, 시간, 기억의 발효, 곡두, 사랑으로 이어지는 의식의 미끄러짐들을 통해 소금창고는 유기체적 생명체로 재탄생하고 있다. 이러한 의식의 미끄러짐들에서 의미들이 새록새록 피어나는 장면과 순간들은 경이롭다. 이것을 통해 화자는 '사랑'을 재전유하기에 이른다. 그것은 남들이 보거나 들을 수 없는 것을 감지할 수 있는 능력이며, "어둡고 숨겨진 장소에 깃들어 새로운 숨결을 기다"려야 하는 것이다. 소금창고를 그만큼 오래 마음에 담아왔기에 화자는 추억도 발효할 수 있다는 것을 알았을 것이다.

윤후명은 소금창고가 보이는 풍경 속 어디쯤에서 가난이라 부를 수조차 없는 극단적인 물질적 결핍을 살아냈다. 시인이었던 그는 그곳을 떠나며 「희망」이라는 시 한 편을 남겨놓았었다. 이 시의 화자가 바라는 것은 "황새기젓 같은 꽃" "곤쟁이젓 같은, 꼴뚜기젓 같은 사랑" 그리고 "늙은이 뼈다귀빛 꿈"이다. 젓갈들이나 '늙은이 뼈다귀'야말로 시간의 온축을 고스란히 드러내는 상징물들이다. 그러나 화자는 그곳과 결별하며 "내게 다만 한 마리 황폐한/시간이 흘린 눈물을 다오"라고 애원하고 있을 뿐이다. 이 시를 떠올린 이 소설의 화자는 그때의 희망이 "소금창고 한 채를 지었다"(p. 167)고 생각한다. 윤후명은 라면에 소루쟁이를 썰어넣고 젓갈만으로 살아냈던 그 시절 또 한 편의 시를 썼었다. 「곤쟁이젓」이라는 이 시는 「희망」보다 생활에 좀더 밀착해 있지만, 거기에는 해학적 심성도 한 가닥 스며 있다. '곤쟁이'의 어원에 깃들어 있는 두 사람의 간신을 떠올리며, 화자가 "간신의 이름으로 밥을 넘긴다고/사람들 웃겨줘야지"(p. 173)라고 생각하는 대목은 눈물겹다. 그 시절의 시인에게는 물질적 결핍이 오히려 사소한 존재들과 절실하게 만날 수 있는 계기가 되었던 것처럼 보인다.

앞에서 말했듯이, 주체가 "외적 구성성분들의 브리콜라주"라면, 작가가 현실에서 이탈한다는 것은 근원적으로 불가능하다. 이런 관점에서 우리가 흔히 '현실'과 대립적인 개념처럼 사용하고 있는 '가상세계' 역시 현실의 자장에서 벗어나 있는 것은 아니며, 현실 또한 그 존재방식은 가상적이다. "(우리가 사회적) 현실(로 인식하는 것)의 상징적 구성 속에 실재가 존재한다. (우리가) 현실(로 경험하는 것)로부터 배제된 부동의 잔여물은 정확히 그 분광적 환영의 실재 속에 되돌아온다."[4] 이 인용문에서 '분광적 환영'이란 우리가 '가상세계'라고 부르는 것과 다르지 않다. 우리가 '사회적 현실'로 인식하는 것 자체가 현실을 상징적으로 구성하는 행위이고, 그러한 '상징적 구성' 속에 실재가

---

4) 슬라보예 지젝, 앞의 책, pp. 18~19.

존재하며, 우리가 현실을 경험할 때 배제된 잔여물이 '분광적 환영'의 형태로 실재 속에 정확히 되돌아오는 것이라면, 가상세계는 현실과 이원론적으로 대립될 수 있는 것이 아니다. 이를테면, 「강릉/너울」에서 화자가 떠올리는 '유령선'의 이미지도 그런 것이다. "실제로 유령선이란 없었으며, 또 내가 아무리 유령선이 아니라고 해도, 내게는 엄연히 유령선이 나타난다. 삶은 이토록 실체와 이미지 사이에서 헤맨다. 그 간극 위에 예술은 둥지를 튼다"(p. 43). 실체와 이미지 사이에서 헤매는 것이 삶이고, 실체와 이미지 사이의 간극에 둥지를 트는 것이 예술이라면, 삶과 예술은 분리될 수 있는 것이 아니다. 차이가 있다면, 삶은 그 간극에서 '헤매는 것'이고, 예술은 거기에 '둥지를 튼다'는 것이다. 그러나 이 차이는 근원적인 것이고 그것을 극복하는 것은 불가능에 가까울 만큼 지난한 것이기에 '고행'이 될 수밖에 없다. 그렇지만 현재의 삶을 풍요롭게 향유하기 위해서는 환상을 포용할 수 있는 길을 찾아야 한다. 「강릉/너울」의 화자는 그러한 환상을 '이미지'라 부른다. "그곳 바다에 가면 배가 보이지 않아도 멀리 유령선의 모습이 가물가물 망막에 어린다. 착각, 착시가 아니었다. 배는 수평선 밑 어디에, 내 머릿속에 숨겨져 있었음에 틀림없었다. 그러니까 바다는 바깥의 바다가 아니라 내 머릿속의 바다라고 해야 한다. 누구에게나 고향의 바다는 단순한 풍경으로서의 바다가 아니다. 바다는 의미의 그물을 던진다"(p. 41). 어렸을 때 들은 이야기를 통해 각인된 '유령선'은 그의 머릿속에 숨겨져 있다가 바다를 보거나 생각할 때 환각처럼 떠오른다. 거기에 '검은 배'에 대한 어렸을 때의 경험이 겹쳐진다. "잔뜩 겁을 먹고 마침내 울음을 터뜨렸다. 텅 빈 공간을 우웡우웡 울리는 울음소리. 〔……〕 울음소리의 메아리. 그로부터 내 뒷머리를 언제나 메아리치게 된 유령선 속의 울음소리. 〔……〕 검은 배는 유령선이 아니었다. 그러나 아무도 없는 텅 빈 공간의 울음소리 메아리와 함께 유령선이 되고 말았다"(p. 42). 그러니까 어렸을 때 들은 유령선 이야기와 실제의 경험이 겹쳐져 윤후명 특유의 유령선 이미지가 완성된 것이다. 이처럼 우리의 의식·무의식은 실체에 대한 기억과 의식의 조작으로 이루어진 이미지들로 가득하다. 앞에서 보았듯이, 화자가 말하는 '이미지'에는 실체에 대한 기억보다 더 많은 경험적 요소들이 스며 있다. 윤후명은 이처럼 근대의 합리적 정신에 억압되고 위축된 영혼을 원초적 경험을 통해 되살려내면서 자신의 삶과 예술의 가능성을 확장해가고 있다. 그리고 「꽃의 변신(變身)」에서 "사랑은 환상을 먹고 자란다./환상이라는 숙주가 있어야만 살아갈 수 있는 기생물인 것이다"라고 말한 다음 "환상만이 우리를 구제한다"(p. 243)고 단언하기에 이른다.

그러나 윤후명의 궁극적인 욕망은 '나'의 명징한 상(像) 속에 인류의 보편성을 담아내는 것이다. 「패엽(貝葉) 속의 하루」에서 화자는 고통스러운 탐색을 통해 그러한 가능성을 구현하고 있다. 그는 인사동 길가 좌판에 널려 있는 외국 물건들 속에서 미얀마의 '패엽경'을 연상시키는 불경을 발견한다. 이와 관련하여 그는 젊은 시절 미얀마의 전쟁터로 끌려갔던 은사와의 약속을 떠올린다. 그 약속에 대한 기억에 확신을 갖고 있지 못하지만, 화자는 실제로 미얀마에 가서 은사가 말했던 '분노의 강'이나 '지옥가도'를 찾아보려 한 적이 있었다. 끝내 '지옥가도'를 확인하지 못했던 화자는 자신이 구입한 티베트 불경 속에 '마지막 하루'를 송곳과 피로써 새겨넣기로 한다. 그러면서도 그는 회의에 붙들린다. "모든 진상과 허상을 넘어, 모든 기시감과 도플갱어를 넘어, 내 모습을 남겨야 한다. 그런데 그게 과연 있을까"(p. 86). "진상과 허상"을 넘어선다는 말은 이분법을 초월한 시선으로 보면 '진상'도 '허상'이라는 의미를 함축하고 있다. 그러니 "내 모습을 남겨야 한다"는 말에는 그 모든 관념적 허상들을 벗어버리고 인간의 구체적 개별자인 자신에 대한 기록을 통해 제 몫의 증언을 하는 존재가 되어야 한다는 의미가 함축되어 있다. 그러니 "진언 한마디를 만들자"(p. 86)는 화자의 말에는 자신의 '하루'에 인류의 현재를 응축하겠다는 뜻이 담겨 있다. 화자는 자신의 생각을 이렇게 정리한다. "추상이 기시감 같은 걸 만들어내는 원흉임을 드디어 깨닫는다. 그럼, 구상은? 물론 구상은 추상을 만들어내는 원흉일 테다. 둘은 서로 짜고 뫼비우스의 띠 같은 돼먹지 않은 놀이를 만들 테다. 삶을 진상과 허상으로 뒤섞어놓을 테다. 이쯤 되면 한눈팔지 말고 정신을 바짝 차려야 한다. 곰곰 되짚어야 한다. 나이 듦이란 온갖 기시감과 도플갱어를 확대재

생산하며 자기위안, 자기변명을 위해 헛된 시간을 맞이하는 것. 이들 허깨비와 맞서야 한다. 싸워야 한다. '지옥가도'란 다른 곳이 아니다. 내가 살아온 길이다. '계십니까?'에 대답해야 한다. 나는 다시 힘을 내기로 한다"(p. 87). 은사의 소개로 만난 적이 있는, 그러나 지금은 이 세상 사람이 아닌 그 여자의 목소리 "계십니까?"는 환청이지만, 그것은 이제 '나'의 실천적 존재성에 대한 구체적 물음으로 떠오르고 있다. 그 목소리로 인해, 자신의 삶을 "곰곰 되짚어야 한다"는 화자의 결단은 타자의 목소리에 대한 응답이 되고, 그에게 허깨비와 맞서 싸울 수 있는 힘을 부여한다. '현실=상징계'의 허상을 깨고 '실재'에 도달하려는, 다시 말해 자신의 존재 자체를 온갖 허상들로부터 해방시켜 삶의 주체로 일으켜 세우려는 행위에 실감을 부여하는 그 '목소리'를 얻게 된 화자는 결국 '지옥가도'란 자신이 살아온 길 이외의 다른 것일 수 없다는 깨달음에 이른다. 그래서 이 대목은 지난한 싸움을 승리로 이끈 장면만큼이나 감동적으로 다가온다. 그것은 윤후명의 삶과 문학이 주관과 객관의 통일, 또는 추상과 구상의 통일을 통해 삶과 예술을 성공적으로 통합하고 있는 장면이기도 하다. 이러한 깨달음에 고양된 화자는 "삶을 그리자. 진정한 내 모습을 그리자. 사랑을 그리자. 송곳으로 글자를 새기고 먹물 대신 피를, 피를 묻히자. 컴퓨터 같은 놀이 기구가 못 할 작업으로 나의 하루, 인류의 하루를 남기자. 피의 향기를 내 지나온 삶 속 가장 암송할 만한 값어치의 향기로 남기자. 한 획 한 획 깊게

금 그어, 응고된 피가 핏빛 호박(琥珀)의 핏줄이 되도록 선혈 자국을 남기자"(p. 87)고 스스로 다짐할 수 있게 된다. 피를 토하는 듯한 이 문장들에는 화자의 실존적 결단에서 묻어 나오는 결기와 실재에 도달하려는 내적 긴장이 깊이 서려 있다. 이렇게 그의 하루는 인류의 하루로 승화된다. 이것이야말로 윤후명이 부단하게 추구해온 '의미의 완성'일 것이다.

이처럼 '의미의 완성'은 모든 이분법들을 관통하고 해체하며 이루어낸 윤후명 특유의 내적 통합에서 비롯된다. 이렇게 이루어진 그의 소설들은 근원적 이미지들을 통해 세계를 풍부하게 재전유하면서 숨 쉴 수 있는 공간들을 열어간다. "울타리콩의 덩굴줄기가 가득 감겨 있는 바다였다. 바다는 그 덩굴줄기의 그물을 내게 던지며 나를 옭아매려 하고 있었다. 그리하여 나는 홍역의 발진이 발긋발긋 돋은 몸으로 마치 전쟁 때로 돌아간 듯이 방파제에서 찬바람을 맞고 있었다"(p. 53). 이것은 낯설게하기의 효과가 아니라 화자 자신의 체험을 통해 내면에 자리잡은 미적 인상─울타리콩의 붉은 빛깔에 대한─에 매개되어 석양의 바다에 이는 포말이 발긋발긋 돋은 발진처럼 보이게 된 심미적 효과이다. '발진'이라는 말이 암시하듯 그것은 색깔이 주는 시각적 효과에 멈추지 않고 그의 유년에 깃든 고통과 맞닿아 있다. 이처럼 윤후명의 환상적 이미지들은 그 자신의 상처에서 피어난 꽃들이다. 이런 점에서 『꽃의 말을 듣다』의 꽃들은 실제의 꽃들이기보다는 피어린 고행으로 이루어진 미적 상징물들일 때가 많다. 그것들은 보편성을 내재한 특수성들이다. 그것들은 의미를 완성하며 끊임없이 미래에서 다가오는 가능태로서의 수많은 '나'들이기도 하다. 그것들은 또한 끊임없이 훼손되고 있는 세계가 잃어버린 본래 모습들이다. 그러한 상들을 빚어내려는 언표 주체의 간단없는 분투가 윤후명이 말하는 '고행'일 것이다.

작가의 말

꽃으로 대필하는 수행(修行)

많은 사람들이 새와 꽃을 말했는데, 나 역시 저번에는 새를 말했고 이번에는 꽃을 말한다. 내게 '꽃'이란 무엇일까. 분명 그냥의 '화조도(花鳥圖)'는 아니며, '꽃'이 아니면 안 되는 필연이 있다고 나는 말한다. 늘 식물의 끈질긴 생명력과 생산성에 대해 써왔건만 그것과도 다른 무엇을 찾아 헤매는 방황기(彷徨記)라고 해야 한다.

사랑의 본질을 찾아 늘 헤매는 사람이 있다. 세상의 잊혀진 어느 귀퉁이에 숨어 있을지 모르는 그것을 찾아 헤매는 길. 아무도 모르게 홀로 가는 고행. 그곳에 이르러 한 송이 꽃 같은 생명의 본질을 발견할 수 있을까.

세상은 오염되고 타락하여 본질과 멀리 동떨어져 있다고 하지만, 그러나 삶은 언제나 순수 지향과 원형 회귀의 끈을 놓을 수 없는 곳에서 방황할 수밖에 없다고 굳게 믿는다. 그것을 '꽃'의 상징으로 대필(代筆)한다. 그러니까 살아 있음의 원류 찾기, 사랑 찾기가 된다. 삶을 확인할 수 있는 유일한 방법이다.

변함없이 추구하는 내가 이곳에 있다. 어떠한 결론도 없기 때문에 그 사실 하나만이 중요하다. 그래서 '방황기'는 '수행기(修行記)'라고 해야 마땅하겠다. 내가 여전히 글로써 수행하고 있다는 사실! 아울러 젊은날 삶과 유리되어 괴로웠던 시(詩)를 이 수행기를 통하여 자연스럽게 동화시키고자 노력한 점도 적어놓고자 한다.

여러 과정을 꼼꼼히 챙겨준 문학과지성사의 편집부, 특히 김덕희 씨에게 고마움이 크다.

2012년 봄
윤후명